वरदान

वरदान

प्रेमचंद

प्रकाशक
प्रभात प्रकाशन प्रा. लि.
4/19 आसफ अली रोड, नई दिल्ली–110002
फोन : 23289777 • हेल्पलाइन नं. : 7827007777
इ–मेल : prabhatbooks@gmail.com ❖ वेब ठिकाना : www.prabhatbooks.com

संस्करण
2025

पेपरबैक मूल्य
तीन सौ रुपए

मुद्रक
नरुला प्रिंटर्स, दिल्ली

———————— ★ ————————

VARDAAN
novel by Premchand

Published by **PRABHAT PRAKASHAN PVT. LTD.**
4/19 Asaf Ali Road, New Delhi-110002

ISBN 978-93-5048-837-9

₹ 300.00 (PB)

प्रेमचंद : जीवन और साहित्य

जीवन-परिचय

आधुनिक हिंदी साहित्य के इतिहास में हिंदी-उर्दू के विश्वविख्यात एवं कालजयी कथाकार प्रेमचंद का जन्म 31 जुलाई, 1880 को वाराणसी के निकट लमही गाँव में हुआ था। पिता का नाम था मुंशी अजायब लाल श्रीवास्तव तथा माता का नाम आनंदी। वे माँ के बड़े लाड़ले थे, क्योंकि वे तीन पुत्रियों के बाद पैदा हुए थे। पिता ने पुत्र का नाम रखा धनपतराय और ताऊ ने नवाबराय, लेकिन वे प्रेमचंद के नाम से हिंदी-उर्दू के प्रसिद्ध लेखक बने। बचपन में वे नटखट और खिलाड़ी बालक थे और गाँव की बाल-मंडली के तो वे सरताज थे। उन्होंने आठ वर्ष की आयु में एक मौलवी साहब से उर्दू-फारसी की शिक्षा प्राप्त की, तभी उनकी माता का देहांत हो गया और पिता ने दो वर्ष बाद दूसरी शादी कर ली। उन्होंने सन् 1899 में एंट्रेंस परीक्षा द्वितीय श्रेणी में उत्तीर्ण की और सन् 1900 में बीस रुपए मासिक पर सरकारी स्कूल में अध्यापक की नौकरी शुरू की, जो 16 फरवरी, 1921 तक चलती रही। उन्होंने सन् 1915 में इंटरमीडिएट और सन् 1919 में बी.ए. की परीक्षा उत्तीर्ण की। वे एम.ए. अंग्रेजी साहित्य में करना चाहते थे, किंतु बीमारी तथा जीवन के झंझटों के कारण नहीं कर सके। उनके जीवन में अनेक बाधाएँ आईं और तनाव भी रहे, आर्थिक हानि भी हुई, लेकिन वे साहस के साथ आगे बढ़ते चले गए। उनके जीवन में कई बार अस्थिरता और आर्थिक अनिश्चितता रही, कई बार नौकरी बदली, अर्थ-संकट को दूर करने के लिए बंबई की फिल्मी दुनिया में भी नौकरी की, लेकिन सरस्वती प्रेस तथा प्रकाशन के व्यापार में हुए घाटे एवं बीमारी ने उन्हें इतना पीड़ित कर दिया कि वे 8 अक्तूबर, 1936 को इस दुनिया को छोड़कर चले गए। इस प्रकार वे केवल 56 वर्ष जीवित रहे, किंतु इस अल्प समय में वे हिंदी कथा-साहित्य के सम्राट् बन चुके थे और उनकी ख्याति संपूर्ण भारत के साथ जापान, जर्मनी, इंग्लैंड, मॉरीशस आदि देशों तक पहुँच चुकी थी।

प्रेमचंद ने अपना लेखन-कर्म उर्दू भाषा से शुरू किया था। उर्दू में उनके लेख, उपन्यास, कहानी आदि प्रकाशित हुए तथा उर्दू में ही जब उनका पहला उर्दू कहानी-संग्रह 'सोजेवतन' जून 1908 में प्रकाशित हुआ तो अंग्रेजी सरकार ने उसे देश-प्रेम की कहानियों के कारण जब्त कर लिया और उसकी बची प्रतियाँ जलवा दीं। उस विपत्ति के कारण प्रेमचंद ने अपना नया नाम रखा प्रेमचंद, क्योंकि इस नए नाम के कारण उनकी पहचान छिपी रह सकती थी। यह उनके साहित्य का कमाल था कि वह अपने नकली नाम से विख्यात हुए और विश्व के एक महत्त्वपूर्ण कथाकार बन गए।

साहित्य

प्रेमचंद बहुमुखी प्रतिभासंपन्न साहित्यकार थे। वे उर्दू, फारसी, हिंदी तथा अंग्रेजी भाषाओं के ज्ञाता थे। वे आरंभ में उर्दू के लेखक थे, किंतु धीरे-धीरे हिंदी की ओर आते गए। उनकी पहली हिंदी-कहानी 'परीक्षा' सन् 1914 में 'प्रताप' साप्ताहिक पत्र में छपी थी और पहला हिंदी-उपन्यास 'प्रेमा' सन् 1907 में प्रकाशित हुआ था। उन्होंने 'रंगभूमि' तक के उपन्यास उर्दू में लिखे और बाद में उनका हिंदीकरण किया। हिंदी से उर्दू और उर्दू से हिंदी में रचना को लाने की प्रक्रिया उनके जीवन के अंत तक चलती रही। 'कफन' कहानी पहले दिसंबर 1935 में उर्दू में 'जामिया' पत्रिका में छपी और हिंदी में 'चाँद' के अप्रैल 1936 के अंक में। प्रेमचंद की प्रसिद्धि यद्यपि उपन्यास और कहानी-लेखक के रूप में हुई, किंतु उन्होंने संपादकीय, पत्र, बाल-साहित्य, समीक्षा, नाटक, जीवनी आदि में भी विपुल साहित्य की रचना की। उपन्यास के क्षेत्र में उनके 15 पूर्ण-अपूर्ण उपन्यास प्रकाशित हुए। उनके आरंभिक 8 उपन्यास उर्दू में तथा बाद के 7 उपन्यास हिंदी में लिखे गए। उनका पहला उपन्यास उर्दू में अपूर्ण है। उसका नाम है 'असरारे मआबिद उर्फ देवस्थान रहस्य', जो 1903 से 1905 के बीच धारावाहिक रूप में प्रकाशित हुआ। उसके बाद 'किशना', 'प्रेमा', रूठीरानी', 'वरदान', 'सेवासदन', 'रंगभूमि', 'कायाकल्प', 'निर्मला', 'प्रतिज्ञा', 'गबन', 'कर्मभूमि', 'गोदान' तथा 'मंगलसूत्र' (अपूर्ण) उपन्यास प्रकाशित हुए। इन उपन्यासों में प्रेमचंद ने अपने युग के नवजागरण, स्वाधीनता आंदोलन के साथ समाज की विभिन्न समस्याओं का चित्रण किया और साहित्य को जनता से जोड़ा। कहानी में उनकी 301 कहानियों के प्रकाशित होने का प्रमाण मिलता है, जो 'प्रेमचंद : कहानी रचनावली' के छह खंडों में संकलित हैं। इनमें 3 कहानियाँ अभी अनुपलब्ध हैं। कहानियों को राष्ट्रीय, देशभक्ति, सामाजिक, आर्थिक, सांप्रदायिक, ऐतिहासिक तथा सांस्कृतिक कहानियों के रूप में विभक्त

किया जा सकता है। कहानियों पर भी महात्मा गांधी का गहरा प्रभाव है। समाज में वर्ण-वर्ग भेद, असमानता एवं शोषण-दमन का खंडन है और समानता एवं सामाजिक न्याय का सर्वत्र समर्थन एवं प्रतिपादन है। इन कहानियों का यह भी वैशिष्ट्य है कि विदेशी पात्रों के साथ पशु-पक्षियों पर भी कहानियाँ लिखी गई हैं। प्रेमचंद के जीवन-काल में लगभग 30 कहानी-संकलन प्रकाशित हुए, जिनमें कुछ कहानियों की बार-बार आवृत्ति हुई और उन्हें कालक्रम में भी नहीं रखा गया। उनके देहांत के लगभग 75 वर्ष बाद उनकी कहानियों को व्यवस्थित रूप दिया गया और कहानियाँ रचनावाली रूप में प्रकाशित की गईं।

प्रेमचंद ने उपन्यास एवं कहानी के अतिरिक्त भी कई विधाओं में साहित्य की रचना की। उनके तीन नाटक प्रकाशित हुए—'संग्राम' (1923), 'कर्बला' (1924) तथा 'प्रेम की वेदी' (1933)। नाटक में उन्हें सफलता नहीं मिली, क्योंकि वे स्टेज की कला में सिद्धहस्त नहीं थे। उनके लेख-निबंध की दो पुस्तकें छपीं—'साहित्य का उद्देश्य' तथा 'कुछ विचार'। उन्होंने संपादकीय खूब लिखे, पुस्तक समीक्षाएँ भी लिखीं, जो 'विविध-प्रसंग' के तीन खंडों में अमृतराय ने संकलित कीं। उनके पत्रों का संकलन भी हुआ, जो अब 'प्रेमचंद पत्रकोश' के रूप में छप चुके हैं। बाल-साहित्य की छह पुस्तकें प्रकाशित हुईं—'महात्मा शेखसादी' (1917), 'जंगल की कहानियाँ' (1936), 'कुत्ते की कहानी' (1936), 'रामचर्चा' (1938), 'दुर्गादास' (1938) तथा 'कलम, तलवार और त्याग' दो खंड (1940)। प्रेमचंद ने अनुवाद भी किए— गाल्सवर्दी के नाटक—'हड़ताल', 'न्याय' तथा 'चाँदी की डिबिया' और जवाहर लाल नेहरू की पुस्तक 'पिता के पत्र : पुत्री के नाम' तथा 'टालस्टाय की कहानियाँ' आदि का उन्होंने अनुवाद किया।

साहित्य के सिद्धांत

प्रेमचंद के साहित्य को समझने के लिए उनके साहित्य के संबंध में विचारों को जानना उचित होगा। वे साहित्य के सिद्धांतकार नहीं थे, किंतु साहित्य के संबंध में उनके कुछ विचार थे। उन्होंने भारतीय और पश्चिम का साहित्य-शास्त्र पढ़ा था, उसे आत्मसात् किया था और उससे उन्होंने अपना एक आधुनिक तथा युग के अनुरूप साहित्य-दर्शन निर्मित किया था।

प्रेमचंद का विचार था कि साहित्यकार पैदा होता है, बनाया नहीं जाता, लेकिन शिक्षा एवं जिज्ञासा से प्रकृति की इस देन को बढ़ाया जा सकता है। वे साहित्यकार को मानसिक पूँजीपति मानते हैं। वह समाज का अंग है, उसके सुख-

दु:ख का साथी है और उसका परिष्कार एवं उसकी आत्मा को जाग्रत् करना उसका धर्म है। वह व्यक्ति, समाज, देश तथा मानवता के प्रति उत्तरदायी है। वह दलित-पीड़ित-शोषित का वकील है और वह स्वाधीनताकामी और मानवता का उपासक है। उनके लिए साहित्य-जीवन की आलोचना है, सच्चाइयों का दर्पण है, अच्छाई-बुराई का संग्राम-स्थल है और मानवीय मूल्यों का सर्जक है। साहित्य विध्वंस निर्माण नहीं करता है, वह तो दीपक है, जो मार्ग को प्रकाशित करता है, जो मनोवृत्तियों का परिष्कार करता है। प्रेमचंद ने 'आदर्शोन्मुख यथार्थवाद' के सिद्धांत की स्थापना की। साहित्य में यथार्थ शरीर है और आदर्श उसकी आत्मा। यथार्थवाद और आदर्शवाद दोनों का समावेश आवश्यक है, क्योंकि यथार्थ हमें जीवन की सच्चाइयों से परिचित कराता है और आदर्शवाद हमें जीवन की ऊँचाइयों तक ले जाता है। अत: उनके अनुसार साहित्य का उद्देश्य केवल मनोरंजन नहीं हो सकता, उसकी एक उपयोगिता है। साहित्य समाज का दर्पण है और वह दीपक भी है। वह जाग्रत् करता है और अच्छा मनुष्य बनता है।

साहित्य की प्रवृत्तियाँ

प्रेमचंद साहित्य बहुत व्यापक है। वह लगभग आधी शताब्दी के भारत के युग-जीवन को अपने में समेटे है। उनका रचना-काल लगभग 33 वर्षों का है, जो वास्तव में देश की दासता का काल है। यह काल राजनीतिक हलचलों, स्वराज्य आंदोलन, साम्राज्यवादी अंग्रेजी सत्ता के क्रूर एवं भयानक अत्याचारों तथा देशी अस्मिता की जागृति का काल है। सन् 1857 की असफल क्रांति से लेकर प्रेमचंद के उदय-काल तक अनेक महत्त्वपूर्ण घटनाएँ घटती हैं—स्वामी दयानंद और स्वामी विवेकानंद का आविर्भाव, कांग्रेस की स्थापना, वंदेमातरम् एवं बंग-भंग से उत्पन्न जागृति जैसी घटनाओं ने देश में आत्म-जागृति एवं स्वाधीनता की कामना को उत्पन्न कर दिया। अंग्रेजी सत्ता, ईसाई धर्मांतरण तथा पश्चिमी सभ्यता एवं शिक्षा का दबाव भी बढ़ रहा था। गांधी के भारत-आगमन और उनके स्वराज्य आंदोलन ने पूरे देश में एक नई राजनीतिक चेतना उत्पन्न कर दी और प्रेमचंद इस नई राजनीतिक चेतना, स्वराज्य-कामना, देशभक्ति और राष्ट्र-भाव के सबसे अधिक सशक्त कथाकार के रूप में उभरकर सामने आए। सन् 1908 में प्रकाशित कहानी-संग्रह 'सोजेवतन' की कहानियों में देश-प्रेम कूट-कूटकर भरा है। प्रेमचंद का मत है कि दुनिया का सबसे अनमोल रतन वह है, जो खून का आखिरी कतरा देश के लिए बहता है। गांधी जब असहयोग आंदोलन शुरू करते हैं तो वे स्वयं सरकारी नौकरी से इस्तीफा देते हैं। स्वराज्य के

फायदे पर लेख लिखते हैं, कहानियाँ लिखते हैं और कहते हैं कि स्वराज्य पाकर हम अपनी आत्मा को पा जाएँगे। वे 'रंगभूमि' उपन्यास लिखते हैं और महात्मा गांधी के प्रतिरूप अपने नायक सूरदास की सृष्टि करते हैं, जो गांधी के समान सत्य, धर्म एवं न्याय की लड़ाई लड़ता है और गांधी के समान ही गोली से मारा जाता है। 'रंगभूमि' की राजनीतिक चेतना का विस्तार 'कर्मभूमि' उपन्यास में होता है और उनकी अनेक कहानियाँ भी स्वाधीनता आंदोलन, देशभक्ति, राष्ट्रीयता के भाव को विकसित करती हैं। वे आर्यसमाज और कांग्रेस के सदस्य थे, उनकी पत्नी पिकेटिंग में जेल गई थीं और प्रेमचंद खुद को गांधी का चेला कहते थे। वे नवजागरण, स्वाधीनता संग्राम तथा राष्ट्रमुक्ति के महागाथाकार थे, फिर भी वे साहित्य को राजनीति से ऊँचा स्थान देते थे। उनका मत था कि साहित्य राजनीति के आगे जलनेवाली मशाल है। गांधी ने रामराज्य की कल्पना की थी, प्रेमचंद भी स्वतंत्र भारत की लगभग वैसी ही कल्पना करते हैं—भारतीयता से परिपूर्ण, धर्म-क्षेत्र-जाति-भाषा एवं विषमता से मुक्ति तथा राष्ट्रीय एकता, स्वराज्य एवं लोकतंत्र की स्थापना। वे स्वराज्य-महासमर के महान् कथाकार थे और गांधी उसके अग्रदूत। गांधी के साथ प्रेमचंद के सम्मिलन से महान् एवं कालजयी साहित्य की रचना हुई।

प्रेमचंद-साहित्य की एक बड़ी प्रवृत्ति समाज के जागरण, सुधार, मुक्ति और कायाकल्प की है। देश की जनता राजनीतिक गुलामी में ही जकड़ी नहीं थी, बल्कि सामाजिक-धार्मिक-सांस्कृतिक आदि रूढ़ियों, जड़ताओं, अंधविश्वासों आदि में भी जकड़ी हुई थी। ईसाई मिशनरी एवं विलायती जीवन-शैली भी समाज पर आघात कर रही थी। ऐसी स्थिति में नवजागरण तथा सांस्कृतिक-सुधार आंदोलन शुरू हुआ, जो बंगाल, गुजरात आदि क्षेत्रों से होता हुआ पूरे देश में फैल गया। प्रेमचंद इसी सांस्कृतिक-सामाजिक-धार्मिक नवजागरण की उपज थे और भारतेंदु एवं द्विवेदी युग की अधिकांश प्रवृत्तियों का उन पर गहरा प्रभाव था। प्रेमचंद ने साहित्य को समाज से जोड़कर समाज की आलोचना से जोड़ा और युग की परिस्थितियों से संबद्ध करके उसे समाज का वकील एवं पथ-प्रदर्शक बनाया। उन्होंने समाज के सभी वर्गों—उच्च, मध्य एवं निम्न, सभी जातियों एवं धर्मों तथा हजारों वर्षों से पीड़ित स्त्री, दलित एवं किसानों की सभी सामाजिक कुप्रथाओं, समस्याओं आदि को केंद्र में रखा, उनका वास्तविक स्वरूप चित्रित किया और उनके समाधान का रास्ता खोला। उनके साहित्य में स्त्री-विमर्श का व्यापक संसार है। उनके उपन्यासों एवं कहानियों में स्त्री-पात्रों की बड़ी संख्या है और सभी वर्गों की हैं, शहरी और ग्रामीण हैं, शिक्षित तथा अशिक्षित हैं और वह माता, पत्नी, पुत्री, विधवा, वेश्या आदि अनेक रूपों में आती हैं। उनके

साहित्य में स्त्री से संबंधित अनेक समस्याएँ हैं। प्रेम की, विवाह की, दहेज की, पुरुष-दासता की और विवाह की, प्रेमचंद के स्त्री-पात्र परंपरागत और आधुनिक दोनों हैं, वे पति से विद्रोह भी करती हैं, परंतु प्रेमचंद भारतीय स्त्री में सेवा, दया, ममता, प्रेम, संयम, समर्पण, धैर्य, संतोष आदि मानवीय गुण देखना चाहते हैं। वे पश्चिन की स्त्री की यौन स्वतंत्रता और आधुनिकता के विरोधी हैं और उन्हें स्त्री का भारतीय आदर्श ही प्रिय है।

प्रेमचंद समाज में दलितों की स्थिति से व्यथित हैं। महात्मा गांधी के भारत आगमन से पूर्व ही वे सन् 1911 में दलित-उत्थान की कहानी लिख चुके थे। स्वामी विवेकानंद ब्राह्मणवाद की कटु आलोचना करते हुए दलित-उत्थान का विचार प्रकट कर चुके थे और जब गांधी ने दलितोद्धार का कार्यक्रम शुरू किया तो पूरे देश में दलित-विमर्श आरंभ हुआ। प्रेमचंद ने अपने उपन्यास 'रंगभूमि' का नायक दलित सूरदास को बनाया और उसे गांधी के प्रतिरूप में निर्मित करके उसे अमर बना दिया। उनकी 'बाँका जमींदार', 'विध्वंस', 'सवा सेर गेहूँ', 'घासवाली, 'ठाकुर का कुआँ', 'गुल्ली डंडा', 'दूध का दाम', 'सद्‌गति' आदि कहानियों में दलित जीवन की पीड़ा, शोषण एवं दमन के दर्दनाक चित्र हैं, लेकिन इन दलित पात्रों में भी प्रेमचंद मानवी गुणों को जीवित ही नहीं रखते, बल्कि उनमें सवर्ण पात्रों की तुलना में अधिक मानवीयता, उदारता, कर्मशीलता एवं सरलता की प्रवृत्ति को उद्‌घाटित करते हैं।

प्रेमचंद साहित्य में कृषि-संस्कृति, ग्राम एवं ग्राम्यजीवन का बड़ा व्यापक चित्रण है। उनके जीवन और साहित्य में देहात एवं देहाती जीवन का इतना व्यापक महत्त्व है कि वे ग्रामीण जीवन के कथाकर मान लिए गए। गाँव उनकी आत्मा में निवास करता था। उन्होंने 9 जुलाई, 1936 को एक पत्र में लिखा था कि मनुष्य का बस हो तो देहात में जा बसे, दो-चार जानवर पाल ले और जीवन को देहातियों की सेवा में व्यतीत कर दे। प्रेमचंद जब भी देहात जाते, किसानों के बीच उठते-बैठते, उनका सुख-दुःख सुनते और अंधविश्वासों तथा परिस्थितियों को बदलने की प्रेरणा देते। उनकी वेशभूषा, रहन-सहन, बातचीत आदि किसी देहाती से कम नहीं थी। उनसे जो कोई नया व्यक्ति मिलता, वह उन्हें देहाती ही समझता, परंतु उन्हें उसका कभी हीनता बोध नहीं हुआ। उन्हें गर्व था कि वे सामान्य जनता में से एक हैं। उनमें धन की दुश्मनी का भाव था। किसान देश का सबसे अधिक शोषित, दलित एवं पीड़ित वर्ग था और गाँव दरिद्रता, अंधविश्वास एवं शोषण की चक्की में पिस रहे थे। प्रेमचंद स्वयं उसे अपनी आँखों से देख रहे थे। उस कारण उन्होंने अपने

साहित्य में कृषक एवं कृषि–संस्कृति को सबसे अधिक महत्त्व दिया। 'वरदान' उपन्यास से लेकर 'गोदान' तक किसानों और गाँव की दुर्दशा का भयावह चित्रण है। किसान विपत्ति की मूर्ति और दरिद्रता के जीवित चित्र हैं। 'प्रेमाश्रम' में वे किसान और जमींदार का संघर्ष दिखाते हैं और उन्हें भूमि का अधिकार दिलाते हैं, किंतु 'गोदान' में किसान होरी जमींदार, पटवारी, महाजन, बिरादरी आदि सभी के जाल में फँसा है और वह मजदूरी करते हुए मर जाता है। प्रेमचंद ने अपनी लगभग 50 कहानियों में किसानी जिंदगी तथा संस्कृति का मर्मस्पर्शी चित्रण किया है और इस प्रकार लेखक गाँव के संपूर्ण सांस्कृतिक जीवन के उद्घाटन में सफल हुआ है। प्रेमचंद चाहते हैं कि कृषि–जीवन की रक्षा हो, क्योंकि उसी में भारतीय आत्मा का वास है।

प्रेमचंद साहित्य में सांप्रदायिक एकता का प्रबल भाव–विचार दिखाई देता है। गांधी और प्रेमचंद दोनों मानते थे कि स्वराज्य के लिए हिंदू–मुसलिम एकता आवश्यक है। प्रेमचंद ने अपने कई लेखों तथा कहानियों एवं उपन्यासों में इस सांप्रदायिकता के स्वरूप का उद्घाटन किया है और दोनों की एकता के दृश्य भी चित्रित किए हैं। 'कायाकल्प' उपन्यास तथा 'नबी का नीति–निर्वाह', 'जिहाद', 'पंचपरमेश्वर', 'हिंसा परमो धर्मः', 'मुक्तिधन', 'मंदिर और मसजिद' आदि कहानियों में सांप्रदायिकता के दोनों पक्षों का उद्घाटन किया है, साथ ही सांप्रदायिक एकता, सद्भाव और सहिष्णुता पर भी बल दिया है। प्रेमचंद का सेकुलरिज्म कट्टरता का विरोधी है और वह न्यायप्रद तथा मानवीय है। वे अपने साहित्य के द्वारा एक सामंजस्य तथा एकता का वातावरण निर्मित करते हैं। यदि प्रेमचंद के मार्ग पर चला जाता तो आज देश में सांप्रदायिक सद्भाव का वातावरण होता।

प्रेमचंद पर गांधीवाद और समाजवाद के प्रभाव की चर्चा भी खूब हुई है। समाजवाद के प्रवक्ताओं ने लिखा है कि उन पर रूसी क्रांति का प्रभाव था और वे अंतिम वर्षों में समाजवाद तथा मार्क्सवाद के समर्थक हो गए थे, किंतु उनके विचार तथा साहित्य के अध्ययन से स्पष्ट होता है कि उन पर स्वामी दयानंद, स्वामी विवेकानंद तथा गांधी का गहरा प्रभाव था। प्रेमचंद ने गांधी की बड़ी प्रशंसा की है, वे उन्हें भारतीय आत्मा और स्वाधीनता के अवतार मानते हैं और स्वयं को गांधी का चेला। 'रंगभूमि' उपन्यास का नायक सूरदास तो गांधी का ही प्रतिरूप है। प्रेमचंद गांधी के मूल सिद्धांतों–अहिंसा, सत्य, न्याय, धर्म, हृदय–परिवर्तन, रामराज्य, ग्राम विकास, पश्चिमी सभ्यता के विरोध को स्वीकार करते हैं और उन्हें अपने साहित्य में प्रतिपादित करते हैं। प्रेमचंद हिंसक क्रांति के विरुद्ध हैं और अहिंसा के समर्थक, अतः वे अहिंसा

पर आधारित स्वराज्य का गांधी के समान ही एक स्वप्न देते हैं। वैसे भी प्रेमचंद का गांधीवाद और आदर्शवाद समाजवाद के अनुकूल नहीं है।

निष्कर्ष

निष्कर्ष रूप में प्रेमचंद अपने युग के कथा-सम्राट् हैं और आज भी वे इस पद पर विराजमान हैं। उनके साहित्य में भारतीय जीवन का विराट् रूप है, हजारों पात्र हैं, प्रमुख धर्मों, जातियों, वर्गों आदि का सामाजिक-सांस्कृतिक चित्रण है, समस्याओं का समाधान, युवा पात्रों का सुधार, स्वराज्य और कायाकल्प में महत्त्वपूर्ण योगदान है, मनुष्य को देवत्व तक ले जाने की दृष्टि है, भाषा की अद्‌भुत जादूगरी है और मानवता से पूर्ण भारतीयता, भारतीय विवेक और अस्मिता का शंखनाद है। प्रेमचंद वाल्मीकि, कालिदास, तुलसीदास, कबीर आदि की परंपरा के साहित्यकार हैं, क्योंकि वे अमंगल का हरण तथा मंगल भवन की स्थापना करते हैं। भारत में ऐसा ही साहित्यकार अमरता प्राप्त कर सकता है।

—डॉ. कमल किशोर गोयनका

ए-98, अशोक विहार फेस-1,

दिल्ली-110052

मोबाइल : 9811052469

अनुक्रम

वरदान

विंध्याचल पर्वत मध्यरात्रि के निविड़ अंधकार में कालदेव की भाँति खड़ा था। उसपर उगे हुए छोटे-छोटे वृक्ष इस प्रकार दृष्टिगोचर होते थे, मानो ये उसकी जटाएँ हैं और अष्टभुजा देवी का मंदिर, जिसके कलश पर श्वेत पताकाएँ वायु की मंद-मंद तरंगों से लहरा रही थीं, उस देव का मस्तक है। मंदिर में एक झिलमिलाता हुआ दीपक था, जिसे देखकर किसी धुँधले तारे का भान हो जाता था।

अर्धरात्रि व्यतीत हो चुकी थी। चारों ओर भयावह सन्नाटा छाया हुआ था। गंगाजी की काली तरंगें पर्वत के नीचे सुखद प्रवाह से बह रही थीं। उनके बहाव से एक मनोरंजक राग की ध्वनि निकल रही थी। ठौर-ठौर नावों पर और किनारों के आस-पास मल्लाहों के चूल्हों की आँच दिखाई देती थी। ऐसे समय में एक श्वेत वस्त्रधारिणी स्त्री अष्टभुजा देवी के सम्मुख हाथ बाँधे बैठी थी। उसका प्रौढ़ मुखमंडल पीला था और भावों से कुलीनता प्रकट होती थी। उसने देर तक सिर झुकाए रहने के पश्चात् कहा—माता! आज बीस वर्ष से कोई मंगलवार ऐसा नहीं गया, जब मैंने तुम्हारे चरणों पर सिर न झुकाया हो। एक दिन भी ऐसा नहीं गया, जब मैंने तुम्हारे चरणों का ध्यान न किया हो। तुम जगतारिणी महारानी हो। तुम्हारी इतनी सेवा करने पर भी मेरे मन की अभिलाषा पूरी न हुई। मैं तुम्हें छोड़कर कहाँ जाऊँ? माता! मैंने सैकड़ों व्रत रखे, देवताओं की उपासनाएँ कीं, तीर्थयात्राएँ कीं, परंतु मनोरथ पूरा न हुआ। तब तुम्हारी शरण आई। अब तुम्हें छोड़कर कहाँ जाऊँ? तुमने सदा अपने भक्तों की इच्छाएँ पूरी की हैं। क्या मैं तुम्हारे दरबार से निराश हो जाऊँ?

सुवामा इसी प्रकार देर तक विनती करती रही। अकस्मात् उसके चित्त पर अचेत करनेवाले अनुराग का आक्रमण हुआ। उसकी आँखें बंद हो गईं और कान में ध्वनि आई—सुवामा! मैं तुझसे बहुत प्रसन्न हूँ। माँग, क्या माँगती है?

सुवामा रोमांचित हो गई। उसका हृदय धड़कने लगा। आज बीस वर्ष के पश्चात् महारानी ने उसे दर्शन दिए। वह काँपती हुई बोली—जो कुछ माँगूँगी, वह महारानी देंगी?

'हाँ, मिलेगा।'

'मैंने बड़ी तपस्या की है। अतएव बड़ा भारी वरदान माँगूँगी।'

'क्या लेगी कुबेर का धन?'

'नहीं।'

'इंद्र का बल।'

'नहीं।'

'सरस्वती की विद्या?'

'नहीं।'

'फिर क्या लेगी?'

'संसार का सबसे उत्तम पदार्थ।'

'वह क्या है?'

'सपूत बेटा।'

'जो कुल का नाम रोशन करे?'

'नहीं।'

'जो माता-पिता की सेवा करे?'

'नहीं।'

'जो विद्वान् और बलवान हो?'

'नहीं।'

'फिर सपूत बेटा किसे कहते हैं?'

'जो अपने देश का उपकार करे।'

'तेरी बुद्धि को धन्य है। जा, तेरी इच्छा पूरी होगी।'

□

वैराग्य

मुंशी शालिग्राम बनारस के पुराने रईस थे। जीवन-वृत्ति वकालत थी और पैतृक संपत्ति भी अधिक थी। दशाश्वमेध घाट पर उनका वैभवान्वित गृह आकाश को स्पर्श करता था। उदार ऐसे कि पच्चीस-तीस हजार की वार्षिक आय भी व्यय को पूरी न होती थी। साधु-ब्राह्मणों के बड़े श्रद्धावान् थे। वे जो कुछ कमाते, वह स्वयं ब्रह्मभोज और साधुओं के भंडारे एवं सत्यकार्य में व्यय हो जाता। नगर में कोई साधु-महात्मा आ जाए, वह मुंशीजी का अतिथि। संस्कृत के ऐसे विद्वान् कि बड़े-बड़े पंडित उनका लोहा मानते थे, वेदांतीय सिद्धांतों के वे अनुयायी थे। उनके चित्त की प्रवृत्ति वैराग्य की ओर थी।

मुंशीजी को स्वभावतः बच्चों से बहुत प्रेम था। मुहल्ले भर के बच्चे उनके प्रेम-वारि से अभिसिंचित होते रहते थे। जब वे घर से निकलते थे, तब बालकों का एक दल उनके साथ होता था। एक दिन कोई पाषाण-हृदय माता अपने बच्चे को मार रही थी। लड़का बिलख-बिलखकर रो रहा था। मुंशीजी से न रहा गया। दौड़े, बच्चे को गोद में उठा लिया और स्त्री के सम्मुख अपना सिर झुका दिया। स्त्री ने उस दिन से अपने लड़के को न मारने की शपथ खा ली। जो मनुष्य दूसरों के बालकों का ऐसा स्नेही हो, वह अपने बालक को कितना प्यार करेगा, सो अनुमान से बाहर है। जब से पुत्र पैदा हुआ, मुंशीजी संसार के सब कार्यों से अलग हो गए। कहीं वे लड़के को हिंडोले में झुला रहे हैं और प्रसन्न हो रहे हैं। कहीं वे उसे एक सुंदर सैरगाड़ी में बैठाकर स्वयं खींच रहे हैं। एक क्षण के लिए भी उसे अपने पांस से दूर नहीं करते थे। वे बच्चे के स्नेह में अपने को भूल गए थे।

सुवामा ने लड़के का नाम प्रतापचंद्र रखा था। जैसा नाम था, वैसे ही उसमें गुण भी थे। वह अत्यंत प्रतिभाशाली और रूपवान था। जब वह बातें करता, सुनने

वाले मुग्ध हो जाते। भव्य ललाट दमक-दमक करता था। अंग ऐसे पुष्ट कि द्विगुण डीलवाले लड़कों को भी वह कुछ न समझता था। इस अल्प आयु में उसका मुख-मंडल ऐसा दिव्य और ज्ञानमय था कि यदि वह अचानक किसी अपरिचित मनुष्य के सामने आकर खड़ा हो जाता तो वह विस्मय से ताकने लगता था।

इस प्रकार हँसते-खेलते छह वर्ष व्यतीत हो गए। आनंद के दिन पवन की भाँति सन्न से निकल जाते हैं और पता भी नहीं चलता। वे दुर्भाग्य के दिन और विपत्ति की रातें हैं, जो काटे नहीं कटतीं। प्रताप को पैदा हुए अभी कितने दिन हुए। बधाई की मनोहारिणी ध्वनि कानों में गूँज रही थी। छठी वर्षगाँठ आ पहुँची। छठे वर्ष का अंत दुर्दिनों का श्रीगणेश था। मुंशी शालिग्राम का सांसारिक संबंध केवल दिखावटी था। वह निष्काम और निस्संबद्ध जीवन व्यतीत करते थे। यद्यपि वह सामान्य संसारी मनुष्यों की भाँति संसार के क्लेशों से क्लेशित और सुखों से हर्षित दृष्टिगोचर होते थे, तथापि उनका मन सर्वथा उस महान् और आनंदपूर्व शांति का सुख-भोग करता था, जिस पर दुःख के झोंकों और सुख की थपकियों का कोई प्रभाव नहीं पड़ता है।

माघ का महीना था। प्रयाग में कुंभ का मेला लगा हुआ था। रेलगाड़ियों में यात्री रुई की भाँति भर-भरकर प्रयाग पहुँचाए जाते थे। अस्सी-अस्सी बरस के वृद्ध; जिनके लिए वर्षों से उठना कठिन हो रहा था, लँगड़ाते और लाठियाँ टेकते मंजिल तय करके प्रयागराज को जा रहे थे। बड़े-बड़े साधु-महात्मा, जिनके दर्शनों की इच्छा लोगों को हिमालय की अँधेरी गुफाओं में खींच ले जाती थी, उस समय गंगाजी की पवित्र तरंगों से गले मिलने के लिए आए हुए थे। मुंशी शालिग्राम का भी मन ललचाया। सुवामा से बोले—कल स्नान है।

सुवामा—सारा मुहल्ला सूना हो गया। कोई मनुष्य नहीं दीखता।

मुंशी—तुम चलना स्वीकार नहीं करतीं, नहीं तो बड़ा आनंद होता। ऐसा मेला तुमने कभी नहीं देखा होगा।

सुवामा—ऐसे मेले से मेरा जी घबराता है।

मुंशी—मेरा जी तो नहीं मानता। जब से सुना कि स्वामी परमानंदजी आए हैं, तब से उनके दर्शन के लिए चित्त उद्विग्न हो रहा है।

सुवामा पहले तो उनके जाने पर सहमत न हुई, पर जब देखा कि यह रोके न रुकेंगे, तब विवश होकर मान गई। उसी दिन मुंशीजी ग्यारह बजे रात को प्रयागराज चले गए। चलते समय उन्होंने प्रताप के मुख का चुंबन किया और स्त्री को प्रेम से

गले लगा लिया। सुवामा ने उस समय देखा कि उनके नेत्र सजल हैं। उसका कलेजा धक् से हो गया। जैसे चैत्र मास में काली घटाओं को देखकर कृषक का हृदय काँपने लगता है, उसी भाँति मुंशीजी के नेत्रों को अश्रुपूर्ण देखकर सुवामा कंपित हुई। अश्रु की वे बूँदें वैराग्य और त्याग का अगाध समुद्र थीं। देखने में वे जैसे नन्हे जल के कण थीं, पर थीं वे कितनी गंभीर और विस्तीर्ण।

उधर मुंशीजी घर के बाहर निकले और इधर सुवामा ने एक ठंडी श्वास ली। किसी ने उसके हृदय में यह कहा कि अब तुझे अपने पति के दर्शन न होंगे। एक दिन बीता, दो दिन बीते, चौथा दिन आया और रात हो गई, यहाँ तक कि पूरा सप्ताह बीत गया, पर मुंशीजी न आए, तब तो सुवामा को आकुलता होने लगी। तार दिए, आदमी दौड़ाए, पर कुछ पता न चला। दूसरा सप्ताह भी इसी प्रयत्न में समाप्त हो गया। मुंशीजी के लौटने की जो कुछ आशा शेष थी, वह सब मिट्टी में मिल गई। मुंशीजी का अदृश्य होना उनके कुटुंब मात्र के लिए ही नहीं, वरन् सारे नगर के लिए एक शोकपूर्ण घटना थी। हाटों में, दुकानों पर, हथाइयों में अर्थात् चारों ओर यही वार्त्तालाप होता था। जो सुनता, वही शोक करता—क्या धनी, क्या निर्धन। यह शोक सबको था। उनके कारण चारों ओर उत्साह फैला रहता था। अब एक उदासी छा गई। जिन गलियों से वे बालकों का झुंड लेकर निकलते थे, वहाँ अब धूल उड़ रही थी। बच्चे बराबर उनके पास आने के लिए रोते और हठ करते थे। उन बेचारों को यह सुध कहाँ थी कि अब प्रमोद सभा भंग हो गई है। उनकी माताएँ आँचल से मुख ढाँप-ढाँपकर रोतीं, मानो उनका प्रेमी मर गया हो।

वैसे तो मुंशीजी के गुप्त हो जाने का रोना सभी रोते थे, परंतु सब से गाढ़े आँसू उन आढ़तियों और महाजनों के नेत्रों से गिरते थे, जिनके लेने-देने का लेखा अभी नहीं हुआ था। उन्होंने दस-बारह दिन जैसे-तैसे करके काटे, पश्चात् एक-एक करके लेखा के पत्र दिखाने लगे। किसी ब्राह्मण भोज में सौ रुपए का घी आया है और मूल्य नहीं दिया गया। कहीं से दो सौ का मैदा आया हुआ है। बजाज का सहस्रों का लेखा है। मंदिर बनवाते समय एक महाजन से बीस सहस्र ऋण लिया था, वह अभी वैसे ही पड़ा हुआ है, लेखा की तो यह दशा थी। सामग्री की यह दशा कि एक उत्तम गृह और तत्संबंधिनी सामग्रियों के अतिरिक्त कोई वस्तु न थी, जिससे कोई बड़ी रकम खड़ी हो सके। भू-संपत्ति बेचने के अतिरिक्त अन्य कोई उपाय न था, जिससे धन प्राप्त करके ऋण चुकाया जाए।

बेचारी सुवामा सिर नीचा किए हुए चटाई पर बैठी थी और प्रतापचंद्र अपने

लकड़ी के घोड़े पर सवार आँगन में टक-टक कर रहा था कि पंडित मोटेराम शास्त्री, जो कुल के पुरोहित थे, मुसकराते हुए भीतर आए। उन्हें प्रसन्न देखकर निराश सुवामा चौंककर उठ बैठी कि शायद यह कोई शुभ समाचार लाए हैं। उनके लिए आसन बिछा दिया और आशा भरी दृष्टि से देखने लगी। पंडितजी आसन पर बैठे और सुँघनी सूँघते हुए बोले—तुमने महाजनों का लेखा देखा?

सुवामा ने निराशापूर्ण शब्दों में कहा—हाँ, देखा तो।

मोटेराम—रकम बड़ी गहरी है। मुंशीजी ने आगा-पीछा कुछ न सोचा, अपने यहाँ कुछ हिसाब-किताब न रखा।

सुवामा—हाँ, अब तो यह रकम गहरी है, नहीं तो इतने रुपए क्या एक-एक भोज में उठ गए हैं।

मोटेराम—सब दिन समान नहीं बीतते।

सुवामा—अब तो जो ईश्वर करेगा, सो होगा, क्या कर सकती हूँ।

मोटेराम—हाँ, ईश्वर की इच्छा तो मूल ही है, मगर तुमने भी कुछ सोचा है?

सुवामा—हाँ, गाँव बेच डालूँगी।

मोटेराम—राम-राम! यह क्या कहती हो? भूमि बिक गई तो फिर बात क्या रह जाएगी?

मोटेराम—भला, पृथ्वी हाथ से निकल गई तो तुम लोगों का जीवन निर्वाह कैसे होगा?

सुवामा—हमारा ईश्वर मालिक है। वही बेड़ा पार करेगा।

मोटेराम—यह तो बड़े अफसोस की बात होगी कि ऐसे उपकारी पुरुष के लड़के-बाले दुःख भोगें।

सुवामा—ईश्वर की यही इच्छा है तो किसी का क्या बस?

मोटेराम—भला, मैं एक युक्ति बता दूँ कि साँप भी मर जाए और लाठी भी न टूटे।

सुवामा—हाँ, बतलाइए, बड़ा उपकार होगा।

मोटेराम—पहले तो एक दरख्वास्त लिखवाकर कलक्टर साहिब को दे दो कि मालगुजारी माफ की जाए। बाकी रुपए का बंदोबस्त हमारे ऊपर छोड़ दो। हम जो चाहेंगे करेंगे, परंतु इलाके पर आँच न आने पाएगी।

सुवामा—कुछ प्रकट भी तो हो, आप इतने रुपए कहाँ से लाएँगे?

मोटेराम—तुम्हारे लिए रुपए की क्या कमी है? मुंशीजी के नाम पर बिना

लिखा-पढ़ी के पचास हजार रुपए का बंदोबस्त हो जाना, कोई बड़ी बात नहीं है। सच तो यह है कि रुपया रखा हुआ है, तुम्हारे मुँह से 'हाँ' निकलने की देरी है।

सुवामा—नगर के भद्र-पुरुषों ने एकत्र किया होगा?

मोटेराम—हाँ, बात-ही-बात में रुपया एकत्र हो गया। साहब का इशारा बहुत था।

सुवामा—कर-मुक्ति के लिए प्रार्थना-पत्र मुझसे न लिखवाया जाएगा और मैं अपने स्वामी के नाम ऋण ही लेना चाहती हूँ। मैं सबका एक-एक पैसा अपने गाँवों से ही चुका दूँगी।

यह कहकर सुवामा ने रुखाई से मुँह फेर लिया और उसके पीले तथा शोकान्वित बदन पर क्रोध सा झलकने लगा। मोटेराम ने देखा कि बात बिगड़ सकती है तो सँभलकर बोले—अच्छा, जैसे तुम्हारी इच्छा। इसमें कोई जबरदस्ती नहीं है, मगर यदि हमने तुमको किसी प्रकार का दुःख उठाते देखा तो उस दिन प्रलय हो जाएगा। बस, इतना समझ लो।

सुवामा—तो आप क्या यह चाहते हैं कि मैं अपने पति के नाम पर दूसरों की कृतज्ञता का भार रखूँ? मैं इसी घर में जल मरूँगी, अनशन करते-करते मर जाऊँगी, पर किसी की उपकृत न बनूँगी।

मोटेराम—छिः-छिः। तुम्हारे ऊपर निहोरा कौन कर सकता है? कैसी बात मुख से निकालती हो? ऋण लेने में कोई लाज नहीं है। कौन रईस है, जिस पर लाख दो-लाख का ऋण न हो?

सुवामा—मुझे विश्वास नहीं होता कि इस ऋण में निहोरा है।

मोटेराम—सुवामा, तुम्हारी बुद्धि कहाँ गई? भला, सब प्रकार के दुःख उठा लोगी, पर क्या तुम्हें इस बालक पर दया नहीं आती?

मोटेराम की यह चोट बहुत कड़ी लगी। सुवामा सजलनयना हो गई। उसने पुत्र की ओर करुणा भरी दृष्टि से देखा। इस बच्चे के लिए मैंने कौन-कौन सी तपस्या नहीं की? क्या इसके भाग्य में दुःख ही बदा है। जो अमोला जलवायु के प्रखर झोंकों से बचाया जाता था, जिस पर सूर्य की प्रचंड किरणें न पड़ने पाती थीं, जो स्नेह-सुधा से अभी सिंचित रहता था, क्या वह आज इस जलती हुई धूप और इस आग की लपट में मुरझाएगा? सुवामा कई मिनट तक इसी चिंता में बैठी रही। मोटेराम मन-ही-मन प्रसन्न हो रहे थे कि अब सफलीभूत हुआ। इतने में सुवामा ने सिर उठाकर कहा—जिसके पिता ने लाखों को जिलाया-खिलाया, वह दूसरों का

आश्रित नहीं बन सकता। यदि पिता का धर्म उसका सहायक होगा तो स्वयं दस को खिलाकर खाएगा।

(लड़के को बुलाते हुए) बेटा, तनिक यहाँ आओ। कल से तुम्हारी मिठाई, दूध, घी सब बंद हो जाएँगे। रोओगे तो नहीं?

यह कहकर उसने बेटे को प्यार से बैठा लिया और उसके गुलाबी गालों का पसीना पोंछकर चुंबन कर लिया।

प्रताप—क्या कहा? कल से मिठाई बंद होगी? क्यों, क्या हलवाई की दुकान पर मिठाई नहीं है?

सुवामा—मिठाई तो है, पर उसका रुपया कौन देगा?

प्रताप—हम बड़े होंगे तो उसको बहुत सा रुपया देंगे। चल, टख-टख। देख माँ, कैसा तेज घोड़ा है!

सुवामा की आँखों में फिर जल भर आया—'हा हंत। इस सौंदर्य और सुकुमारता की मूर्ति पर अभी से दरिद्रता की आपत्तियाँ आ जाएँगी। नहीं, नहीं, मैं स्वयं सब भोग लूँगी, परंतु अपने प्राण-प्यारे बच्चे के ऊपर आपत्ति की परछाईं तक न आने दूँगी। माता तो यह सोच रही थी और प्रताप अपने हठी और मुँहजोर घोड़े पर चढ़ने में पूर्ण शक्ति से लीन हो रहा था। बच्चे मन के राजा होते हैं।

अभिप्राय यह कि मोटेराम ने बहुत जाल फैलाया। विविध प्रकार का वाक्चातुर्य दिखलाया, परंतु सुवामा ने एक बार नहीं करके 'हाँ' न की। उसकी इस आत्मरक्षा का समाचार जिसने सुना, 'धन्य-धन्य' कहा। लोगों के मन में उसकी प्रतिष्ठा दूनी हो गई। उसने वही किया, जो ऐसे संतोषपूर्ण और उदार-हृदय मनुष्य की स्त्री को करना उचित था।

इसके पंद्रहवें दिन इलाका नीलामी पर चढ़ा। पचास सहस्र रुपए प्राप्त हुए। कुल ऋण चुका दिया गया। घर का अनावश्यक सामान बेच दिया गया। मकान में भी सुवामा ने भीतर से ऊँची-ऊँची दीवारें खिंचवाकर दो अलग-अलग खंड कर दिए। एक में आप रहने लगी और दूसरा भाड़े पर उठा दिया।

□

नए पड़ोसियों से मेल-जोल

मुंशी संजीवनलाल, जिन्होंने सुवामा का घर भाड़े पर लिया था, बड़े विचारशील मनुष्य थे। पहले एक प्रतिष्ठित पद पर नियुक्त थे, किंतु अपनी स्वतंत्र इच्छा के कारण अफसरों को प्रसन्न न रख सके, यहाँ तक कि उनकी रुष्टता से विवश होकर इस्तीफा दे दिया। नौकरी के समय में कुछ पूँजी एकत्र कर ली थी, इसलिए नौकरी छोड़ते ही वे ठेकेदारी की ओर प्रवृत्त हुए और उन्होंने परिश्रम द्वारा अल्पकाल में ही अच्छी संपत्ति बना ली। इस समय उनकी आय चार-पाँच सौ मासिक से कम न थी। उन्होंने कुछ ऐसी अनुभवशालिनी बुद्धि पाई थी कि जिस कार्य में हाथ डालते, उसमें लाभ छोड़, हानि न होती थी।

मुंशी संजीवनलाल का कुटुंब बड़ा न था। संतानें तो ईश्वर ने कई दीं, पर इस समय माता-पिता के नयनों की पुतली केवल एक पुत्री ही थी। उसका नाम वृजरानी था। वही दंपती का जीवनाश्रय थी।

प्रतापचंद्र और वृजरानी में पहले ही दिन से मैत्री आरंभ हो गई। आधे घंटे में दोनों चिड़ियों की भाँति चहकने लगे। वृजरानी ने अपनी गुड़िया, खिलौने और बाजे दिखाए, प्रतापचंद्र ने अपनी किताबें, लेखनी और चित्र दिखाए। विरजन (वृजरानी) की माता सुशीला ने प्रतापचंद्र को गोद में ले लिया और प्यार किया। उस दिन से वह नित्य संध्या को आता और दोनों साथ-साथ खेलते। ऐसा प्रतीत होता था कि दोनों भाई-बहन हैं। सुशीला दोनों बालकों को गोद में बैठाती और प्यार करती। घंटों टकटकी लगाए दोनों बच्चों को देखा करती, विरजन भी कभी-कभी प्रताप के घर जाती। विपत्ति की मारी सुवामा उसे देखकर अपना दुःख भूल जाती, छाती से लगा लेती और उसकी भोली-भाली बातें सुनकर अपना मन बहलाती।

एक दिन मुंशी संजीवनलाल बाहर से आए तो क्या देखते हैं कि प्रताप और

विरजन, दोनों दफ्तर में कुरसियों पर बैठे हैं। प्रताप कोई पुस्तक पढ़ रहा है और विरजन ध्यान लगाए सुन रही है। दोनों ने ज्यों ही मुंशीजी को देखा, उठ खड़े हुए। विरजन तो दौड़कर पिता की गोद में जा बैठी और प्रताप सिर नीचा करके एक ओर खड़ा हो गया। कैसा गुणवान् बालक था। आयु अभी आठ वर्ष से अधिक न थी, परंतु लक्षण से भावी प्रतिभा झलक रही थी। दिव्य मुखमंडल, पतले-पतले लाल-लाल अधर, तीव्र चितवन, काले-काले भ्रमर के समान बाल, उसपर स्वच्छ कपड़े। मुंशीजी ने कहा—यहाँ आओ, प्रताप!

प्रताप धीरे-धीरे कुछ हिचकिचाता-सकुचाता समीप आया। मुंशीजी ने पितृवत् प्रेम से उसे गोद में बैठा लिया और पूछा—तुम अभी कौन सी किताब पढ़ रहे थे?

प्रताप बोलने ही को था कि विरजन बोल उठी—बाबा, अच्छी-अच्छी कहानियाँ थीं। क्यों बाबा, क्या पहले चिड़ियाँ भी हमारी भाँति बोला करती थीं?

मुंशीजी मुसकराकर बोले—हाँ, वे खूब बोलती थीं।

अभी उनके मुँह से पूरी बात भी न निकलने पाई थी कि प्रताप, जिसका संकोच अब गायब हो चला था, बोला—नहीं, विरजन तुम्हें भुलाते हैं, ये कहानियाँ बनाई हुई हैं।

मुंशीजी इस निर्भीकतापूर्ण खंडन पर खूब हँसे।

अब तो प्रताप तोते की भाँति चहकने लगा—स्कूल इतना बड़ा है कि नगर भर के लोग उसमें बैठ जाएँ। दीवारें इतनी ऊँची हैं, जैसे ताड़। बलदेव प्रसाद ने जो गेंद में हिट लगाई तो वह आकाश में चली गई। बड़े मास्टर साहब की मेज पर हरी-हरी बनात बिछी हुई है। उसपर फूलों से भरे गिलास रखे हैं। गंगाजी का पानी नीला है। ऐसे जोर से बहता है कि बीच में पहाड़ भी हो तो बह जाए। वहाँ एक साधु बाबा हैं। रेल दौड़ती है सन्-सन्। उसका इंजन बोलता है झक्-झक्। इंजन में भाप होती है, उसी के जोर से गाड़ी चलती है। गाड़ी के साथ पेड़ भी दौड़ते दिखाई देते हैं।

इस भाँति कितनी ही बातें प्रताप ने अपनी भोली-भाली बोली में कहीं। विरजन चित्र की भाँति चुपचाप बैठी सुन रही थी। रेल पर वह भी दो-तीन बार सवार हुई थी, परंतु उसे आज तक यह ज्ञात न था कि उसे किसने बनाया और वह क्योंकर चलती है। दो बार उसने गुरुजी से यह प्रश्न किया भी था, परंतु उन्होंने यह कहकर टाल दिया कि बच्चा, ईश्वर की महिमा अपरंपार है। विरजन ने भी समझ लिया कि ईश्वर की महिमा कोई बड़ा भारी और बलवान घोड़ा है, जो इतनी

गाड़ियों को सन्-सन् खींचे लिये जाता है। जब प्रताप चुप हुआ तो विरजन ने पिता के गले में हाथ डालकर कहा—बाबा, हम भी प्रताप की किताब पढ़ेंगे।

मुंशी—बेटी, तुम तो संस्कृत पढ़ती हो, यह तो भाषा है।

विरजन—तो मैं भी भाषा ही पढ़ूँगी। इसमें कैसी अच्छी-अच्छी कहानियाँ हैं। मेरी किताब में तो कहानी नहीं। क्यों बाबा, पढ़ना किसे कहते हैं?

मुंशीजी बगलें झाँकने लगे। उन्होंने आज तक आप ही कभी ध्यान नहीं दिया था कि पढ़ना क्या वस्तु है। अभी वे माथा ही खुजला रहे थे कि प्रताप बोल उठा—मुझे पढ़ते देखा, उसी को पढ़ना कहते हैं।

विरजन—क्या मैं नहीं पढ़ती? मेरे पढ़ने को पढ़ना नहीं कहते?

विरजन सिद्धांत-कौमुदी पढ़ रही थी। प्रताप ने कहा—तुम तोते की भाँति रटती हो।

□

एकता का संबंध पुष्ट होता है

कुछ काल से सुवामा ने द्रव्याभाव के कारण महाराजिन, कहार और दो महरियों को जवाब दे दिया था, क्योंकि अब न तो उनकी कोई आवश्यकता थी और न उनका व्यय ही सँभाले सँभलता था। केवल एक बुढ़िया महरी शेष रह गई थी। ऊपर का काम-काज वह करती। रसोई सुवामा स्वयं बना लेती, परंतु उस बेचारी को ऐसे कठिन परिश्रम का अभ्यास तो कभी था नहीं, थोड़े ही दिनों में उसे थकान के कारण रात को कुछ ज्वर रहने लगा। धीरे-धीरे यह गति हुई कि जब देखें; ज्वर विद्यमान है। शरीर भुना जाता है, न खाने की इच्छा है, न पीने की। किसी कार्य में मन नहीं लगता, पर यह है कि सदैव नियम के अनुसार काम किए जाती है। जब तक प्रताप घर रहता है, तब तक वह मुखाकृति को तनिक भी मलिन नहीं होने देती, परंतु ज्यों ही वह स्कूल चला जाता है, त्यों ही वह चद्दर ओढ़कर पड़ी रहती है और दिन भर पड़े-पड़े कराहा करती है।

प्रताप बुद्धिमान लड़का था। माता की दशा प्रतिदिन बिगड़ती हुई देखकर ताड़ गया कि वे बीमार हैं। एक दिन स्कूल से लौटा तो सीधा अपने घर गया। बेटे को देखते ही सुवामा ने उठकर बैठने का प्रयत्न किया, पर निर्बलता के कारण मूर्च्छा आ गई और हाथ-पाँव अकड़ गए। प्रताप ने उसे सँभाला और उसे भर्त्सना की दृष्टि से देखकर कहा—अम्माँ तुम आजकल बीमार हो क्या? इतनी दुबली क्यों हो गई हो? देखो, तुम्हारा शरीर कितना गरम है। हाथ नहीं रखा जाता।

सुवामा ने हँसने का उद्योग किया। अपनी बीमारी का परिचय देकर बेटे को कैसे कष्ट दे? यह निस्पृह और निस्स्वार्थ प्रेम की पराकाष्ठा है। स्वर को हलका करके बोली—नहीं बेटा, बीमार तो नहीं हूँ। आज कुछ ज्वर हो आया था, संध्या

तक चंगी हो जाऊँगी। अलमारी में हलवा रखा हुआ है निकाल लो। नहीं, तुम आओ बैठो, मैं ही निकाल देती हूँ।

प्रताप—माता, तुम मुझसे बहाना करती हो। तुम अवश्य बीमार हो। एक दिन में कोई इतना दुर्बल हो जाता है?

सुवामा—(*हँसकर*) क्या तुम्हारे देखने में मैं दुबली हो गई हूँ।

प्रताप—मैं डॉक्टर साहब के पास जाता हूँ।

सुवामा—(*प्रताप का हाथ पकड़कर*) तुम क्या जानो कि वे कहाँ रहते हैं?

प्रताप—पूछते-पूछते चला जाऊँगा।

सुवामा कुछ और कहना चाहती थी कि उसे फिर चक्कर आ गया। उसकी आँखें पथरा गईं। प्रताप उसकी यह दशा देखते ही डर गया। उससे और कुछ तो न हो सका, वह दौड़कर विरजन के द्वार पर आया और खड़ा होकर रोने लगा।

प्रतिदिन वह इस समय तक विरजन के घर पहुँच जाता था। आज जो देर हुई तो वह अकुलाई हुई इधर-उधर देख रही थी। अकस्मात् द्वार पर झाँकने आई तो प्रताप को दोनों हाथों से मुख ढाँके हुए देखा। पहले तो समझी कि इसने हँसी से मुख छिपा रखा है। जब उसने हाथ हटाए तो आँसू दीख पड़े। चौंककर बोली—लल्लू! क्यों रोते हो? बता दो।

प्रताप ने कुछ उत्तर न दिया, वरन् और सिसकने लगा।

विरजन बोली—न बताओगे! क्या चाची ने कुछ कहा? जाओ, तुम चुप नहीं होते।

प्रताप ने कहा—नहीं, विरजन, माँ बहुत बीमार हैं।

यह सुनते ही वृजरानी दौड़ी और एक साँस में सुवामा के सिरहाने जा खड़ी हुई। देखा तो वह सुन्न पड़ी हुई हैं, आँखें मुँदी हुई हैं और लंबी साँसें ले रही हैं। उनका हाथ थामकर विरजन झिंझोड़ने लगी—चाची, कैसा जी है, आँखें खोलो, कैसा जी है?

परंतु चाची ने आँखें न खोलीं। तब वह ताक पर से तेल उतारकर सुवामा के सिर पर धीरे-धीरे मलने लगी। उस बेचारी को सिर में महीनों से तेल डालने का अवसर न मिला था, ठंडक पहुँची तो आँखें खुल गईं।

विरजन—चाची, कैसा जी है? कहीं दर्द तो नहीं है?

सुवामा— नहीं बेटी, दर्द कहीं नहीं है। अब मैं बिल्कुल अच्छी हूँ। भैया कहाँ है?

विरजन—वह तो मेरे घर हैं, बहुत रो रहे हैं।

सुवामा—तुम जाओ, उसके साथ खेलो, अब मैं बिल्कुल अच्छी हूँ।

अभी ये बातें हो रही थीं कि सुशीला का भी शुभागमन हुआ। उसे सुवामा से मिलने की तो बहुत दिनों से उत्कंठा थी, परंतु कोई अवसर न मिलता था। इस समय वह सांत्वना देने के बहाने आ पहुँची। विरजन ने अपनी माता को देखा तो उछल पड़ी और ताली बजा-बजाकर कहने लगी—माँ आई, माँ आई।

दोनों स्त्रियों में शिष्टाचार की बातें होने लगीं। बातों-बातों में दीपक जल उठा। किसी को ध्यान भी न हुआ कि प्रताप कहाँ है? थोड़ी देर तक तो वह द्वार पर खड़ा रोता रहा, फिर झटपट आँखें पोंछकर डॉक्टर किचलू के घर की ओर लपकता हुआ चला। डॉक्टर साहब मुंशी शालिग्राम के मित्रों में से थे और जब कभी जरूरत पड़ती तो वे ही बुलाए जाते थे। प्रताप को केवल इतना विदित था कि वे बरना नदी के किनारे लाल बँगले में रहते हैं। उसे अब तक अपने मुहल्ले से बाहर निकलने का कभी अवसर न पड़ा था, परंतु उस समय मातृभक्ति के वेग से उद्विग्न होने के कारण उसे इन रुकावटों का कुछ भी ध्यान न हुआ। घर से निकलकर बाजार में आया और एक इक्केवान से बोला—लाल बँगले चलोगे?

लाल बँगला प्रसाद स्थान था। इक्कावान तैयार हो गया। आठ बजते-बजते डॉक्टर साहब की फिटन सुवामा के द्वार पर आ पहुँची। यहाँ इस समय चारों ओर उसकी खोज हो रही थी कि अचानक वह सवेग पैर बढ़ाता हुआ भीतर गया और बोला—परदा करो। डॉक्टर साहब आते हैं।

सुवामा और सुशीला दोनों चौंक पड़ीं। समझ गईं, यह डॉक्टर साहब को बुलाने गया था। सुवामा ने प्रेमाधिक्य से उसे गोदी में बैठा लिया—डर नहीं लगा? हमको बताया भी नहीं, यों ही चले गए? तुम खो जाते तो मैं क्या करती? ऐसा लाल कहाँ पाती?

यह कहकर उसने बेटे को बार-बार चूम लिया। प्रताप इतना प्रसन्न था, मानो परीक्षा में उत्तीर्ण हो गया। थोड़ी देर में परदा हुआ और डॉक्टर साहब आए। उन्होंने सुवामा की नाड़ी देखी और सांत्वना दी। वे प्रताप को गोद में बैठाकर बातें करते रहे। औषधियाँ साथ ले आए थे। उसे पिलाने की सम्मति देकर नौ बजे बँगले को लौट गए, परंतु जीर्णज्वर था, अतएव पूरे मास भर सुवामा को कड़वी-कड़वी औषधियाँ खानी पड़ीं। डॉक्टर साहब दोनों वक्त आते और ऐसी कृपा और

ध्यान रखते, मानो सुवामा उनकी बहन है। एक बार सुवामा ने डरते-डरते फीस के रुपए एक पात्र में रखकर सामने रखे, पर डॉक्टर साहब ने उन्हें हाथ तक न लगाया। केवल इतना कहा—इन्हें मेरी ओर से प्रताप को दे दीजिएगा, वह पैदल स्कूल जाता है, पैरगाड़ी मोल ले लेगा।

विरजन और उनकी माता दोनों सुवामा की शुश्रूषा के लिए उपस्थित रहतीं। माता चाहे विलंब भी कर जाए, परंतु विरजन वहाँ से एक क्षण के लिए भी न टलती। दवा पिलाती, पान देती। जब सुवामा का जी अच्छा होता तो वह भोली-भाली बातों द्वारा उसका मन बहलाती। खेलना-कूदना सब छूट गया। जब सुवामा बहुत हठ करती तो प्रताप के संग बाग में खेलने चली जाती। दीपक जलते ही फिर आ बैठती और जब तक निद्रा के मारे झुक-झुक न पड़ती, वहाँ से उठने का नाम न लेती वरन् प्रायः वहीं सो जाती, रात को नौकर गोद में उठाकर घर ले जाता। न जाने उसे कौन सी धुन सवार हो गई थी।

एक दिन वृजरानी सुवामा के सिरहाने बैठी पंखा झल रही थी। न जाने किस ध्यान में मगन थी। आँखें दीवार की ओर लगी हुई थीं और जिस प्रकार वृक्षों पर कौमुदी लहराती है, उसी भाँति भीनी-भीनी मुसकान उसके अधरों पर लहरा रही थी। उसे कुछ भी ध्यान न था कि चाची मेरी ओर देख रही है। अचानक उसके हाथ से पंखा छूट गया। ज्यों ही वह उसको उठाने के लिए झुकी कि सुवामा ने उसे गले लगा लिया और पुचकारकर पूछा—विरजन, सत्य कहो, तुम अभी क्या सोच रही थी?

विरजन ने माथा झुका लिया और कुछ लज्जित होकर कहा—कुछ नहीं, तुमको न बतलाऊँगी।

सुवामा—मेरी अच्छी विरजन। बता तो क्या सोचती थी?

विरजन—(*लजाते हुए*) सोचती थी कि···जाओ हँसो मत···न बतलाऊँगी।

सुवामा—अच्छा ले, न हँसूँगी, बताओ। ले यही तो अब अच्छा नहीं लगता, फिर मैं आँखें मूँद लूँगी!

विरजन—किसी से कहोगी तो नहीं?

सुवामा—नहीं, किसी से न कहूँगी।

विरजन—सोचती थी कि जब प्रताप से मेरा विवाह हो जाएगा, तब बड़े आनंद से रहूँगी।

सुवामा ने उसे छाती से लगा लिया और कहा—बेटी, वह तो तेरा भाई है।

विरजन—हाँ, भाई है। मैं जान गई, तुम मुझे बहू न बनाओगी।

सुवामा—आज लल्लू को आने दो, उससे पूछूँ, देखूँ क्या कहता है?

विरजन—नहीं, नहीं, उनसे न कहना। मैं तुम्हारे पैरों पड़ूँ।

सुवामा—मैं तो कह दूँगी।

विरजन—तुम्हें हमारी कसम, उनसे न कहना।

□

शिष्ट-जीवन के दृश्य

दिन जाते देर नहीं लगती। दो वर्ष व्यतीत हो गए। पंडित मोटेराम नित्य प्रात:काल आते और सिद्धांत-कौमुदी पढ़ाते, परंतु अब उनका आना केवल नियम पालन के हेतु ही था, क्योंकि इस पुस्तक के पढ़ने में अब विरजन का जी न लगता था। एक दिन मुंशीजी इंजीनियर के दफ्तर से आए। कमरे में बैठे थे। नौकर जूते का फीता खोल रहा था कि रधिया महरी मुसकराती हुई घर में से निकली और उनके हाथ में मुहर छाप लगा हुआ लिफाफा रख, मुँह फेर हँसने लगी। सिरनाम पर लिखा हुआ था—श्रीमान् बाबा साहब की सेवा में प्राप्त हो।

मुंशी—अरे, तू किसका लिफाफा ले आई? यह मेरा नहीं है।

महरी—सरकार ही का तो है, खोलें तो आप।

मुंशी—किसने दिया? कोई आदमी बाहर से आया था?

बोली—आप खोलेंगे तो पता चल जाएगा।

मुंशीजी ने विस्मित होकर लिफाफा खोला। उसमें से जो पत्र-निकला, उसमें यह लिखा हुआ था—

बाबा को विरजन का प्रणाम और पालागन पहुँचे। यहाँ आपकी कृपा से कुशल-मंगल है। आपका कुशल श्री विश्वनाथजी से सदा मनाया करती हूँ। मैंने प्रताप से भाषा सीख ली। वे स्कूल से आकर संध्या को मुझे नित्य पढ़ाते हैं। अब आप हमारे लिए अच्छी-अच्छी पुस्तकें लाइए, क्योंकि पढ़ना ही जी का सुख है और विद्या अमूल्य वस्तु है। वेद-पुराण में इसका महात्म्य लिखा है। मनुष्य को चाहिए कि विद्या-धन तन-मन से एकत्र करे। विद्या से सब दु:ख दूर हो जाते हैं। मैंने कल बैताल-पच्चीसी की कहानी चाची को सुनाई थी। उन्होंने मुझे एक सुंदर गुड़िया पुरस्कार में दी है। बहुत अच्छी है। मैं उसका विवाह करूँगी, तब आपसे

रुपए लूँगी। मैं अब पंडितजी से न पढ़ूँगी। माँ नहीं जानती कि मैं भाषा पढ़ती हूँ।

आपकी प्यारी

विरजन

प्रशस्ति देखते ही मुंशीजी के अंतःकरण में गुदगुदी होने लगी। फिर तो उन्होंने एक ही साँस में सारी चिट्ठी पढ़ डाली। मारे आनंद के हँसते हुए नंगे-पाँव भीतर दौड़े। प्रताप को गोद में उठा लिया और फिर दोनों बच्चों का हाथ पकड़े हुए सुशीला के पास गए। उसे चिट्ठी दिखाकर कहा—बूझो, किसकी चिट्ठी है?

सुशीला—लाओ, हाथ में दो, देखूँ।

मुंशीजी—नहीं, वहीं से बैठी-बैठी बताओ जल्दी।

सुशीला—बूझ जाऊँ तो क्या दोगे?

मुंशीजी—पचास रुपए, दूध के धोए हुए।

सुशीला—पहले रुपए निकालकर रख दो, नहीं तो मुकर जाओगे।

मुंशीजी—मुकरनेवाले को कुछ कहता हूँ, अभी रुपए लो। ऐसा कोई टुटपुँजिया समझ लिया है?

यह कहकर दस रुपए का एक नोट जैसे निकालकर दिखाया।

सुशीला—कितने का नोट है?

मुंशीजी—पचास रुपए का, हाथ से लेकर देख लो।

सुशीला—ले लूँगी, कहे देती हूँ।

मुंशीजी—हाँ-हाँ, ले लेना, पहले बता तो सही।

सुशीला—लल्लू का है। लाइए नोट, अब मैं न मानूँगी।

यह कहकर उठी और मुंशीजी का हाथ थाम लिया।

मुंशीजी—ऐसी क्या डकैती है? नोट छीने लेती हो।

सुशीला—वचन नहीं दिया था? अभी से विचलने लगे।

मुंशीजी—तुमने बूझा भी, सर्वथा भ्रम में पड़ गईं।

सुशीला—चलो-चलो, बहाना करते हो, नोट हड़पने की इच्छा है। क्यों लल्लू, तुम्हारी ही चिट्ठी है न?

प्रताप नीची दृष्टि से मुंशीजी की ओर देखकर धीरे से बोला—मैंने कहाँ लिखी?

मुंशीजी—लजाओ, लजाओ।

सुशीला—वह झूठ बोलता है। उसी की चिट्ठी है, तुम लोग गँठकर आए हो।

प्रताप—मेरी चिट्ठी नहीं है, सच। विरजन ने लिखी है।

सुशीला चकित होकर बोली—विरजन की?

फिर उसने दौड़कर पति के हाथ से चिट्ठी छीन ली और भौंचक्की होकर उसे देखने लगी, परंतु अब भी विश्वास नहीं आया। विरजन से पूछा—क्यों बेटी, यह तुम्हारी लिखी है?

विरजन ने सिर झुकाकर कहा—हाँ।

यह सुनते ही माता ने उसे कंठ से लगा लिया।

अब आज से विरजन की यह दशा हो गई कि जब देखिए, लेखनी लिए हुए पन्ने काले कर रही है। घर के धंधों से तो उसे पहले ही कुछ प्रयोजन न था, लिखने का आना सोने में सुहागा हो गया। माता उसकी तल्लीनता देख-देखकर प्रमुदित होती। पिता हर्ष से फूला न समाता, नित्य नवीन पुस्तकें लाता कि विरजन सयानी होगी तो पढ़ेगी। यदि कभी वह अपने पाँव धो लेती या भोजन करके अपने ही हाथ धोने लगती तो माता महरियों पर बहुत क्रुद्ध होती—आँखें फूट गई हैं। चरबी छा गई है। वह अपने हाथ से पानी उड़ेल रही है और तुम खड़ी मुँह ताकती हो।

इसी प्रकार काल बीतता चला गया, विरजन का बारहवाँ वर्ष पूर्ण हुआ, परंतु अभी तक उसे चावल उबालना तक न आता था। चूल्हे के सामने बैठने का कभी अवसर ही न आया। सुवामा ने एक दिन उसकी माता से कहा—बहन! विरजन सयानी हुई, क्या कुछ गुन-ढंग सिखाओगी।

सुशीला—क्या कहूँ, जी तो चाहता है कि लग्गा लगाऊँ, परंतु कुछ सोचकर रुक जाती हूँ।

सुवामा—क्या सोचकर रुक जाती हो?

सुशीला—कुछ नहीं, आलस आ जाता है।

सुवामा—तो यह काम मुझे सौंप दो। भोजन बनाना स्त्रियों के लिए सबसे आवश्यक बात है।

सुशीला—अभी चूल्हे के सामने उससे बैठा न जाएगा।

सुवामा—काम करने से ही आता है।

सुशीला—(*झेंपते हुए*) फूल से गाल कुम्हला जाएँगे।

सुवामा—(*हँसकर*) बिना फूल के मुरझाए कहीं फल लगते हैं?

दूसरे दिन से विरजन भोजन बनाने लगी। पहले दस-पाँच दिन उसे चूल्हे के सामने बैठने में बड़ा कष्ट हुआ। आग न जलती, फूँकने लगती तो नेत्रों से जल बहता। वे बूटी की भाँति लाल हो जाते। चिनगारियों से कई रेशमी साड़ियाँ सत्यानाश हो

गईं। हाथों में छाले पड़ गए, परंतु क्रमशः सारे क्लेश दूर हो गए। सुवामा ऐसी सुशील स्त्री थी कि कभी रुष्ट न होती, प्रतिदिन उसे पुचकारकर काम में लगाए रहती।

अभी विरजन को भोजन बनाते दो मास से अधिक न हुए होंगे कि एक दिन उसने प्रताप से कहा—लल्लू, मुझे भोजन बनाना आ गया।

प्रताप—सच!

विरजन—कल चाची ने मेरा बनाया भोजन किया था। बहुत प्रसन्न हुईं।

प्रताप—तो भई, एक दिन मुझे भी न्योता दो।

विरजन ने प्रसन्न होकर कहा—अच्छा, कल।

दूसरे दिन नौ बजे विरजन ने प्रताप को भोजन करने के लिए बुलाया। उसने जाकर देखा तो चौका लगा हुआ है। नवीन मिट्टी की मीठी-मीठी सुगंध आ रही है। आसन स्वच्छता से बिछा हुआ है। एक थाली में चावल और चपातियाँ हैं। दाल और तरकारियाँ अलग-अलग कटोरियों में रखी हुई हैं। लोटा और गिलास पानी से भरे हुए रखे हैं। यह स्वच्छता और ढंग देखकर प्रताप सीधा मुंशी संजीवनलाल के पास गया और उन्हें लाकर चौके के सामने खड़ा कर दिया। मुंशीजी खुशी से उछल पड़े। चट कपड़े उतार, हाथ-पैर धो प्रताप के साथ चौके में जा बैठे। बेचारी विरजन क्या जानती थी कि महाशय भी बिना बुलाए पाहुने हो जाएँगे। उसने केवल प्रताप के लिए भोजन बनाया था। वह उस दिन बहुत लजाई और दबी आँखों से माता की ओर देखने लगी। सुशीला ताड़ गई। मुसकराकर मुंशीजी से बोली—तुम्हारे लिए अलग भोजन बना है। लड़कों के बीच में क्या जाके कूद पड़े?

वृजरानी ने लजाते हुए दो थालियों में थोड़ा-थोड़ा भोजन परोसा।

मुंशीजी—विरजन ने चपातियाँ अच्छी बनाई हैं। नरम, श्वेत और मीठी।

प्रताप—चावल देखिए, छिटक दो और चुन लो!

मुंशीजी—मैंने ऐसी चपातियाँ कभी नहीं खाईं। सालन बहुत स्वादिष्ट है।

'विरजन! चाचा को शोरबेदार आलू दो,' यह कहकर प्रताप हँसने लगा। विरजन ने लजाकर सिर नीचे कर लिया। पतीली शुष्क हो रही थी।

सुशीला—*(पति से)* अब उठोगे भी, सारी रसोई चटकर गए तो भी अड़े बैठे हो!

मुंशीजी—क्या तुम्हारी लार टपक रही है?

निदान! दोनों रसोई की इतिश्री करके उठे। मुंशीजी ने उसी समय एक मोहर निकालकर विरजन को पुरस्कार में दी।

□

डिप्टी श्यामाचरण

डिप्टी श्यामाचरण की धाक सारे नगर में छाई हुई थी। नगर में कोई ऐसा हाकिम न था, जिसकी लोग इतनी प्रतिष्ठा करते हों। इसका कारण कुछ तो यह था कि वे स्वभाव के मिलनसार और सहनशील थे और कुछ यह कि रिश्वत से उन्हें बड़ी घृणा थी। न्याय-विचार ऐसी सूक्ष्मता से करते थे कि दस-बारह वर्ष के भीतर कदाचित् उनके दो-चार फैसलों की अपील हुई होगी। अंग्रेजी का एक अक्षर न जानते थे, परंतु बैरिस्टरों और वकीलों को भी उनकी नैतिक पहुँच और सूक्ष्मदर्शिता पर आश्चर्य होता था। स्वभाव में स्वाधीनता कूट-कूट भरी थी। घर और न्यायालय के अतिरिक्त किसी ने उन्हें और कहीं आते-जाते नहीं देखा। मुंशी शालिग्राम जब तक जीवित थे या यों कहिए कि वर्तमान थे, तब तक कभी-कभी चित्तविनोदार्थ उनके यहाँ चले जाते थे। जब से वे लुप्त हो गए, डिप्टी साहब ने घर छोड़कर हिलने की शपथ कर ली। कई वर्ष हुए एक बार कलक्टर साहब को सलाम करने गए थे, खानसामा ने कहा—साहब स्नान कर रहे हैं।

दो घंटे तक बरामदे में एक मोढ़े पर बैठे प्रतीक्षा करते रहे। तदनंतर साहब बहादुर हाथ में एक टेनिस बैट लिए हुए निकले और बोले—बाबू साहब, हमको खेद है कि आपको हमारी बाट देखनी पड़ी। मुझे आज अवकाश नहीं है। क्लब-घर जाना है। आप फिर कभी आएँ।

यह सुनकर उन्होंने साहब बहादुर को सलाम किया और इतनी सी बात पर फिर किसी अंग्रेज की भेंट को न गए। वंश, प्रतिष्ठा और आत्म-गौरव पर उन्हें बड़ा अभिमान था। वे बड़े ही रसिक पुरुष थे। उनकी बातें हास्य से पूर्ण होती थीं। संध्या के समय जब वे कतिपय विशिष्ट मित्रों के साथ द्वारांगण में बैठते तो उनके उच्च हास्य की गूँजती हुई प्रतिध्वनि वाटिका से सुनाई देती थी। नौकरों-चाकरों से वे बहुत सरल व्यवहार रखते थे, यहाँ तक कि उनके संग अलाव के

पास बैठने में भी उनको कुछ संकोच न था, परंतु उनकी धाक ऐसी छाई हुई थी कि उनकी इस सज्जनता से किसी को अनुचित लाभ उठाने का साहस न होता था। चाल-ढाल सामान्य रखते थे। कोट-पतलून से उन्हें घृणा थी। बटनदार ऊँची अचकन, उसपर एक रेशमी काम की अबा, काला शिमला, ढीला पाजामा और दिल्लीवाला नोकदार जूता उनकी मुख्य पोशाक थी। उनके दुहरे शरीर, गुलाबी चेहरे और मध्यम डील पर जितनी यह पोशाक शोभा देती थी, उतनी कोट-पतलून से संभव न थी। यद्यपि उनकी धाक सारे नगर भर में फैली हुई थी, तथापि अपने घर के मंडलांतर्गत उनकी एक न चलती थी। यहाँ उनकी सुयोग्य अर्द्धांगिनी का साम्राज्य था। वे अपने अधिकृत प्रांत में स्वच्छंदतापूर्वक शासन करती थीं। कई वर्ष व्यतीत हुए। डिप्टी साहब ने उनकी इच्छा के विरुद्ध एक महाराजिन नौकर रख ली थी। महाराजिन कुछ रंगीली थी। प्रेमवती अपने पति की इस अनुचित कृति पर ऐसी रुष्ट हुई कि कई सप्ताह तक कोपभवन में बैठी रही। निदान विवश होकर साहब ने महाराजिन को विदा कर दिया। तब से उन्हें फिर कभी गृहस्थी के व्यवहार में हस्तक्षेप करने का साहस न हुआ।

मुंशीजी के दो बेटे और एक बेटी थी। बड़ा लड़का राधाचरण गत वर्ष डिग्री प्राप्त करके इस समय रुड़की कॉलेज में पढ़ाता था। उसका विवाह फतेहपुर सीकरी के एक रईस के यहाँ हुआ था। मँझली लड़की का नाम सेवती था। उसका भी विवाह प्रयाग के एक धनी घराने में हुआ था। छोटा लड़का कमलाचरण अभी तक अविवाहित था। प्रेमवती ने बचपन से ही लाड़-प्यार करके उसे ऐसा बिगाड़ दिया था कि उसका मन पढ़ने-लिखने में तनिक भी नहीं लगता था। पंद्रह वर्ष का हो चुका था, पर अभी तक सीधा सा पत्र भी न लिख सकता था। मियाँजी बैठे। उन्हें इसने एक मास के भीतर निकालकर साँस ली। तब पाठशाला में नाम लिखाया गया। वहाँ जाते ही उसे ज्वर चढ़ आता और सिर दुखने लगता था। इसलिए वहाँ से भी वह उठा लिया गया। तब एक मास्टर साहब नियुक्त हुए और तीन महीने रहे, परंतु इतने दिनों में कमलाचरण ने कठिनता से तीन पाठ पढ़े होंगे। निदान मास्टर साहब भी विदा हो गए। तब डिप्टी साहब ने स्वयं पढ़ाना निश्चित किया, परंतु एक ही सप्ताह में उन्हें कई बार कमला का सिर हिलाने की आवश्यकता प्रतीत हुई। साक्षियों के बयान और वकीलों की सूक्ष्म आलोचनाओं के तत्त्व को समझना कठिन नहीं है, जितना किसी निरुत्साही लड़के के मन में शिक्षा-रुचि उत्पन्न करना है।

प्रेमवती ने इस मार-धाड़ पर ऐसा उत्पात मचाया कि अंत में डिप्टी साहब ने भी झल्लाकर पढ़ाना छोड़ दिया। कमला कुछ ऐसा रूपवान, सुकुमार और मधुरभाषी

था कि माता उसे सब लड़कों से अधिक चाहती थी। इस अनुचित लाड़-प्यार ने उसे पतंग, कबूतरबाजी और इसी प्रकार के अन्य कुव्यसनों का प्रेमी बना दिया था। सवेरा हुआ और कबूतर उड़ाए जाने लगे, बटेरों के जोड़ छूटने लगे, संध्या हुई और पतंग के लंबे-लंबे पेच होने लगे। कुछ दिनों से जुए का भी चस्का पड़ चला था। दर्पण, कंघी और इत्र-तेल में तो मानो उसके प्राण ही बसते थे।

प्रेमवती एक दिन सुवामा से मिलने गई हुई थी। वहाँ उसने वृजरानी को देखा और उसी दिन से उसका जी ललचाया हुआ था कि वह बहू बनकर मेरे घर में आए तो घर का भाग्य जाग उठे। उसने सुशीला पर अपना यह भाव प्रगट किया। विरजन का तेरहवाँ आरंभ हो चुका था। पति-पत्नी में विवाह के संबंध में बातचीत हो रही थी। प्रेमवती की इच्छा पाकर दोनों फूले न समाए। एक तो परिचित परिवार, दूसरे कुलीन लड़का, बुद्धिमान और शिक्षित, पैतृक संपत्ति अधिक। यदि इनमें नाता हो जाए तो क्या पूछना! चटपट रीति के अनुसार संदेश कहला भेजा।

इस प्रकार संयोग ने आज उस विषैले वृक्ष का बीज बोया, जिसने तीन ही वर्ष में कुल का सर्वनाश कर दिया। भविष्य हमारी दृष्टि से कैसे गुप्त रहता है?

ज्यों ही संदेशा पहुँचा। सास, ननद और बहू में बातें होने लगीं।

बहू (*चंद्रा*)—क्यों अम्माँ! क्या आप इसी साल ब्याह करेंगी?

प्रेमवती—और क्या, तुम्हारे लालाली के मानने की देर है।

बहू—कुछ तिलक-दहेज भी ठहरा।

प्रेमवती—तिलक-दहेज ऐसी लड़कियों के लिए नहीं ठहराया जाता।

जब तुला पर लड़की लड़के के बराबर नहीं ठहरती, तभी दहेज का पासंग बनाकर उसे बराबर कर देते हैं। हमारी वृजरानी कमला से बहुत भारी है।

सेवती—कुछ दिनों तक घर में खूब धूमधाम रहेगी। भाभी गीत गाएँगी। हम ढोल बजाएँगे। क्यों भाभी?

चंद्रा—मुझे नाचना-गाना नहीं आता।

चंद्रा का स्वर कुछ भद्दा था। जब गाती, स्वर-भंग हो जाता था, इसलिए उसे गाने से चिढ़ थी।

सेवती—यह तो तुम आप ही करो। तुम्हारे गाने की तो संसार में धूम है।

चंद्रा जल गई, तीखी होकर बोली—जिसे नाच-गाकर दूसरों को लुभाना हो, वह नाचना-गाना सीखे।

सेवती—तुम तो तनिक सी हँसी में रूठ जाती हो। जरा वह गीत गाओ तो—

'तुम तो श्याम बड़े बेखबर हो।' इस समय सुनने को बहुत जी चाहता है। महीनों से तुम्हारा गाना नहीं सुना।

चंद्रा—तुम्हीं गाओ, कोयल की तरह कूकती हो।

सेवती—लो, अब तुम्हारी यही चाल अच्छी नहीं लगती। मेरी अच्छी भाभी, तनिक गाओ।

चंद्रा—मैं इस समय न गाऊँगी। क्या मुझे कोई डोमनी समझ लिया है?

सेवती—मैं तो बिन गीत सुने आज तुम्हारा पीछा न छोड़ूँगी।

सेवती का स्वर परम सुरीला और चित्ताकर्षक था। रूप और आकृति भी मनोहर, कुंदन वर्ण और रसीली आँखें। प्याजी रंग की साड़ी उसपर खूब खिल रही थी। वह आप-ही-आप गुनगुनाने लगी।

'तुम तो श्याम बड़े बेखबर हो˙˙तुम तो श्याम।

आप तो श्याम पीयो दूध के कुल्हड़, मेरी तो पानी पै गुजर—पानी पै गुजर हो। तुम तो श्याम˙˙'

दूध के कुल्हड़ पर वह हँस पड़ी। प्रेमवती भी मुसकराई, परंतु चंद्रा रुष्ट हो गई। बोली—बिना हँसी की हँसी हमें नहीं आती। इसमें हँसने की क्या बात है?

सेवती—आओ, हम-तुम मिलकर गाएँ।

चंद्रा—कोयल और कौए का क्या साथ?

सेवती—क्रोध तो तुम्हारी नाक पर रहता है।

चंद्रा—तो हमें क्यों छेड़ती हो? हमें गाना नहीं आता तो कोई तुमसे निंदा करने तो नहीं जाता।

'कोई' का संकेत राधाचरण की ओर था। चंद्रा में चाहे और गुण न हों, परंतु पति की सेवा वह तन-मन से करती थी। उसका तनिक भी सिर धमका कि इसके प्राण निकले। उनको घर आने में तनिक देर हुई कि वह व्याकुल होने लगी। जब से वे रुड़की चले गए, तब से चंद्रा का हँसना-बोलना सब छूट गया था। उसका विनोद उनके संग चला गया था। इन्हीं कारणों ने राधाचरण को स्त्री का वशीभूत बना दिया था। प्रेम, रूप, गुण आदि सब त्रुटियों का पूरक है।

सेवती—निंदा क्यों करेगा, 'कोई' तो तन-मन से तुम पर रीझा हुआ है।

चंद्रा—इधर कई दिनों से चिट्ठी नहीं आई।

सेवती—तीन-चार दिन हुए होंगे।

चंद्रा—तुमसे तो हाथ-पैर जोड़कर हार गई। तुम लिखती ही नहीं।

सेवती—अब वे ही बातें प्रतिदिन कौन लिखे, कोई नई बात हो तो लिखने को जी भी चाहे।

चंद्रा—आज विवाह के समाचार लिख देना। लाऊँ कलम-दवात?

सेवती—परंतु एक शर्त पर लिखूँगी।

चंद्रा—बताओ।

सेवती—तुम्हें श्यामवाला गीत गाना पड़ेगा।

चंद्रा—अच्छा गा दूँगी। हँसने को जी चाहता है न? हँस लेना।

सेवती—पहले गाना दो तो लिखूँ।

चंद्रा—न लिखोगी। फिर बातें बनाने लगोगी।

सेवती—तुम्हारी शपथ, लिख दूँगी, गाओ।

चंद्रा गाने लगी—

तुम तो श्याम बड़े बेखबर हो।
तुम तो श्याम पीयो दूध के कुल्हड़, मेरी तो पानी पै गुजर
पानी पे गुजर हो। तुम तो श्याम बड़े बेखबर हो।

अंतिम शब्द कुछ ऐसे बेसुरे निकले कि हँसी को रोकना कठिन हो गया। सेवती ने बहुत रोका, पर न रुक सकी। हँसते-हँसते पेट में बल पड़ गए। चंद्रा ने दूसरा पद गाया—

आप तो श्याम रखो दो-दो लुगइयाँ,
मेरी तो आपी पै नजर आपी पै नजर हो।
तुम तो श्याम¨

'लुगइयाँ' पर सेवती हँसते-हँसते लोट गई। चंद्रा ने सजल नेत्र होकर कहा—अब तो बहुत हँस चुकीं। लाऊँ कागज?

सेवती—नहीं, नहीं, अभी तनिक हँस लेने दो।

सेवती हँस रही थी कि बाबू कमलाचरण का बाहर से शुभागमन हुआ, पंद्रह सोलह वर्ष की आयु थी। गोरा-गोरा गेहुँआ रंग। छरहरा शरीर, हँसमुख, भड़कीले वस्त्रों से शरीर को अलंकृत किए, इत्र में बसे, नेत्रों में सुरमा, अधर पर मुसकान और हाथ में बुलबुल लिए आकर चारपाई पर बैठ गए।

सेवती बोली—कमलू। मुँह मीठा कराओ तो तुम्हें ऐसे शुभ समाचार सुनाएँ कि सुनते ही फड़क उठो।

कमला—मुँह तो तुम्हारा आज अवश्य ही मीठा होगा। चाहे शुभ समाचार सुनाओ, चाहे न सुनाओ। आज इस पट्ठे ने यह विजय प्राप्त की है कि लोग दंग रह गए।

यह कहकर कमलाचरण ने बुलबुल को अँगूठे पर बिठा लिया।

सेवती—मेरी खबर सुनते ही नाचने लगोगे।

कमला—तो अच्छा है कि आप न सुनाइए। मैं तो आज यों ही नाच रहा हूँ। इस पट्ठे ने आज नाक रख ली। सारा नगर दंग रह गया। नवाब मुन्ने खाँ बहुत दिनों से मेरी आँखों में चढ़े हुए थे। एक मास होता है, मैं उधर से निकला तो आप कहने लगे—मियाँ, कोई पट्ठा तैयार हो तो लाओ, दो-दो चोंच हो जाएँ। यह कहकर आपने अपना पुराना बुलबुल दिखाया। मैंने कहा—कृपानिधान! अभी तो नहीं, परंतु एक मास में यदि ईश्वर चाहेगा तो आपसे अवश्य एक जोड़ होगी, और बद-बद कर आज। आगा शेरअली के अखाड़े में बदान ही ठहरी। पचास-पचास रुपए की बाजी थी। लाखों मनुष्य जमा थे। उनका पुराना बुलबुल, विश्वास मानो सेवती, कबूतर के बराबर था, परंतु जिस समय यह पट्ठा चला है तो इसकी उठी हुई गर्दन मतवाली चाल और गठीलेपन पर लोग धन्य-धन्य करने लगे। जाते-ही-जाते इसने उसका टेटुवा लिया। परंतु वह भी केवल फूला हुआ न था। सारे नगर के बुलबुलों को पराजित किए बैठा था। बलपूर्वक लात चलाई। इसने बार-बार नचाया और फिर झपटकर उसकी चोटी दबाई। उसने फिर चोट की। यह नीचे आया। चतुर्दिक कोलाहल मच गया—मार लिया-मार लिया। तब तो मुझे भी क्रोध आया। डपटकर जो ललकारता हूँ तो यह ऊपर और वह नीचे दबा हुआ है। फिर तो उसने कितना ही सिर पटका कि ऊपर आ जाए, परंतु इस शेर ने ऐसा दाबा कि सिर न उठाने दिया। नवाब साहब स्वयं उपस्थित थे। बहुत चिल्लाए, पर क्या हो सकता है? इसने उसे ऐसा दबोचा था जैसे बाज चिड़िया को। आखिर बगटुट भागा। इसने पानी के उस पार तक पीछा किया, पर न पा सका। लोग विस्मय से दंग हो गए। नवाब साहब का तो मुख मलिन हो गया। हवाइयाँ उड़ने लगीं। रुपए हारने की तो उन्हें कुछ चिंता नहीं, क्योंकि लाखों की आय है, परंतु नगर में जो उनकी धाक जमी हुई थी, वह जाती रही। रोते हुए घर को सिधारे। सुनता हूँ, यहाँ से जाते ही उन्होंने अपने बुलबुल को जीवित ही गाड़ दिया। यह कहकर कमलाचरण ने जेब खनखनाई।

सेवती—तो फिर खड़े क्या कर रहे हो? आगरे वाले की दुकान पर आदमी भेजो।

कमला—तुम्हारे लिए क्या लाऊँ, भाभी?

सेवती—दूध के कुल्हड़।

कमला—और भैया के लिए?

सेवती—दो-दो लुगइयाँ।

यह कहकर दोनों ठहाका मारकर हँसने लगे।

□

निठुरता और प्रेम

सुशीला तन-मन से विवाह की तैयारियाँ करने लगी। भोर से संध्या तक विवाह के ही धंधों में उलझी रहती। सुवामा चेरी की भाँति उसकी आज्ञा का पालन किया करती। मुंशी संजीवनलाल प्रातःकाल से साँझ तक हाट की धूल छानते रहते और विरजन, जिसके लिए यह सब तैयारियाँ हो रही थीं, अपने कमरे में बैठी हुई रात-दिन रोया करती। किसी को इतना अवकाश न था कि क्षण भर के लिए उसका मन बहलाए। यहाँ तक कि प्रताप भी अब उसे निठुर जान पड़ता था। प्रताप का मन भी इन दिनों बहुत ही मलिन हो गया था। सवेरे का निकला हुआ साँझ को घर आता और अपनी मुँडेर पर चुपचाप जा बैठता। विरजन के घर न जाने की तो उसने शपथ सी कर ली थी। वरन् जब कभी वह आती हुई दिखाई देती तो चुपके से सरक जाता। यदि कहने-सुनने से बैठता भी तो इस भाँति मुख फेर लेता और रुखाई का व्यवहार करता कि विरजन रोने लगती और सुवामा से कहती—चाची, लल्लू मुझसे रुष्ट है, मैं बुलाती हूँ तो नहीं बोलते। तुम चलकर मना दो।

यह कहकर वह मचल जाती और सुवामा का आँचल पकड़कर खींचती हुई प्रताप के पास लाती, परंतु प्रताप दोनों को देखते ही निकल भागता। वृजरानी द्वार तक यह कहती हुई आती कि—लल्लू तनिक सुन लो, तनिक सुन लो, तुम्हें हमारी शपथ, तनिक सुन लो, पर जब वह न सुनता और न मुँह फेरकर देखता तो बेचारी लड़की पृथ्वी पर बैठ जाती और भली-भाँति फूट-फूटकर रोती और कहती—यह मुझसे क्यों रूठे हुए हैं? मैंने तो इन्हें कभी कुछ नहीं कहा। सुवामा उसे छाती से लगा लेती और समझाती—बेटा। जाने दो, लल्लू पागल हो गया है। उसे अपने पुत्र की निठुरता का भेद कुछ-कुछ ज्ञात हो चला था।

विवाह को केवल पाँच दिन रह गए। नातेदार और संबंधी लोग दूर तथा

समीप से आने लगे। आँगन में सुंदर मंडप छा गया। हाथ में कंगन बँध गए। यह कच्चे धागे का कंगन पवित्र धर्म की हथकड़ी है, जो कभी हाथ से न निकलेगी और मंडप उस प्रेम और कृपा की छाया का स्मारक है, जो जीवनपर्यंत सिर से न उठेगी। आज संध्या को सुवामा, सुशीला, महाराजिनें सब-की-सब मिलकर देवी की पूजा करने को गईं। महरियाँ अपने धंधों में लगी हुई थीं। विरजन व्याकुल होकर अपने घर में से निकली और प्रताप के घर आ पहुँची। चतुर्दिक सन्नाटा छाया हुआ था। केवल प्रताप के कमरे में धुँधला प्रकाश झलक रहा था। विरजन कमरे में आई तो क्या देखती है कि मेज पर लालटेन जल रही है और प्रताप एक चारपाई पर सो रहा है। धुँधले उजाले में उसका बदन कुम्हलाया और मलिन नजर आता है। वस्तुएँ सब इधर-उधर बेढंग पड़ी हुई हैं। जमीन पर मानो धूल चढ़ी हुई है। पुस्तकें फैली हुई हैं। ऐसा जान पड़ता है मानो इस कमरे को किसी ने महीनों से नहीं खोला। वही प्रताप है, जो स्वच्छता को प्राण-प्रिय समझता था। विरजन ने चाहा, उसे जगा दूँ, पर कुछ सोचकर भूमि से पुस्तकें उठा-उठाकर आलमारी में रखने लगी। मेज पर से धूल झाड़ी, चित्रों पर से गर्द का परदा उठा लिया। अचानक प्रताप ने करवट ली और उसके मुख से यह वाक्य निकला, 'विरजन! मैं तुम्हें भूल नहीं सकता।' फिर थोड़ी देर के पश्चात्, 'विरजन! विरजन कहाँ जाती हो, यहीं बैठो?' फिर करवट बदलकर, 'न बैठोगी? अच्छा जाओ, मैं भी तुमसे न बोलूँगा।' फिर कुछ ठहरकर, 'अच्छा जाओ, देखें कहाँ जाती हो। यह कहकर वह लपका, जैसे किसी भागते हुए मनुष्य को पकड़ता हो। विरजन का हाथ उसके हाथ में आ गया। उसके साथ ही आँखें खुल गईं। एक मिनट तक उसकी भाव-शून्य दृष्टि विरजन के मुख की ओर गड़ी रहीं। फिर चौंककर कर उठ बैठा और विरजन का हाथ छोड़कर बोला—तुम कब आईं, विरजन? मैं अभी तुम्हारा ही स्वप्न देख रहा था।

विरजन ने बोलना चाहा, परंतु कंठ रुँध गया और आँखें भर आईं। प्रताप ने इधर-उधर देखकर फिर कहा—क्या यह सब तुमने साफ किया? तुम्हें बड़ा कष्ट हुआ।

विरजन ने इसका भी उत्तर न दिया।

प्रताप—विरजन, तुम मुझे भूल क्यों नहीं जातीं?

विरजन ने आर्द्र नेत्रों से देखकर कहा—क्या तुम मुझे भूल गए?

प्रताप ने लज्जित होकर मस्तक नीचे कर लिया। थोड़ी देर तक दोनों भावों से

भरे भूमि की ओर ताकते रहे। फिर विरजन ने पूछा—तुम मुझसे क्यों रुष्ट हो? मैंने कोई अपराध किया है?

प्रताप—न जाने क्यों, अब तुम्हें देखता हूँ तो जी चाहता है कि कहीं चला जाऊँ।

विरजन—क्या तुमको मेरा तनिक भी मोह नहीं? मैं दिन भर रोया करती हूँ। तुम्हें मुझ पर दया नहीं आती? तुम मुझसे बोलते तक नहीं। बतलाओ, मैंने तुम्हें क्या कहा, जो तुम रूठ गए?

प्रताप—मैं तुमसे रूठा थोड़े ही हूँ।

विरजन—तो मुझसे बोलते क्यों नहीं।

प्रताप—मैं चाहता हूँ कि तुम्हें भूल जाऊँ। तुम धनवान हो, तुम्हारे माता-पिता धनी हैं, मैं अनाथ हूँ। मेरा तुम्हारा क्या साथ?

विरजन—अब तक तो तुमने कभी यह बहाना न निकाला था, क्या अब मैं अधिक धनवान हो गई?

यह कहकर विरजन रोने लगी। प्रताप भी द्रवित हुआ, बोला—विरजन, हमारा-तुम्हारा बहुत दिनों तक साथ रहा। अब वियोग के दिन आ गए। थोड़े दिनों में तुम यहाँ वालों को छोड़कर अपनी ससुराल चली जाओगी, उस समय मुझे अवश्य ही भूल जाओगी। इसलिए मैं भी बहुत चाहता हूँ कि तुम्हें भूल जाऊँ, परंतु कितना ही चाहता हूँ कि तुम्हारी बातें स्मरण में न आएँ, वे नहीं मानतीं। अभी सोते-सोते तुम्हारा ही स्वप्न देख रहा था।

□

सखियाँ

डिप्टी श्यामाचरण का भवन आज सुंदरियों के जमघट से इंद्र का अखाड़ा बना हुआ था। सेवती की चार सहेलियाँ—रुक्मिणी, सीता, रामदेई और चंद्रकुँवर-सोलहों सिंगार किए इठलाती फिरती थीं। डिप्टी साहब की बहन जानकी कुँवर भी अपनी दो लड़कियों के साथ इटावे से आ गई थीं। इन दोनों का नाम कमला और उमादेवी था। कमला का विवाह हो चुका था। उमादेवी अभी कुँवारी ही थी। दोनों सूर्य और चंद्र थीं। मंडप के तले डोमनियाँ और गवनिहारिनें सोहर और सोहाग अलाप रही थीं। गुलबिया नाइन और जमनी कहारिन दोनों चटकीली साड़ियाँ पहने, माँग सिंदूर से भरवाए, गिलट के कड़े पहने छम-छम करती फिरती थीं। गुलबिया चपल नवयौवना थी। जमुना की अवस्था ढल चुकी थी। सेवती का क्या पूछना? आज उसकी अनोखी छटा थी। रसीली आँखें आमोद के आधिक्य से मतवाली हो रही थीं और गुलाबी साड़ी की झलक से चंपई रंग गुलाबी जान पड़ता था। धनी मखमल की कुरती उसपर खूब खिलती थी। अभी स्नान करके आई थी, इसलिए नागिन सी लट कंधों पर लहरा रही थी। छेड़छाड़ और चुहल से इतना अवकाश न मिलता था कि बाल गुँथवा ले। महाराजिन की बेटी माधवी छींट का लहँगा पहने, आँखों में काजल लगाए, भीतर-बाहर एक किए हुए थी।

रुक्मिणी ने सेवती से कहा—सित्तो। तुम्हारी भावज कहाँ है? दिखाई नहीं देती। क्या हम लोगों से भी परदा है?

रामदेई—*(मुसकराकर)* परदा क्यों नहीं है? हमारी नजर न लग जाएगी?

सेवती—कमरे में पड़ी सो रही होंगी। देखो अभी खींचे लाती हूँ।

यह कहकर वह चंद्रा के कमरे में पहुँची। वह एक साधारण साड़ी पहने चारपाई पर पड़ी द्वार की ओर टकटकी लगाए हुए थी। इसें देखते ही उठ बैठी।

सेवती ने कहा—यहाँ क्या पड़ी हो, अकेले तुम्हारा जी नहीं घबराता?

चंद्रा—ऊँह, कौन जाए, अभी कपड़े नहीं बदले।

सेवती—बदलती क्यों नहीं? सखियाँ तुम्हारी बाट देख रही हैं।

चंद्रा—अभी मैं न बदलूँगी।

सेवती—यही हठ तुम्हारा अच्छा नहीं लगता। सब अपने मन में क्या कहती होंगी?

चंद्रा—तुमने तो चिट्ठी पढ़ी थी, आज ही आने को लिखा था न?

सेवती—अच्छा तो यह उनकी प्रतीक्षा हो रही है, यह कहिए तभी योग साधा है।

चंद्रा—दोपहर तो हुई, स्यात् अब न आएँगे।

इतने में कमला और उमादेवी दोनों आ पहुँचीं। चंद्रा ने घूँघट निकाल लिया और फर्श पर आ बैठी। कमला उसकी बड़ी ननद होती थी।

कमला—अरे, अभी तो इन्होंने कपड़े भी नहीं बदले।

सेवती—भैया की बाट जोह रही हैं, इसलिए यह भेष रचा है।

कमला—मूर्ख हैं। उन्हें गरज होगी, आप आएँगे।

सेवती—इनकी बात निराली है।

कमला—पुरुषों से प्रेम चाहे कितना ही करें, पर मुख से एक शब्द भी न निकालें, नहीं तो व्यर्थ सताने और जलाने लगते हैं। यदि तुम उनकी उपेक्षा करो, उनसे सीधे बात न करो तो वे तुम्हारा सब प्रकार से आदर करेंगे। तुम पर प्राण समर्पण करेंगे, परंतु ज्यों ही उन्हें ज्ञात हुआ कि इसके हृदय में मेरा प्रेम हो गया, बस उसी दिन से दृष्टि फिर जाएगी। सैर को जाएँगे तो अवश्य देर करके आएँगे। भोजन करने बैठेंगे तो मुँह जूठा करके उठ जाएँगे, बात-बात पर रूठेंगे। तुम रोओगी तो मनाएँगे, मन में प्रसन्न होंगे कि कैसा फंदा डाला है। तुम्हारे सम्मुख अन्य स्त्रियों की प्रशंसा करेंगे। भावार्थ यह है कि तुम्हारे जलाने में उन्हें आनंद आने लगेगा। अब मेरे ही घर में देखो, पहले इतना आदर करते थे कि क्या बताऊँ। प्रतिक्षण नौकरों की भाँति हाथ बाँधे खड़े रहते थे। पंखा झेलने को तैयार, हाथ से कौर खिलाने को तैयार। यहाँ तक कि *(मुसकराकर)* पाँव दबाने में भी संकोच न था। बात मेरे मुख से निकली नहीं कि पूरी हुई। मैं उस समय अबोध थी। पुरुषों के कपट व्यवहार क्या जानूँ। पट्टी में आ गई। सेवती, झूठ न मानना, उसी दिन से उनकी आँखें फिर गईं। लगे सैर-सपाटे करने। एक दिन रूठकर चल दिए। गजरा गले में डाले, इत्र लगाए आधी रात को घर आए। जानते थे कि आज हाथ बाँधकर

खड़ी होगी। मैंने लंबी तानी तो रात भर करवट न ली। दूसरे दिन भी न बोली। अंत में महाशय सीधे हुए, पैरों पर गिरे, गिड़गिड़ाए, तब से मन में इस बात की गाँठ बाँध ली है कि पुरुषों को प्रेम कभी न जताओ।

सेवती—जीजा को मैंने देखा है। भैया के विवाह में आए थे। बड़े हँसमुख मनुष्य हैं।

कमला—पार्वती उन दिनों पेट में थी, इसी से मैं न आ सकी थी। यहाँ से गए तो लगे तुम्हारी प्रशंसा करने। तुम कभी पान देने गई थी? कहते थे कि मैंने हाथ थामकर बैठा लिया, खूब बातें हुई।

सेवती—झूठे हैं, लबारिये हैं। बात यह हुई कि गुलबिया और जमुनी दोनों किसी कार्य से बाहर गई थीं। माँ ने कहा, वे खाकर गए हैं, पान बना के दे आ। मैं पान लेकर गई, चारपाई पर लेटे थे, मुझे देखते ही उठ बैठे। मैंने पान देने को हाथ बढ़ाया तो आप कलाई पकड़कर कहने लगे कि एक बात सुन लो, पर मैं हाथ छुड़ाकर भागी।

कमला—निकली न झूठी बात। वही तो मैं भी कहती हूँ कि अभी ग्यारह-बारह वर्ष की छोकरी, उसने इनसे क्या बातें की होंगी? परंतु नहीं, अपना ही हठ किए जाए। पुरुष बड़े प्रलापी होते हैं। मैंने यह कहा, मैंने वह कहा। मेरा तो इन बातों से हृदय सुलगता है। न जाने उन्हें अपने ऊपर झूठा दोष लगाने में क्या स्वाद मिलता है? मनुष्य जो बुरा-भला करता है, उसपर परदा डालता है। ये लोग करेंगे तो थोड़ा, मिथ्या प्रलाप का आल्हा गाते फिरेंगे ज्यादा। मैं तो तभी से उनकी एक बात भी सत्य नहीं मानती।

इतने में गुलबिया ने आकर कहा—तुम तो यहाँ ठाढी बतलात हो और तुम्हार सखी तुमका आँगन में बुलौती है।

सेवती—देखो भाभी, अब देर न करो। गुलबिया, तनिक इनकी पिटारी से कपड़े तो निकाल ले।

कमला चंद्रा का शृंगार करने लगी। सेवती सहेलियों के पास आई। रुक्मिणी बोली—वाह बहन, खूब! वहाँ जाकर बैठ रहीं। तुम्हारी दीवारों से बोलें क्या?

सेवती—कमला बहन चली गई। उनसे बातचीत होने लगीं। दोनों आ रही हैं।

रुक्मिणी—लड़कोरी है न?

सेवती—हाँ, तीन लड़के हैं।

रामदेई—मगर काठी बहुत अच्छी है।

चंद्रकुँवर—मुझे उनकी नाक बहुत सुंदर लगती है, जी चाहता है; छीन लूँ।

सीता—दोनों बहनें एक-से-एक बढ़कर हैं।

सेवती—सीता को ईश्वर ने वर अच्छा दिया है, इसने सोने की गौ पूजी थी।

रुक्मिणी—(*जलकर*) गोरे चमड़े से कुछ नहीं होता।

सीता—तुम्हें काला ही भाता होगा।

सेवती—मुझे काला वर मिलता तो विष खा लेती।

रुक्मिणी—यों कहने को जो चाहे कह लो, परंतु वास्तव में सुख काले ही वर से मिलता है।

सेवती—सुख नहीं धूल मिलती है। ग्रहण सा आकर लिपट जाता होगा।

रुक्मिणी—यही तो तुम्हारा लड़कपन है। तुम जानती नहीं; सुंदर पुरुष अपने ही बनाव-सिंगार में लगा रहता है। उसे अपने आगे स्त्री का कुछ ध्यान ही नहीं रहता। यदि स्त्री परम-रूपवती हो तो कुशल है। नहीं तो थोड़े ही दिनों में वह समझता है कि मैं ऐसी दूसरी स्त्रियों के हृदय पर सुगमता से अधिकार पा सकता हूँ। उससे भागने लगता है और कुरूप पुरुष सुंदर स्त्री पा जाता है तो समझता है कि मुझे हीरे की खान मिल गई। बेचारा काला अपने रूप की कमी को प्यार और आदर से पूरा करता है। उसके हृदय में ऐसी धुकधुकी लगी रहती है कि मैं तनिक भी इससे खट्टा पड़ा तो यह मुझसे घृणा करने लगेगी।

चंद्रकुँवर—दूल्हा सबसे अच्छा वह, जो मुँह से बात निकलते ही पूरा करे।

रामदेई—तुम अपनी बात न चलाओ। तुम्हें तो अच्छे-अच्छे गहनों से प्रयोजन है, दूल्हा कैसा ही हो।

सीता—न जाने, कोई पुरुष से किसी वस्तु की आज्ञा कैसे करता है? क्या संकोच नहीं होता?

रुक्मिणी—तुम बपुरी क्या आज्ञा करोगी, कोई बात भी तो पूछे?

सीता—मेरी तो उन्हें देखने से ही तृप्ति हो जाती है। वस्त्राभूषणों पर जी नहीं चलता।

इतने में एक और सुंदरी आ पहुँची, गहने से गोंदनी की भाँति लदी हुई। बढ़िया जूती पहने, सुगंध में बसी। आँखों से चपलता बरस रही थी।

रामदेई—आओ रानी, आओ, तुम्हारी ही कमी थी।

रानी—क्या करूँ, निगोड़ी नाइन से किसी प्रकार पीछा नहीं छूटता था। कुसुम

की माँ आई, तब जाके जूड़ा बाँधा।

सीता—तुम्हारी जाकिट पर बलिहारी है।

रानी—इसकी कथा मत पूछो। कपड़ा दिए एक मास हुआ। दस-बारह बार दरजी सीकर लाया, पर कभी आस्तीन ढीली कर दी, कभी सीअन बिगाड़ दी, कभी चुनाव बिगाड़ दिया। अभी चलते-चलते दे गया है।

यही बातें हो रही थीं कि माधवी चिल्लाती हुई आई—भैया आए, भैया आए। उनके संग जीजा भी आए हैं, ओहो! ओहो!

रानी—राधाचरण आए क्या?

सेवती—हाँ, चलूँ, तनिक भाभी को संदेश दे आऊँ। क्यों रे, कहाँ बैठे हैं?

माधवी—उसी बड़े कमरे में। जीजा पगड़ी बाँधे हैं, भैया कोट पहने हैं, मुझे जीजा ने रुपया दिया। यह कहकर उसने मुट्ठी खोलकर दिखाई।

रानी—सित्तो! अब मुँह मीठा कराओ।

सेवती—क्या मैंने कोई मनौती की थी?

यह कहती हुई सेवती चंद्रा के कमरे में जाकर बोली—लो भाभी, तुम्हारा सगुन ठीक हुआ।

चंद्रा—क्या आ गए? तनिक जाकर भीतर बुला लो।

सेवती—हाँ, मरदाने में चली जाऊँ। तुम्हारे बहनोईजी भी तो पधारे हैं।

चंद्रा—बाहर बैठे क्या कर रहे हैं? किसी को भेजकर बुला लेती, नहीं तो दूसरों से बातें करने लगेंगे।

अचानक खड़ाऊँ का शब्द सुनाई दिया और राधाचरण आते दिखाई दिए। आयु चौबीस-पच्चीस बरस से अधिक न थी। बड़े ही हँसमुख, गौर वर्ण, अंग्रेजी कट के बाल, फ्रेंच कट की दाढ़ी, खड़ी मूँछें, लवंडर की लपटें आ रही थीं। एक पतला रेशमी कुरता पहने हुए थे। आकर पलंग पर बैठ गए और सेवती से बोले—क्या सित्तो! एक सप्ताह से चिट्ठी नहीं भेजी?

सेवती—मैंने सोचा, अब तो आ रहे हो, क्यों चिट्ठी भेजूँ? यह कहकर वहाँ से हट गई।

चंद्रा ने घूँघट उठाकर कहा—वहाँ जाकर भूल जाते हो?

राधाचरण—(*हृदय से लगाकर*) तभी तो सैकड़ों कोस से चला आ रहा हूँ।

□

ईर्ष्या

प्रतापचंद्र ने विरजन के घर आना-जाना विवाह के कुछ दिन पूर्व से ही त्याग दिया था। वह विवाह के किसी भी कार्य में सम्मिलित नहीं हुआ, यहाँ तक कि महफिल में भी न गया। मलिन मन किए, मुँह लटकाए, अपने घर बैठा रहा, मुंशी संजीवनलाला, सुशीला, सुवामा सब बिनती करके हार गए, पर उसने बारात की ओर दृष्टि न फेरी। अंत में मुंशीजी का मन टूट गया और फिर कुछ न बोले। यह दशा विवाह के होने तक थी। विवाह के पश्चात् तो उसने इधर का मार्ग ही त्याग दिया। स्कूल जाता तो इस प्रकार एक ओर से निकल जाता, मानो आगे कोई बाघ बैठा हुआ है या जैसे महाजन से कोई ऋणी मनुष्य आँख बचाकर निकल जाता है। विरजन की तो परछाई से भागता। यदि कभी उसे अपने घर में देख पाता तो भीतर पग न देता। माता समझाती—बेटा, विरजन से बोलते-चालते क्यों नहीं? क्यों उससे मन मोटा किए हुए हो? वह आ-आकर घंटों रोती है कि मैंने क्या किया है जिससे वह रुष्ट हो गया है। देखो, तुम और वह कितने दिनों तक एक संग रहे हो। तुम उसे कितना प्यार करते थे। अकस्मात् तुमको क्या हो गया? यदि तुम ऐसे ही रूठे रहोगे तो बेचारी लड़की की जान पर बन जाएगी। सूखकर काँटा हो गई है। ईश्वर ही जानता है, मुझे उसे देखकर करुणा उत्पन्न होती है। तुम्हारी चर्चा के अतिरिक्त उसे कोई बात ही नहीं भाती।

प्रताप आँखें नीची किए हुए सब सुनता और चुपचाप सरक जाता। प्रताप अब भोला बालक नहीं था। उसके जीवनरूपी वृक्ष में यौवनरूपी कोंपलें फूट रही थीं। उसने बहुत दिनों से—उसी समय से जब से उसने होश सँभाला—विरजन के जीवन को अपने जीवन में शर्करा क्षीर की भाँति मिला लिया था। उन मनोहर और सुहावने स्वप्नों को इस कठोरता और निर्दयता से धूल में मिलाया जाना उसके

कोमल हृदय को विदीर्ण करने के लिए काफी था, वह अपने विचारों में विरजन को अपना सर्वस्व समझता था, कहीं का न रहा वह, जिसने विरजन को एक पल के लिए भी अपने ध्यान में स्थान न दिया था, उसका सर्वस्व हो गया। इस वितर्क से उसके हृदय में व्याकुलता उत्पन्न होती थी और जी चाहता था कि जिन लोगों ने मेरी स्वप्नवत् भावनाओं का नाश किया है और मेरे जीवन की आशाओं को मिट्टी में मिलाया है, उन्हें मैं भी जलाऊँ। सबसे अधिक क्रोध उसे जिस पर आता था, वह बेचारी सुशीला थी।

शनैः-शनैः उसकी यह दशा हो गई कि जब स्कूल से आता तो कमलाचरण के संबंध की कोई घटना अवश्य वर्णन करता। विशेषकर उस समय, जब सुशीला भी बैठी रहती। उस बेचारी का मन दुःखाने में इसे बड़ा ही आनंद आता। यद्यपि अव्यक्त रीति से उसका कथन और वाक्य-गति ऐसी हृदय-भेदिनी होती थी कि सुशीला के कलेजे में तीर की भाँति लगती थी। आज महाशय कमलाचरण तिपाई के ऊपर खड़े थे, मस्तक गगन का स्पर्श करता था, परंतु निर्लज्ज इतने बड़े कि जब मैंने उनकी ओर संकेत किया तो खड़े-खड़े हँसने लगे। आज बड़ा तमाशा हुआ। कमला ने एक लड़के की घड़ी उड़ा दी। उसने मास्टर से शिकायत की। उसके समीप वे ही महाशय बैठे हुए थे। मास्टर ने खोज की तो आप ही फेंटे से घड़ी मिली। फिर क्या था? बड़े मास्टर के यहाँ रिपोर्ट हुई। वे सुनते ही झल्ला गए और कोई तीन दर्जन बेंतें लगाईं, सड़ासड़। सारा स्कूल यह कौतूहल देख रहा था। जब तक बेंतें पड़ीं, महाशय चिल्लाए, परंतु बाहर निकलते ही खिलखिलाने लगे और मूँछों पर ताव देने लगे। चाची! नहीं सुना? आज लड़कों ने ठीक स्कूल के फाटक पर कमलाचरण को पीटा। मारते-मारते बेसुध कर दिया। सुशीला ये बातें सुनती और सुन-सुनकर कुढ़ती। हाँ, प्रताप ऐसी कोई बात विरजन के सामने न करता। यदि वह घर में बैठी भी होती तो जब तक चली न जाती, यह चर्चा न छेड़ता। वह चाहता था कि मेरी बात से इसे कुछ दुःख न हो।

समय-समय पर मुंशी संजीवनलाल ने भी कई बार प्रताप की कथाओं की पुष्टि की। कभी कमला हाट में बुलबुल लड़ाते मिल जाता, कभी गुंडों के संग सिगरेट पीते, पान चबाते, बेढंगेपन से घूमता हुआ दिखाई देता। मुंशीजी जब जामाता की यह दशा देखते तो घर आते ही स्त्री पर क्रोध निकालते—यह सब तुम्हारी ही करतूत है। तुम्हीं ने कहा था—घर-वर दोनों अच्छे हैं, तुम्हीं रीझी हुई थीं।

उन्हें उस क्षण यह विचार न होता कि जो दोषारोपण सुशीला पर है, कम-

से-कम मुझ पर भी उतना ही है। वह बेचारी तो घर में बंद रहती थी, उसे क्या ज्ञात था कि लड़का कैसा है? वह सामुद्रिक विद्या थोड़े ही पढ़ी थी? उसके माता-पिता को सभ्य देखा, उनकी कुलीनता और वैभव पर सहमत हो गई, पर मुंशीजी ने तो अकर्मण्यता और आलस्य के कारण छानबीन न की, यद्यपि उन्हें इसके अनेक अवसर प्राप्त थे और मुंशीजी के अगणित बांधव इसी भारतवर्ष में अब भी विद्यमान हैं, जो अपनी प्यारी कन्याओं को इसी प्रकार नेत्र बंद करके कुएँ में ढकेल दिया करते हैं।

सुशीला के लिए विरजन से प्रिय जगत् में अन्य वस्तु न थी। विरजन उसका प्राण थी, विरजन उसका धर्म थी और विरजन ही उसका सत्य थी। वही उसकी प्राणाधार थी, वही उसके नयनों की ज्योति और हृदय का उत्साह थी, उसकी सर्वोच्च सांसारिक अभिलाषा यह थी कि मेरी प्यारी विरजन अच्छे घर जाए। उसके सास-ससुर, देवी-देवता हों। उसके पति शिष्टता की मूर्ति और श्रीरामचंद्र की भाँति सुशील हों। उसपर कष्ट की छाया भी न पड़े। उसने मर-मरकर बड़ी मिन्नतों से यह पुत्री पाई थी और उसकी इच्छा थी कि इस रसीले नयनों वाली, अपनी भोली-भाली बाला को अपने जीवन-पर्यंत आँखों से अदृश्य न होने दूँगी। अपने जामाता को भी यहीं बुलाकर अपने घर रखूँगी। जामाता मुझे माता कहेगा, मैं उसे लड़का समझूँगी। जिस हृदय में ऐसे मनोरथ हों, उसपर ऐसी दारुण और हृदयविदारणी बातों का जो कुछ प्रभाव पड़ेगा, प्रकट है।

हा, हंत! दीना सुशीला के सारे मनोरथ मिट्टी में मिल गए। उसकी सारी आशाओं पर ओस पड़ गई। क्या सोचती थी और क्या हो गया? अपने मन को बार-बार समझाती कि अभी क्या है, जब कमला सयाना हो जाएगा तो सब बुराइयाँ स्वयं त्याग देगा, पर एक निंदा का घाव भरने नहीं पाता था कि फिर कोई नवीन घटना सुनने में आ जाती। इसी प्रकार आघात पर आघात पड़ते गए। हाय! नहीं मालूम विरजन के भाग्य में क्या बदा है? क्या यह गुन की मूर्ति, मेरे घर की दीप्ति, मेरे शरीर का प्राण इसी दुष्कृत मनुष्य के संग जीवन व्यतीत करेगी? क्या मेरी श्यामा इसी गिद्ध के पाले पड़ेगी? यह सोचकर सुशीला रोने लगती और घंटों रोती रहती। पहले विरजन को कभी-कभी डाँट-डपट भी दिया करती थी, अब भूलकर भी कोई बात न कहती। उसका मुँह देखते ही उसे याद आ जाती। एक क्षण के लिए भी उसे सामने से अदृश्य न होने देती। यदि जरा देर के लिए वह सुवामा के घर चली जाती तो स्वयं पहुँच जाती। उसे ऐसा प्रतीत होता मानो कोई उसे छीनकर

ले भागता है। जिस प्रकार वधिक की छुरी के तले अपने बछड़े को देखकर गाय का रोम-रोम काँपने लगता है, उसी प्रकार विरजन के दुःख का ध्यान करके सुशीला की आँखों में संसार सूना जान पड़ता था। इन दिनों विरजन को पल भर के लिए नेत्रों से दूर करते उसे वह कष्ट और व्याकुलता होती, जो चिड़ियाँ को घोंसले से बच्चे के खो जाने पर होती है।

सुशीला एक तो यों ही जीर्ण रोगिणी थी, उसपर भविष्य की असाध्य चिंता और जलन ने उसे और भी घुला डाला। निंदाओं ने कलेजा छलनी कर दिया। छह मास भी बीतने न पाए थे कि क्षयरोग के चिह्न दिखाई दिए। कुछ दिनों तक साहस करके अपने दुःख को छिपाती रही, परंतु कब तक? रोग बढ़ने लगा और वह शक्तिहीन हो गई। चारपाई से उठना कठिन हो गया। वैद्य और डॉक्टर ओषधि करने लगे। विरजन और सुवामा दोनों रात-दिन उसके पास बैठे रहते। विरजन एक पल के लिए उसकी दृष्टि से ओझल न होती। उसे अपने निकट न देखकर सुशीला बेसुध सी हो जाती और फूट-फूटकर रोने लगती। मुंशी संजीवनलाल पहले तो धैर्य के साथ दवा करते रहे, पर जब देखा कि किसी उपाय से कुछ लाभ नहीं होता और बीमारी की दशा दिन-दिन निकृष्ट होती जाती है तो अंत में उन्होंने भी निराश हो उद्योग और साहस कम कर दिया। आज से कई साल पहले जब सुवामा बीमार पड़ी थी, तब सुशीला ने उसकी सेवा-शुश्रूषा में पूर्ण परिश्रम किया था, अब सुवामा की बारी आई। उसने पड़ोसी और भगिनी के धर्म का पालन भली-भाँति किया। रुग्ण की सेवा में अपने गृहकार्य को भूल सी गई। दो-दो तीन-तीन दिन तक प्रताप से बोलने की नौबत न आई। बहुधा वह बिना भोजन किए ही स्कूल चला जाता, परंतु कभी कोई अप्रिय शब्द मुख से न निकालता। सुशीला की रुग्णावस्था ने अब उसकी द्वेषाग्नि को बहुत कम कर दिया था। द्वेष की अग्नि द्वेष्टा की उन्नति और दुर्दशा के साथ-साथ तीव्र और प्रज्वलित हो जाती है और उसी समय शांत होती है जब द्वेष्टा के जीवन का दीपक बुझ जाता है।

जिस दिन वृजरानी को ज्ञात हो जाता कि आज प्रताप बिना भोजन किए स्कूल जा रहा है, उस दिन वह काम छोड़कर उसके घर दौड़ जाती और भोजन करने के लिए आग्रह करती, पर प्रताप उससे बात न करता, उसे रोता छोड़ बाहर चला जाता। निस्संदेह वह विरजन को पूर्णतः निर्दोष समझता था, परंतु एक ऐसे संबंध को, जो वर्ष छह मास में टूट जानेवाला हो, वह पहले ही से तोड़ देना चाहता था। एकांत में बैठकर वह आप ही आप फूट-फूटकर रोता, परंतु प्रेम के उद्वेग को

अधिकार से बाहर न होने देता।

एक दिन वह स्कूल से आकर अपने कमरे में बैठा हुआ था कि विरजन आई। उसके कपोल अश्रु से भीगे हुए थे और वह लंबी-लंबी सिसकियाँ ले रही थीं। उसके मुख पर इस समय कुछ ऐसी निराशा छाई हुई थी और उसकी दृष्टि कुछ ऐसी करुणोत्पादक थी कि प्रताप से न रहा गया। सजल नयन होकर बोला—क्यों विरजन, रो क्यों रही हो?

विरजन ने कुछ उत्तर न दिया, वरन् और बिलख-बिलखकर रोने लगी। प्रताप का गांभीर्य जाता रहा। वह निस्संकोच होकर उठा और विरजन की आँखों से आँसू पोंछने लगा। विरजन ने स्वर सँभालकर कहा—लल्लू! अब माताजी न जिएँगी, मैं क्या करूँ? यह कहते-कहते फिर सिसकियाँ उभरने लगीं।

प्रताप यह समाचार सुनकर स्तब्ध हो गया। दौड़ा हुआ विरजन के घर गया और सुशीला की चारपाई के समीप खड़ा होकर रोने लगा। हमारा अंत समय कैसा धन्य होता है। वह हमारे पास ऐसे-ऐसे अहितकारियों को खींच लाता है, जो कुछ दिन पूर्व हमारा मुख नहीं देखना चाहते थे और जिन्हें इस शक्ति के अतिरिक्त संसार की कोई अन्य शक्ति पराजित न कर सकती थी। हाँ, यह समय ऐसा ही बलवान है और बड़े-बड़े बलवान शत्रुओं को हमारे अधीन कर देता है। जिन पर हम कभी विजय न प्राप्त कर सकते थे, उन पर हमको यह समय विजयी बना देता है। जिन पर हम किसी शत्रु से अधिकार न पा सकते थे, उन पर समय और शरीर के शक्तिहीन हो जाने पर भी हमको विजयी बना देता है। आज पूरे वर्ष भर पश्चात् प्रताप ने इस घर में पदार्पण किया। सुशीला की आँखें बंद थीं, पर मुखमंडल ऐसा विकसित था, जैसे प्रभातकाल का कमल। आज भोर ही से वह रट लगाए हुए थी कि लल्लू को दिखा दो। सुवामा ने इसीलिए विरजन को भेजा था।

सुवामा ने कहा—बहन, आँखें खोलो। लल्लू खड़ा है।

सुशीला ने आँखें खोल दीं और दोनों हाथ प्रेम-बाहुल्य से फैला दिए। प्रताप के हृदय से विरोध का अंतिम चिह्न भी विलीन हो गया। यदि ऐसे काल में भी कोई मत्सर का मैल रहने दे तो वह मनुष्य कहलाने का हकदार नहीं है। प्रताप सच्चे पुत्रत्व भाव से आगे बढ़ा और सुशीला के प्रेमांक में जा लिपटा। दोनों आधे घंटे तक रोते रहे। सुशीला उसे अपनी दोनों बाँहों में इस प्रकार दबाए हुए थी, मानो वह कहीं भागा जा रहा है। वह इस समय अपने को सैकड़ों धिक्कार दे रहा था कि मैं ही इस दुखिया का प्राणहारी हूँ। मैंने ही द्वेष-दुरावेग के वशीभूत होकर इसे इस

गति में पहुँचाया है। मैं ही इस प्रेम की मूर्ति का नाशक हूँ। ज्यों-ज्यों यह भावना उसके मन में उठती, उसकी आँखों से आँसू बहते। सुशीला बोली—लल्लू! अब मैं दो-एक दिन की और मेहमान हूँ। मेरा जो कुछ कहा-सुना हो, क्षमा करो।

प्रताप का स्वर उसके वश में न था, इसलिए उसने कुछ उत्तर न दिया।

सुशीला फिर बोली—न जाने क्यों, तुम मुझसे रुष्ट हो। तुम हमारे घर नहीं आते। हमसे बोलते नहीं। जी तुम्हें प्यार करने को तरस-तरसकर रह जाता है, पर तुम मेरी तनिक भी सुधि नहीं लेते। बताओ, अपनी दुखिया चाची से क्यों रुष्ट हो? ईश्वर जानता है, मैं तुमको सदा अपना लड़का समझती रही। तुम्हें देखकर मेरी छाती फूल उठती थी। यह कहते-कहते निर्बलता के कारण उसकी बोली धीमी हो गई, जैसे क्षितिज के अथाह विस्तार में उड़नेवाले पक्षी की बोली प्रतिक्षण मध्यम होती जाती है; यहाँ तक कि उसके शब्द का ध्यानमात्र शेष रह जाता है। इसी प्रकार सुशीला की बोली धीमी होते-होते केवल साँय-साँय रह गई।

□

सुशीला की मृत्यु

तीन दिन और बीते, सुशीला के जीने की अब कोई संभावना न रही। तीनों दिन मुंशी संजीवनलाल उसके पास बैठे उसको सांत्वना देते रहे। वह तनिक देर के लिए भी वहाँ से किसी काम के लिए चले जाते तो वह व्याकुल होने लगती और रो-रोकर कहने लगती—मुझे छोड़कर कहाँ चले गए? उनको नेत्रों के सम्मुख देखकर भी उसे संतोष न होता। रह-रहकर उतावलेपन से उनका हाथ पकड़ लेती और निराश भाव से कहती—मुझे छोड़कर कहीं चले तो नहीं जाओगे? मुंशीजी यद्यपि बड़े दृढ-चित्त मनुष्य थे, तथापि ऐसी बातें सुनकर आर्द्र नेत्र हो जाते। थोड़ी-थोड़ी देर में सुशीला को मूर्च्छा सी आ जाती। फिर चौंकती तो इधर-उधर भौंचक्की सी देखने लगती। वे कहाँ गए? क्या छोड़कर चले गए? किसी-किसी बार मूर्च्छा का इतना प्रकोप होता कि मुंशीजी बार-बार कहते—मैं यही हूँ, घबराओ नहीं, पर उसे विश्वास न आता। उन्हीं की ओर ताकती और पूछती कि कहाँ हो? यहाँ तो नहीं हैं। कहाँ चले गए? थोड़ी देर में जब चेत हो जाता तो चुप रह जाती और रोने लगती। तीनों दिन उसने विरजन, सुवामा, प्रताप एक की भी सुधि न की। वे सब-के-सब हर घड़ी उसी के पास खड़े रहते, पर ऐसा जान पड़ता था, मानो वह मुंशीजी के अतिरिक्त और किसी को पहचानती ही नहीं है। जब विरजन बेचैन हो जाती और गले में हाथ डालकर रोने लगती तो वह तनिक आँख खोल देती और पूछती—कौन है, विरजन? बस और कुछ न पूछती। जैसे सूम के हृदय में मरते समय अपने गड़े हुए धन के सिवा और किसी बात का ध्यान नहीं रहता, उसी प्रकार हिंदू-स्त्री अंत समय में पति के अतिरिक्त और किसी का ध्यान नहीं कर सकती।

कभी-कभी सुशीला चौंक पड़ती और विस्मित होकर पूछती—अरे! यह कौन खड़ा है? यह कौन भागा जा रहा है? उन्हें क्यों ले जाते हो? न, मैं न जाने दूँगी। यह

कहकर मुंशीजी के दोनों हाथ पकड़ लेती। एक पल में जब होश आ जाता तो लज्जित होकर कहती—मैं सपना देख रही थी, जैसे कोई तुम्हें लिये जा रहा था। देखो, तुम्हें हमारी सौंह है, कहीं जाना नहीं। न जाने कहाँ ले जाएगा, फिर तुम्हें कैसे देखूँगी? मुंशीजी का कलेजा मसोसने लगता। उसकी ओर अति करुणा भरी स्नेह-दृष्टि डालकर बोलते—नहीं, मैं न जाऊँगा। तुम्हें छोड़कर कहाँ जाऊँगा? सुवामा उसकी दशा देखती और रोती कि अब यह दीपक बुझना ही चाहता है। अवस्था ने उसकी लज्जा दूर कर दी थी। मुंशीजी के सम्मुख घंटों मुँह खोले खड़ी रहती।

चौथे दिन सुशीला की दशा सँभल गई। मुंशीजी को विश्वास हो गया, बस यह अंतिम समय है। दीपक बुझने के पहले भभक उठता है। प्रात:काल जब मुँह धोकर वे घर में आए तो सुशीला ने संकेत द्वारा उन्हें अपने पास बुलाया और कहा—मुझे अपने हाथ से थोड़ा सा पानी पिला दो। आज वह सचेत थी। उसने विरजन, प्रताप, सुवामा सबको भली-भाँति पहचाना। वह विरजन को बड़ी देर तक छाती से लगाए रोती रही। जब पानी पी चुकी तो सुवामा से बोली, 'बहिन, तनिक हमको उठाकर बिठा दो, स्वामीजी के चरण छू लूँ। फिर न जाने कब इन चरणों के दर्शन होंगे।' सुवामा ने रोते हुए अपने हाथों से सहारा देकर उसे तनिक उठा दिया। प्रताप और विरजन सामने खड़े थे। सुशीला ने मुंशीजी से कहा—मेरे समीप आ जाओ। मुंशीजी प्रेम और करुणा से विह्वल होकर उसके गले से लिपट गए और गद्‌गद स्वर में बोले—'घबराओ नहीं, ईश्वर चाहेगा तो तुम अच्छी हो जाओगी।' सुशीला ने निराश भाव से कहा, 'हाँ, आज अच्छी हो जाऊँगी। जरा अपना पैर बढ़ा दो। मैं माथे लगा लूँ।' मुंशीजी हिचकिचाते रहे। सुवामा रोते हुए बोली, 'पैर बढ़ा दीजिए, इनकी इच्छा पूरी हो जाए।' तब मुंशीजी ने चरण बढ़ा दिए। सुशीला ने उन्हें दोनों हाथों में पकड़कर कई बार चूमा। फिर उन पर हाथ रखकर रोने लगी। थोड़ी ही देर में दोनों चरण उष्ण जल-कणों से भीग गए। पतिव्रता स्त्री ने प्रेम के मोती पति के चरणों पर न्योछावर कर दिए। जब आवाज सँभली तो उसने विरजन का एक हाथ थामकर मुंशीजी के हाथ में दिया और अति मंद स्वर में कहा—'स्वामीजी, आपके संग बहुत दिन रही और जीवन का परम सुख भोगा। अब प्रेम का नाता टूटता है। अब मैं पल भर की और अतिथि हूँ। प्यारी विरजन को तुम्हें सौंप जाती हूँ। मेरा यही चिह्न है। इसपर सदा दया-दृष्टि रखना। मेरे भाग्य में प्यारी पुत्री का सुख देखना नहीं बदा था। इसे मैंने कभी कोई कटु वचन नहीं कहा, कभी कठोर दृष्टि से नहीं देखा। यह मेरे जीवन का फल है। ईश्वर के लिए तुम इसकी ओर से बेसुध न हो जाना।' यह कहते-कहते

हिचकियाँ बँध गईं और मूर्च्छा सी आ गई।

जब कुछ अवकाश हुआ तो उसने सुवामा के सम्मुख हाथ जोड़े और रोकर कहा, 'बहन विरजन तुम्हारे समर्पण है। तुम्हीं उसकी माता हो। लल्लू प्यारे, ईश्वर करे, तुम जुग-जुग जिओ। अपनी विरजन को भूलना मत। यह तुम्हारी दीना और मातृहीना बहिन है। तुममें उसके प्राण बसते हैं। उसे रुलाना मत, उसे कुढ़ाना मत, उसे कभी कठोर वचन मत कहना। उससे कभी न रूठना। उसकी ओर से बेसुध न होना, नहीं तो वह रो-रोकर प्राण दे देगी। उसके भाग्य में न जाने क्या बदा है, पर तुम उसे अपनी सगी बहिन समझकर सदा ढाढ़स देते रहना। मैं थोड़ी ही देर में तुम लोगों को छोड़कर चली जाऊँगी, पर तुम्हें मेरी सौंह, उसकी ओर से मन छोटा न करना, तुम्हीं उसका बेड़ा पार लगाओगे। मेरे मन में बड़ी-बड़ी अभिलाषाएँ थीं, मेरी लालसा थी कि तुम्हारा ब्याह करूँगी, तुम्हारे बच्चे को खिलाऊँगी, पर भाग्य में कुछ और ही बदा था।'

यह कहते-कहते वह फिर अचेत हो गई। सारा घर रो रहा था। महरियाँ, महाराजिनें; सब उसकी प्रशंसा कर रही थीं कि स्त्री नहीं, देवी थी।

रधिया—इतने दिन टहल करते हुए, पर कभी कठोर वचन न कहा।

महाराजिन—हमको बेटी की भाँति मानती थीं। भोजन कैसा ही बना दूँ, पर कभी नाराज नहीं हुईं। जब बातें करतीं, मुसकरा के। महाराज जब आते तो उन्हें जरूर सीधा दिलवाती थीं।

सब इसी प्रकार की बातें कर रहे थे। दोपहर का समय हुआ। महाराजिन ने भोजन बनाया, परंतु खाता कौन? बहुत हठ करने पर मुंशीजी गए और नाम करके चले आए। प्रताप चौके पर गया भी नहीं। विरजन और सुवामा को भूख कहाँ? सुशीला कभी विरजन को प्यार करती, कभी सुवामा को गले लगाती, कभी प्रताप को चूमती और कभी अपनी बीती कह-कहकर रोती। तीसरे पहर उसने सब नौकरों को बुलाया और उनसे अपराध क्षमा कराया। जब वे सब चले गए, तब सुशीला ने सुवामा से कहा—बहन, प्यास बहुत लगती है। उनसे कह दो, अपने हाथ से थोड़ा सा पानी पिला दें। मुंशीजी पानी लाए। सुशीला ने कठिनता से एक घूँट पानी कंठ से नीचे उतारा और ऐसा प्रतीत हुआ, मानो किसी ने उसे अमृत पिला दिया हो। उसका मुख उज्ज्वल हो गया, आँखों में जल भर आया। पति के गले में हाथ डालकर बोली—मैं ऐसी भाग्यशालिनी हूँ कि तुम्हारी गोद में मरती हूँ। यह कहकर वह चुप हो गई, मानो कोई बात कहना चाहती है, पर संकोच से नहीं

कहती। थोड़ी देर पश्चात् उसने फिर मुंशीजी का हाथ पकड़ लिया और कहा—यदि तुमसे कुछ माँगू तो दोगे?

मुंशीजी ने विस्मित होकर कहा—तुम्हारे लिए माँगने की आवश्यकता है? निस्संकोच कहो।

सुशीला—तुम मेरी बात कभी नहीं टालते थे।

मुंशीजी—मरते दम तक कभी न टालूँगा।

सुशीला—डर लगता है, कहीं न मानो तो।

मुंशीजी—तुम्हारी बात और मैं न मानूँ?

सुशीला—मैं तुमको न छोड़ूँगी। एक बात बतला दो—सिल्ली (सुशीला) मर जाएगी तो उसे भूल जाओगे?

मुंशीजी—ऐसी बात न कहो, देखो विरजन रोती है।

सुशीला—बतलाओ, मुझे भूलोगे तो नहीं?

मुंशीजी—कभी नहीं।

सुशीला ने अपने सूखे कपोल मुंशीजी के अधरों पर रख दिए और दोनों बाँहें उनके गले में डाल दीं। फिर विरजन को निकट बुलाकर धीरे-धीरे समझाने लगी—देखो बेटी, लालाजी का कहना हर घड़ी मानना, उनकी सेवा मन लगाकर करना। गृह का सारा भार अब तुम्हारे ही माथे है। अब तुम्हें कौन सँभालेगा? यह कहकर उसने स्वामी की ओर करुणापूर्ण नेत्रों से देखा और कहा—मैं अपने मन की बात नहीं कहने पाई, जी डूबा जाता है।

मुंशीजी—तुम व्यर्थ असमंजस में पड़ी हो।

सुशीला—तुम मेरे हो कि नहीं?

मुंशीजी—तुम्हारा और आमरण तुम्हारा।

सुशीला—ऐसा न हो कि तुम मुझे भूल जाओ और जो वस्तु मेरी थी, वह अन्य के हाथ में चली जाए।

सुशीला ने विरजन को फिर बुलाया और उसे वह छाती से लगाना ही चाहती थी कि मूर्च्छित हो गई। विरजन और प्रताप रोने लगे। मुंशीजी ने काँपते हुए सुशीला के हृदय पर हाथ रखा। साँस धीरे-धीरे चल रही थी। महाराजिन को बुलाकर कहा—अब इन्हें भूमि पर लिटा दो। यह कहकर रोने लगे। महाराजिन और सुवामा ने मिलकर सुशीला को पृथ्वी पर लिटा दिया। तपेदिक ने हड्डियाँ तक सुखा डाली थीं।

अँधेरा हो चला था। सारे गृह में शोकमय और भयावह सन्नाटा छाया हुआ था। रोनेवाले रोते थे, पर कंठ बाँध-बाँधकर। बातें होती थीं, पर दबे स्वरों से। सुशीला भूमि पर पड़ी हुई थी। वह सुकुमार अंग जो कभी माता के अंग में पला, कभी प्रेमांक में प्रौढ़ा, कभी फूलों की सेज पर सोया, इस समय भूमि पर पड़ा हुआ था। अभी तक नाड़ी मंद-मंद गति से चल रही थी। मुंशीजी शोक और निराशानद में मगन उसके सिर की ओर बैठे हुए थे। अकस्मात् उसने सिर उठाया और दोनों हाथों से मुंशीजी के चरण पकड़ लिए। प्राण उड़ गए। दोनों कर उनके चरण का मंडल बाँधे ही रहे। यह उसके जीवन की अंतिम क्रिया थी।

रोनेवालो, रोओ, क्योंकि तुम रोने के अतिरिक्त कर ही क्या सकते हो? तुम्हें इस समय कोई कितनी ही सांत्वना दे, पर तुम्हारे नेत्र अश्रु-प्रवाह को न रोक सकेंगे। रोना तुम्हारा कर्तव्य है। जीवन में रोने के अवसर कदाचित् मिलते हैं। क्या इस समय तुम्हारे नेत्र शुष्क हो जाएँगे? आँसुओं के तार बँधे हुए थे, सिसकियों के शब्द आ रहे थे कि महाराजिन दीपक जलाकर घर में लाई। थोड़ी देर पहले सुशीला के जीवन का दीपक बुझ चुका था।

□

विरजन की विदाई

राधाचरण रुड़की कॉलेज से निकलते ही मुरादाबाद के इंजीनियर नियुक्त हुए और चंद्रा उनके संग मुरादाबाद को चली। प्रेमवती ने बहुत रोकना चाहा, पर जानेवाले को कौन रोक सकता है? सेवती कब की ससुराल आ चुकी थी। यहाँ घर में अकेली प्रेमवती रह गई। उसके सिर घर का काम-काज पड़ा। निदान! यह राय हुई कि विरजन के गौने का संदेशा भेजा जाए। डिप्टी साहब सहमत न थे, परंतु घर के कामों में प्रेमवती ही की बात चलती थी।

संजीवनलाल ने संदेशा स्वीकार कर लिया। कुछ दिनों से वे तीर्थयात्रा का विचार कर रहे थे। उन्होंने क्रम-क्रम से सांसारिक संबंध त्याग कर दिए थे। दिन भर घर में आसन मारे भगवद्गीता और योगवसिष्ठ आदि ज्ञान-संबंधिनी पुस्तकों का अध्ययन किया करते थे। संध्या होते ही गंगा-स्नान को चले जाते थे। वहाँ से रात्रि गए लौटते और थोड़ा सा भोजन करके सो जाते। प्रायः प्रतापचंद्र भी उनके संग गंगा-स्नान को जाता। यद्यपि उसकी आयु सोलह वर्ष की भी न थी, पर कुछ तो निज स्वभाव, कुछ पैतृक संस्कार और कुछ संगति के प्रभाव से उसे अभी से वैज्ञानिक विषयों पर मनन और विचार करने में बड़ा आनंद प्राप्त होता था। ज्ञान तथा ईश्वर संबंधिनी बातें सुनते-सुनते उसकी प्रवृत्ति भी भक्ति की ओर चली थी और किसी-किसी समय मुंशीजी से ऐसे सूक्ष्म विषयों पर विवाद करता कि वे विस्मित हो जाते।

वृजरानी पर सुवामा की शिक्षा का उससे भी गहरा प्रभाव पड़ा था, जितना कि प्रतापचंद्र पर मुंशीजी की संगति और शिक्षा का। उसका पंद्रहवाँ वर्ष था। इस आयु में नई उमंगें तरंगित होती हैं और चितवन में सरलता चंचलता की तरह मनोहर रसीलापन बरसने लगता है, परंतु वृजरानी अभी वही भोली-भाली बालिका

थी। उसके मुख पर हृदय के पवित्र भाव झलकते थे और वार्त्तालाप में मनोहारिणी मधुरता उत्पन्न हो गई थी। प्रातःकाल उठती और सबसे प्रथम मुंशीजी का कमरा साफ करके, उनके पूजा-पाठ की सामग्री यथोचित रीति से रख देती। फिर रसोईघर के धंधे में लग जाती। दोपहर का समय उसके लिखने-पढ़ने का था। सुवामा पर उसका जितना प्रेम और जितनी श्रद्धा थी, उतनी अपनी माता पर भी न रही होगी। उसकी इच्छा विरजन के लिए आज्ञा से कम न थी।

सुवामा की तो सम्मति थी कि अभी विदाई न की जाए, पर मुंशीजी के हठ से विदाई की तैयारियाँ होने लगीं। ज्यों-ज्यों वह विपत्ति की घड़ी निकट आती, विरजन की व्याकुलता बढ़ती जाती थी। रात-दिन रोया करती। कभी पिता के चरणों में पड़ती और कभी सुवामा के पदों में लिपट जाती, पर विवाहिता कन्या पराए घर की हो जाती है, उसपर किसी का क्या अधिकार?

प्रतापचंद्र और विरजन कितने ही दिनों तक भाई-बहन की भाँति एक साथ रहे, पर विरजन की आँखें उसे देखते ही नीचे को झुक जाती थीं। प्रताप की भी यही दशा थी। घर में बहुत कम आता था। आवश्यकतावश आया तो इस प्रकार दृष्टि नीचे किए हुए और सिमटे हुए, मानो दुलहिन है। उसकी दृष्टि में वह प्रेम-रहस्य छिपा हुआ था, जिसे वह किसी मनुष्य; यहाँ तक कि विरजन पर भी प्रकट नहीं करना चाहता था।

एक दिन संध्या का समय था। विदाई को केवल तीन दिन रह गए थे। प्रताप किसी काम से भीतर गया और अपने घर में लैंप जलाने लगा कि विरजन आई। उसका आँचल आँसुओं से भीगा हुआ था। उसने आज दो वर्ष के अनंतर प्रताप की ओर सजल-नेत्र से देखा और कहा—लल्लू, मुझसे कैसे सहा जाएगा?

प्रताप के नेत्रों में आँसू न आए। उसका स्वर भारी न हुआ। उसने सुदृढ भाव से कहा—ईश्वर तुम्हें धैर्य धारण करने की शक्ति देंगे।

विरजन का सिर झुक गया। आँखें पृथ्वी में पड़ गईं और एक सिसकी ने हृदय-वेदना की यह अगाध कथा वर्णन की, जिसका होना वाणी द्वारा असंभव था।

विदाई का दिन लड़कियों के लिए कितना शोकमय होता है। बचपन की सब सखियों-सहेलियों, माता-पिता, भाई-बंधु से नाता टूट जाता है। यह विचार कि मैं फिर भी इस घर में आ सकूँगी, उसे तनिक भी संतोष नहीं देता। क्यों? अब वह आएगी तो अतिथिभाव से आएगी। उन लोगों से विलग होना, जिनके साथ जीवनोद्यान में खेलना और स्वातंत्र्य-वाटिका में भ्रमण करना उपलब्ध हुआ हो, उसके हृदय

को विदीर्ण कर देता है। आज से उसके सिर पर ऐसा भार पड़ता है, जो आमरण उठाना पड़ेगा।

विरजन का श्रृंगार किया जा रहा था। नाइन उसके हाथों और पैरों में मेहँदी रचा रही थी। कोई उसके बाल गूँथ रही थी। कोई जूड़े में सुगंध बसा रही थी, पर जिसके लिए ये तैयारियाँ हो रही थीं, वह भूमि पर मोती के दाने बिखेर रही थी। इतने में बाहर से संदेशा आया कि मुहूर्त टला जाता है, जल्दी करो। सुवामा पास खड़ी थी। विरजन उसके गले लिपट गई और अश्रु-प्रवाह का आतंक, जो अब तक दबी हुई अग्नि की नाई सुलग रहा था, अकस्मात् ऐसा भड़क उठा मानो किसी ने आग में तेल डाल दिया है।

थोड़ी देर में पालकी द्वार पर आई। विरजन पड़ोस की स्त्रियों से गले मिली। सुवामा के चरण छुए, तब दो-तीन स्त्रियों ने उसे पालकी के भीतर बिठा दिया। उधर पालकी उठी, इधर सुवामा मूर्च्छित हो भूमि पर गिर पड़ी, मानो उसके जीते ही कोई उसका प्राण निकालकर लिये जाता था। घर सूना हो गया। सैकड़ों स्त्रियों का जमघट था, परंतु एक विरजन के बिना घर फाड़े खाता था।

□

कमलाचरण के मित्र

जैसे सिंदूर की लालिमा से माँग रच जाती है, वैसे ही विरजन के आने से प्रेमवती के घर की रौनक बढ़ गई। सुवामा ने उसे ऐसे गुण सिखाए थे कि जिसने उसे देखा, मोह गया, यहाँ तक कि सेवती की सहेली रानी को भी प्रेमवती के सम्मुख स्वीकार करना पड़ा कि तुम्हारी छोटी बहू ने हम सबों का रंग फीका कर दिया। सेवती उससे दिन-दिन भर बातें करती और उसका जी न ऊबता। उसे अपने गाने पर अभिमान था, पर इस क्षेत्र में भी विरजन बाजी ले गई।

अब कमलाचरण के मित्रों ने आग्रह करना शुरू किया कि भाई, नई दुलहिन घर में लाए हो, कुछ मित्रों की भी फिक्र करो। सुनते है परम सुंदरी पाए हो।

कमलाचरण को रुपए तो ससुराल से मिले ही थे, जेब खनखनाकर बोले— अजी, दावत लो। शराबें उड़ाओ। हाँ, बहुत शोरगुल न मचाना, नहीं तो कहीं भीतर खबर होगी तो समझेंगे कि ये गुंडे हैं। जब से वह घर में आई है, मेरे तो होश उड़े हुए हैं। कहता हूँ, अंग्रेजी, फारसी, संस्कृत, अलम-गलम सभी घोटे बैठी है। डरता हूँ कहीं अंग्रेजी में कुछ पूछ बैठी या फारसी में बातें करने लगी, मुँह ताकने के सिवा और क्या करूँगा? इसलिए अभी जी बचाता फिरता हूँ।

यों तो कमलाचरण के मित्रों की संख्या अपरिमित थी। नगर के जितने कबूतरबाज, कनकौएबाज गुंडे थे, सब उनके मित्र, परंतु सच्चे मित्रों में केवल पाँच महाशय थे और सभी-के-सभी फाकेमस्त छिछोरे थे। उनमें सबसे अधिक शिक्षित मियाँ मजीद थे। ये कचहरी में अरायज किया करते थे। जो कुछ मिलता, वह सब शराब की भेंट करते। दूसरा नंबर हमीदखाँ का था। इन महाशय ने बहुत पैतृक संपत्ति पाई थी, परंतु तीन वर्ष में सबकुछ विलास में लुटा दी। अब यह ढंग था कि सायं को सज-धजकर गलियों में धूल फाँकते फिरते थे। तीसरे हजरत सैयद हुसैन

थे—पक्के जुआरी, नाल के परम भक्त, सैकड़ों के दाँव लगाने वाले, स्त्री गहनों पर हाथ माँजना तो नित्य का काम था। शेष दो महाशय रामसेवक लाल और चंदूलाल कचहरी में नौकर थे। वेतन कम, पर ऊपरी आमदनी बहुत थी। आधी सुरापान की भेंट करते, आधी भोग-विलास में उड़ाते। घर में लोग भूखे मरें या भिक्षा माँगें, इन्हें केवल अपने सुख से काम था।

सलाह तो हो चुकी थी। आठ बजे जब डिप्टी साहब लौटे तो ये पाँचों जने एकत्र हुए और शराब के दौर चलने लगे। पाँचों पीने में अभ्यस्त थे। अब नशे का रंग जमा, बहक-बहककर बातें करने लगे।

मजीद—क्यों भाई कमलाचरण, सच कहना, स्त्री को देखकर जी खुश हो गया कि नहीं?

कमला—अब आप बहकने लगे, क्यों?

रामसेवक—बतला क्यों नहीं देते, इसमें झेंपने की कौन सी बात है?

कमला—बतला क्या अपना सिर दूँ, कभी सामने जाने का संयोग भी तो हुआ हो। कल किवाड़ की दरार से एक बार देख लिया था, अभी तक चित्र आँखों पर फिर रहा है।

चंदूलाल—मित्र, तुम बड़े भाग्यवान् हो।

कमला—ऐसा व्याकुल हुआ कि गिरते-गिरते बचा। बस, परी समझ लो।

मजीद—तो भई, यह दोस्ती किस दिन काम आएगी। एक नजर हमें भी दिखाओ।

सैयद—बेशक, दोस्ती के यही मायने हैं कि आपस में कोई परदा न रहे।

चंदूलाल—दोस्ती में क्या परदा? अंग्रेजों को देखो, बीबी डोली से उतरी नहीं कि यार दोस्त हाथ मिलाने लगे।

रामसेवक—मुझे तो बिना देखे चैन न आएगा?

कमला—(*एक धप लगाकर*) जीभ काट ली जाएगी समझे?

रामसेवक—कोई चिंता नहीं, आँखें तो देखने को रहेंगी।

मजीद—भई कमलाचरण, बुरा मानने की बात नहीं, अब इस वक्त तुम्हारा फर्ज है कि दोस्तों की फरमाइश पूरी करो।

कमला—अरे, तो मैं नहीं कब करता हूँ?

चंदूलाल—वाह मेरे शेर, ये ही मरदों की सी बातें है। तो हम लोग बन-ठनकर आ जाएँ, क्यों?

कमला—जी, जरा मुँह पर कालिख लगा लीजिएगा। बस इतना बहुत है।

सैयद—तो आज ही ठहरी न।

इधर तो शराब उड़ रही थी, उधर विरजन पलंग प्रर लेटी हुई विचार में मगन हो रही थी। बचपन के दिन भी कैसे अच्छे होते हैं। यदि वे दिन एक बार फिर आ जाते। आह, कैसा मनोहर जीवन था। संसार प्रेम और प्रीति की खान था। क्या वह कोई अन्य संसार था? क्या उन दिनों संसार की वस्तुएँ बहुत सुंदर होती थीं? इन्हीं विचारों में आँख झपक गई और बचपन की एक घटना आँखों के सामने आ गई। लल्लू ने उसकी गुड़िया मरोड़ दी। उसने उसकी किताब के दो पन्ने फाड़ दिए। तब लल्लू ने उसकी पीठ में जोर से चुटकी ली, बाहर भागा। वह रोने लगी और लल्लू को कोस रही थी कि सुवामा उसका हाथ पकड़े आई और बोली—क्यों बेटी, इसने तुम्हें मारा है न? यह बहुत मार-मारकर भागता है। आज इसकी खबर लेती हूँ, देखूँ, कहाँ मारा है? लल्लू ने डबडबाई आँखों से विरजन की ओर देखा। तब विरजन ने मुसकराकर कहा, मुझे उन्होंने कहाँ मारा है? ये मुझे कभी नहीं मारते। यह कहकर उसका हाथ पकड़ लिया। अपने हिस्से की मिठाई खिलाई और फिर दोनों मिलकर खेलने लगे। वह समय अब कहाँ!

रात्रि अधिक बीत गई थी, अचानक विरजन को जान पड़ा कि कोई सामने वाली दीवार धमधमा रहा है। उसने कान लगाकर सुना। बराबर शब्द आ रहे थे। कभी रुक जाते, फिर सुनाई देते। थोड़ी देर में मिट्टी गिरने लगी। डर के मारे विरजन के हाथ-पाँव फूलने लगे। कलेजा धक्-धक् करने लगा। जी कड़ा करके उठी और महाराजिन को बोला। घिग्घी बँधी हुई थी। इतने में मिट्टी का एक बड़ा ढेला सामने गिरा। महाराजिन चौंककर उठ बैठी। दोनों को विश्वास हुआ कि चोर आए हैं। महाराजिन चतुर स्त्री थी। समझी कि चिल्लाऊँगी तो जाग हो जाएगी। उसने सुन रखा था कि चोर पहले सेंध में पाँव डालकर देखते हैं तब आप घुसते हैं। उसने एक डंडा उठा लिया कि जब पैर डालेगा तो ऐसा तानकर मारूँगी कि टाँग टूट जाएगी, पर चोर ने पाँव के स्थान पर सिर रख दिया। महाराजिन घात में थी ही, डंडा चला दिया। खटक की आवाज आई। चोर ने झट सिर खींच लिया और कहता हुआ सुनाई दिया—'उफ् मार डाला, खोपड़ी झन्ना गई।' फिर कई मनुष्यों के हँसने की ध्वनि आई और तत्पश्चात् सन्नाटा हो गया। इतने में और लोग भी जाग पड़े और शेष रात्रि बातचीत में व्यतीत हुई।

प्रात:काल जब कमलाचरण घर में आए तो नेत्र लाल थे और सिर में सूजन थी। महाराजिन ने निकट जाकर देखा, फिर आकर विरजन से कहा—बहू एक बात कहूँ। बुरा तो न मानोगी?

विरजन—बुरा क्यों मानूँगी, कहो क्या कहती हो?

महाराजिन—रात को सेंध पड़ी थी, वह चोरों ने नहीं लगाई थी।

विरजन—फिर कौन था?

महाराजिन—घर ही के भेदी थे। बाहरी कोई न था।

विरजन—क्या किसी कहारन की शरारत थी?

महाराजिन—नहीं, कहारों में कोई ऐसा नहीं है।

विरजन—फिर कौन था, स्पष्ट क्यों नहीं कहती?

महाराजिन—मेरी जान में तो छोटे बाबू थे। मैंने जो लकड़ी मारी थी, वह उनके सिर में लगी। सिर फूला हुआ है।

इतना सुनते ही विरजन की भृकुटी चढ़ गई। मुखमंडल अरुण हो आया। क्रुद्ध होकर बोली—महाराजिन, होश सँभालकर बातें करो। तुम्हें यह कहते हुए लाज नहीं आती? तुम्हें मेरे सम्मुख ऐसी बात कहने का साहस कैसे हुआ? साक्षात् मेरे ऊपर कलंक का टीका लगा रही हो। तुम्हारे बुढ़ापे पर दया आती है, नहीं तो अभी तुम्हें यहाँ से खड़े-खड़े निकलवा देती। तब तुम्हें विदित होता कि जीभ को वश में न रखने का क्या फल होता है! यहाँ से उठ जाओ, मुझे तुम्हारा मुँह देखकर ज्वर सा चढ़ रहा है। तुम्हें इतना न समझ पड़ा कि मैं कैसा वाक्य मुँह से निकाल रही हूँ। उन्हें ईश्वर ने क्या नहीं दिया है? सारा घर उनका है। मेरा जो कुछ है, उनका है। मैं स्वयं उनकी चेरी हूँ। उनके संबंध में तुम ऐसी बात कह बैठीं।

परंतु जिस बात पर विरजन इतनी क्रुद्ध हुई, उसी बात पर घर के और लोगों को विश्वास हो गया। डिप्टी साहब के कान में भी बात पहुँची। वे कमलाचरण को उससे अधिक दुष्ट-प्रकृति समझते थे, जितना वह था। भय हुआ कि कहीं यह महाशय बहू के गहनों पर न हाथ बढ़ाए, अच्छा हो कि इन्हें छात्रालय में भेज दूँ। कमलाचरण ने यह उपाय सुना तो बहुत छटपटाया, पर कुछ सोचकर छात्रालय चला गया। विरजन के आगमन से पूर्व कई बार यह सलाह हुई थी, पर कमला के हठ के आगे एक भी न चलती थी। यह स्त्री की दृष्टि में गिर जाने का भय था, जो अबकी बार उसे छात्रालय ले गया।

□

कायापलट

पहला दिन तो कमलाचरण ने किसी प्रकार छात्रालय में काटा। प्रातः से सायंकाल तक सोया किए। दूसरे दिन ध्यान आया कि आज नवाब साहब और तोखे मिर्जा के बटेरों में बढ़ाऊ जोड़ हैं। कैसे-कैसे मस्त पट्ठे हैं! आज उनकी पकड़ देखने के योग्य होगी। सारा नगर फट पड़े तो आश्चर्य नहीं। क्या दिल्लगी है कि नगर के लोग तो आनंद उड़ाएँ और मैं पड़ा रोऊँ। यह सोचते-सोचते उठा और बात की बात में अखाड़े में था।

यहाँ आज बड़ी भीड़ थी। एक मेला सा लगा हुआ था। भिश्ती छिड़काव कर रहे थे। सिगरेट, खोमचे वाले और तंबोली सब अपनी-अपनी दुकान लगाए बैठे थे। नगर के मनचले युवक अपने हाथों में बटेर लिए या मखमली अड्डों पर बुलबुलों को बैठाए मटरगश्ती कर रहे थे। कमलाचरण के मित्रों की यहाँ क्या कमी थी? लोग उन्हें खाली हाथ देखते तो पूछते—अरे राजा साहब! आज खाली हाथ कैसे? इतने में मियाँ, सैयद मजीद, हमीद आदि नशे में चूर, सिगरेट के धुएँ भकाभक उड़ाते दीख पड़े। कमलाचरण को देखते ही सब-के-सब सरपट दौड़े और उससे लिपट गए।

मजीद—आज तुम कहाँ गायब हो गए थे यार, कुरान की कसम! मकान के सैकड़ों चक्कर लगाए होंगे।

रामसेवक—आजकल आनंद की रातें हैं भाई! आँखें नहीं देखते हो, नशा सा चढ़ा हुआ है।

चंदुलाल—चैन कर रहा है पट्ठा। जब से सुंदरी घर में आई, उसने बाजार की सूरत तक नहीं देखी। जब देखिए, घर में घुसा रहता है। खूब चैन कर ले यार!

कमला—चैन क्या खाक करूँ? यहाँ तो कैद में फँस गया। तीन दिन से

बोर्डिंग में पड़ा हुआ हूँ।

मजीद—अरे! खुदा की कसम?

कमला—सच कहता हूँ, परसों से मिट्टी पलीद हो रही है। आज सबकी आँख बचाकर निकल भागा।

रामसेवक—खूब उड़े। वह मुछंदर सुपरिंटेंडेंट झल्ला रहा होगा।

कमला—यह मार्के का जोड़ छोड़कर किताबों में सिर कौन मारता?

सैयद—यार, आज उड़ आए तो क्या? सच तो यह है कि तुम्हारा वहाँ रहना आफत है। रोज तो न आ सकोगे? और यहाँ आए दिन नई सैर, नई-नई बहारें, कल लाला डिग्गी पर, परसों प्रेट पर, नरसों बेड़ों का मेला—कहाँ तक गिनाऊँ, तुम्हारा जाना बुरा हुआ।

कमला—कल की कटाव तो मैं जरूर देखूँगा, चाहे इधर की दुनिया उधर हो जाए।

सैयद—और बेड़ों का मेला न देखा तो कुछ न देखा।

तीसरे पहर कमलाचरण मित्रों से विदा होकर उदास मन छात्रालय की ओर चला। मन में एक चोर सा बैठा हुआ था। द्वार पर पहुँचकर झाँकने लगा कि सुपरिंटेंडेंट साहब न हों तो लपककर कमरे में हो रहूँ। देखता है कि वह भी बाहर ही की ओर आ रहे हैं। चित्त को भली-भाँति दृढ करके भीतर पैठा।

सुपरिंटेंडेंट साहब ने पूछा—अब तक कहाँ थे?

'एक काम से बाजार गया था।'

'यह बाजार जाने का समय नहीं है।'

'मुझे ज्ञात नहीं था, अब ध्यान रखूँगा।'

रात्रि को जब कमला चारपाई पर लेटा तो सोचने लगा—यार, आज तो बच गया, पर उत्तम तभी हो कि कल बचूँ और परसों भी महाशय की आँख में धूल डालूँ। कल का दृश्य वस्तुत: दर्शनीय होगा। पतंग आकाश में बातें करेंगी और लंबे-लंबे पेच होंगे। यह ध्यान करते-करते सो गया। दूसरे दिन प्रात:काल छात्रालय से निकल भागा। सुहृदगण लाल डिग्गी पर उसकी प्रतीक्षा कर रहे थे। देखते ही गद्‌गद हो गए और पीठ ठोंकी।

कमलाचरण कुछ देर तक तो कटाव देखता रहा। फिर शौक चर्राया कि क्यों न मैं भी अपने कनकौए मँगाऊँ और अपने हाथों की सफाई दिखलाऊँ। सैयद ने भड़काया, बद-बदकर लड़ाओ। रुपए हम देंगे। चट घर पर आदमी दौड़ा दिया। पूरा

विश्वास था कि अपने माँझे से सबको परास्त कर दूँगा, परंतु जब आदमी घर से खाली हाथ आया, तब तो उसकी देह में आग सी लग गई। हंटर लेकर दौड़ा और घर पहुँचते ही कहारों को एक ओर से सटर-सटर पीटना आरंभ किया। बेचारे बैठे हुक्का-तमाखू कर रहे थे। निरपराध अचानक हंटर पड़े तो चिल्ला-चिल्लाकर रोने लगे। सारे मुहल्ले में एक कोलाहल मच गया। किसी को समझ ही में न आया कि हमारा क्या दोष है? वहाँ कहारों का भली-भाँति सत्कार करके कमलाचरण अपने कमरे में पहुँचा, परंतु वहाँ की दुर्दशा देखकर क्रोध और भी प्रज्ज्वलित हो गया। पतंग फटे हुए थे, चरखियाँ टूटी हुई थीं, माँझे की लच्छियाँ उलझी पड़ी थीं, मानो किसी आपत्ति ने इन यवन योद्धाओं का सत्यानाश कर दिया था। समझ गया कि अवश्य यह माताजी की करतूत है। क्रोध से लाल माता के पास गया और उच्च स्वर से बोला—क्या माँ! तुम सचमुच मेरे प्राण ही लेने पर आ गई हो? तीन दिन हुए कारागार में भिजवाया, पर इतने पर भी चित्त को संतोष न हुआ। मेरे विनोद की सामग्रियों को नष्ट कर डाला, क्यों?

प्रेमवती—(*विस्मय से*) मैंने तुम्हारी कोई चीज नहीं छुई! क्या हुआ?

कमला—(*बिगड़कर*) झूठों के मुख में कीड़े पड़ते हैं। तुमने मेरी वस्तुएँ नहीं छुईं तो किसको साहस है, जो मेरे कमरे में जाकर मेरे कनकौए और चरखियाँ सब तोड़-फोड़ डाले, क्या इतना भी नहीं देखा जाता!

प्रेमवती—ईश्वर साक्षी है। मैंने तुम्हारे कमरे में पाँव भी नहीं रखा। चलो, देखूँ कौन-कौन चीजें टूटी हैं।

यह कहकर प्रेमवती तो उस कमरे की ओर चली और कमला क्रोध से भरा आँगन में खड़ा रहा कि इतने में माधवी विरजन के कमरे से निकली और उसके हाथ में एक चिट्ठी देकर चली गई। लिखा हुआ था—

'अपराध मैंने किया है। अपराधिन मैं हूँ। जो दंड चाहे, दीजिए।'

यह पत्र देखते ही कमला भीगी बिल्ली बन गया और दबे पाँव बैठक की ओर चला। प्रेमवती परदे की आड़ से सिसकते हुए नौकरों को डाँट रही थी। कमलाचरण ने उसे मना किया और उसी क्षण कुछ और कनकौए जो बचे हुए थे, स्वयं फाड़ डाले, चरखियाँ टुकड़े-टुकड़े कर डालीं और डोर में दीया-सलाई लगा दी। माता के ध्यान ही में नहीं आता था कि क्या बात है? कहाँ तो अभी-अभी इन्हीं वस्तुओं के लिए संसार सिर पर उठा लिया था और कहाँ आप ही उसका शत्रु हो गया। समझी, शायद क्रोध से ऐसा कर रहा हो। मनाने लगीं, पर कमला की

आकृति से क्रोध तनिक भी प्रकट न होता था। स्थिरता से बोला—क्रोध में नहीं हूँ। आज से दृढ प्रतिज्ञा करता हूँ कि पतंग कभी न उड़ाऊँगा। मेरी मूर्खता थी, इन वस्तुओं के लिए आपसे झगड़ बैठा।

जब कमलाचरण कमरे में अकेला रह गया तो सोचने लगा—निस्संदेह मेरा पतंग उड़ाना उन्हें नापसंद है, इससे हार्दिक घृणा है, नहीं तो मुझ पर यह अत्याचार कदापि न करतीं। यदि एक बार उनसे भेंट हो जाती तो पूछता कि तुम्हारी क्या इच्छा है, पर कैसे मुँह दिखाऊँ, एक तो महामूर्ख, तिस पर कई बार अपनी मूर्खता का परिचय दे चुका। सेंधवाली घटना की सूचना उन्हें अवश्य मिली होगी। उन्हें मुख दिखाने के योग्य नहीं रहा। अब तो यही उपाय है कि न तो उनका मुख देखूँ, न अपना दिखाऊँ या किसी प्रकार कुछ विद्या सीखूँ। हाय! इस सुंदरी ने कैसा स्वरूप पाया है! स्त्री नहीं; अप्सरा जान पड़ती है। क्या कभी वह दिन भी होगा जबकि वह मुझसे प्रेम करेगी? क्या लाल-लाल रसीले अधर हैं! पर है कठोर हृदय। दया तो उसे छू नहीं गई। कहती है, जो दंड चाहे दीजिए। क्या दंड दूँ? यदि पा जाऊँ, हृदय से लगा लूँ। अच्छा, तो अब आज से पढ़ना चाहिए। यह सोचते-सोचते उठा और दड़बा खोलकर कबूतरों को उड़ाने लगा। सैकड़ों जोड़े थे और एक-से-एक बढ़-चढ़कर। आकाश में तारे बन जाएँ, उड़ें तो दिन भर उतरने का नाम न लें। नगर के कबूतरबाज एक-एक जोड़ पर गुलामी करने को तैयार थे, परंतु क्षण-मात्र में सब-के-सब उड़ा दिए। जब दड़बा खाली हो गया तो कहारों को आज्ञा दी कि इसे उठा ले जाओ और आग में जला दो। छत्ता भी गिरा दो, नहीं तो सब कबूतर जाकर उसी पर बैठेंगे। कबूतरों का काम समाप्त करके बटेरों और बुलबुलों की ओर चले और उनको भी कारागार से मुक्त कर दिया।

बाहर तो यह चरित्र हो रहा था, भीतर प्रेमवती छाती पीट रही थी कि लड़का न जाने क्या करने को तत्पर हुआ है? विरजन को बुलाकर कहा—बेटी? बच्चे को किसी प्रकार रोको। न जाने उसने मन में क्या ठानी है? यह कहकर रोने लगी! विरजन को भी संदेह हो रहा था कि अवश्य इनकी कुछ और नीयत है, नहीं तो यह क्रोध क्यों? यद्यपि कमला दुर्व्यसनी था, दुराचारी था, कुचरित्र था, परंतु इन सब दोषों के होते हुए भी उसमें एक बड़ा गुण भी था, जिसकी कोई स्त्री अवहेलना नहीं कर सकती। उसे वृजरानी से सच्ची प्रीति थी और इसका गुप्त रीति से कई बार परिचय भी मिल गया था। यही कारण था, जिसने विरजन को इतना गर्वशील बना दिया था। उसने कागज निकाला और यह पत्र बाहर भेजा—

''प्रियतम,

यह कोप किस पर है? केवल इसीलिए कि मैंने दो-तीन कनकौए फाड़ डाले? यदि मुझे ज्ञात होता कि आप इतनी सी बात पर ऐसे क्रुद्ध हो जाएँगे तो कदापि उनपर हाथ न लगाती, पर अब तो अपराध हो गया, क्षमा कीजिए। यह पहला कसूर है—

आपकी

वृजरानी।''

कमलाचरण यह पत्र पाकर ऐसा प्रमुदित हुआ, मानो सारे जगत् की संपत्ति प्राप्त हो गई। उत्तर देने की इच्छा हुई, पर लेखनी ही नहीं उठती थी। न प्रशस्ति मिलती है, न प्रतिष्ठा, न आरंभ का विचार आता, न समाप्ति का। बहुत चाहते हैं कि भावपूर्ण लहलहाता हुआ पत्र लिखूँ, पर बुद्धि तनिक भी नहीं दौड़ती। आज प्रथम बार कमलाचरण को अपनी मूर्खता और निरक्षरता पर रोना आया। शोक! मैं एक सीधा-सा पत्र भी नहीं लिख सकता। इस विचार से वह रोने लगा और घर के द्वार सब बंद कर लिए कि कोई देख न ले।

तीसरे पहर जब मुंशी श्यामाचरण घर आए तो सबसे पहली वस्तु, जो उनकी दृष्टि में पड़ी, वह आग का अलाव था। विस्मित होकर नौकरों से पूछा—यह अलाव कैसा?

नौकरों ने उत्तर दिया—सरकार! दड़बा जल रहा है।

मुंशीजी—(*घुड़ककर*) इसे क्यों जलाते हो? अब कबूतर कहाँ रहेंगे?

कहार—छोटे बाबू की आज्ञा है कि सब दड़बे जला दो।

मुंशीजी—कबूतर कहाँ गए?

कहार—सब उड़ा दिए, एक भी नहीं रखा। कनकौए सब फाड़ डाले, डोर जला दी, बड़ा नुकसान किया।

कहारों ने अपनी समझ में मार-पीट का बदला लिया। बेचारे समझे कि मुंशीजी इस नुकसान के लिए कमलाचरण को बुरा-भला कहेंगे, परंतु मुंशीजी ने यह समाचार सुना तो भौंचक्के से रह गए। उन्हीं जानवरों पर कमलाचरण प्राण देता था, आज अकस्मात् क्या कायापलट हो गई? अवश्य कुछ भेद है। कहार से कहा—बच्चे को भेज दो।

एक मिनट में कहार ने आकर कहा—हुजूर, दरवाजा भीतर से बंद है। बहुत खटखटाया, बोलते ही नहीं।

इतना सुनना था कि मुंशीजी का रुधिर शुष्क हो गया। झट संदेह हुआ कि बच्चे ने विष खा लिया। आज एक जहर खिलाने के मुकदमे का फैसला किया था।

नंगे पाँव दौड़े और बंद कमरे के किवाड़ पर बज्रपूर्वक लात मारी और कहा—बच्चा! बच्चा! यह कहते-कहते गला रुँध गया। कमलाचरण पिता की वाणी पहचान कर झट उठा और अपने आँसू पोंछकर किवाड़ खोल दिया, परंतु उसे कितना आश्चर्य हुआ, जब मुंशीजी ने धिक्कार, फटकार के बदले उसे हृदय से लगा लिया और व्याकुल होकर पूछा—बच्चा, तुम्हें मेरे सिर की कसम, बता दो तुमने कुछ खा तो नहीं लिया? कमलाचरण ने इस प्रश्न का अर्थ समझने के लिए मुंशीजी की ओर आँखें उठाईं तो उनमें जल भरा था। मुंशीजी को पूरा विश्वास हो गया कि अवश्य विपत्ति का सामना हुआ। एक कहार से कहा—डॉक्टर साहब को बुला ला। कहना, अभी चलिए।

अब जाकर दुर्बुद्धि कमलाचरण ने पिता की इस घबराहट का अर्थ समझा। दौड़कर उनसे लिपट गया और बोला—आपको भ्रम हुआ है। आपके सिर की कसम, मैं बहुत अच्छी तरह हूँ।

परंतु डिप्टी साहब की बुद्धि स्थिर न थी। समझे, यह मुझे रोककर विलंब करना चाहता है, विनीत भाव से बोले—बच्चा? ईश्वर के लिए मुझे छोड़ दो, मैं संदूक से एक औषधि ले आऊँ। मैं क्या जानता था कि तुम इस नीयत से छात्रालय में जा रहे हो।

कमलाचरण—ईश्वर-साक्षी से कहता हूँ, मैं बिल्कुल अच्छा हूँ। मैं ऐसा लज्जावान होता, तो इतना मूर्ख क्यों बना रहता? आप व्यर्थ ही डॉक्टर साहब को बुला रहे हैं।

मुंशीजी—(*कुछ-कुछ विश्वास करके*) तो किवाड़ बंद कर क्या करते थे?

कमलाचरण—भीतर से एक पत्र आया था, उत्तर लिख रहा था।

मुंशीजी—और यह कबूतर वगैरह क्यों उड़ा दिए?

कमला—इसीलिए कि निश्चिंततापूर्वक पढ़ूँ। इन्हीं बखेड़ों में समय नष्ट होता था। आज मैंने इनका अंत कर दिया। अब आप देखेंगे कि मैं पढ़ने में कैसा जी लगाता हूँ।

अब जाके डिप्टी साहब की बुद्धि ठिकाने आई। भीतर जाकर प्रेमवती से समाचार पूछा तो उसने सारी रामायण कह सुनाई। उन्होंने जब सुना कि विरजन ने क्रोध में आकर कमला के कनकौए फाड़ डाले और चरखियाँ तोड़ डाली तो हँस पड़े और कमलाचरण के विनोद के सर्वनाश का भेद समझ में आ गया। बोले—जान पड़ता है कि बहू इन लालाजी को सीधा करके छोड़ेंगी।

□

भ्रम

वृजरानी की विदाई के पश्चात् सुवामा का घर ऐसा सूना हो गया, मानो पिंजरे से सुआ उड़ गया। वह इस घर का दीपक और शरीर की प्राण थी। घर वही है, पर चारों ओर उदासी छाई हुई है। रहनेवाले वे ही हैं, पर सबके मुख मलिन और नेत्र ज्योतिहीन हो रहे हैं। वाटिका वही है, पर ऋतु पतझड़ की है। विदाई के एक मास पश्चात् मुंशी संजीवनलाल भी तीर्थयात्रा करने चले गए। धन-संपत्ति सब प्रताप को समर्पित कर दी। अपने संग मृगछाला, भगवद्गीता और कुछ पुस्तकों के अतिरिक्त कुछ न ले गए।

प्रतापचंद्र की प्रेमाकांक्षा बड़ी प्रबल थी, पर इसके साथ ही उसे दमन की असीम शक्ति भी प्राप्त थी। घर की एक-एक वस्तु उसे विरजन का स्मरण कराती रहती थी। यह विचार एक क्षण के लिए भी दूर न होता था कि यदि विरजन मेरी होती तो ऐसे सुख से जीवन व्यतीत होता, परंतु विचार को वह हटाता रहता था। पढ़ने बैठता तो पुस्तक खुली रहती और ध्यान अन्यत्र जा पहुँचता। भोजन करने बैठता तो विरजन का चित्र नेत्रों में फिरने लगता। प्रेमाग्नि को दमन की शक्ति से दबाते-दबाते उसकी अवस्था ऐसी हो गई, मानो वर्षों का रोगी है। प्रेमियों को अपनी अभिलाषा पूरी होने की आशा हो या न हो, परंतु वे मन-ही-मन अपनी प्रेमिकाओं से मिलने का आनंद उठाते रहते हैं। वे भाव-संसार में अपने प्रेम-पात्र से वार्त्तालाप करते हैं, उसे छेड़ते हैं, उससे रूठते हैं, उसे मनाते हैं और इन भावों में उन्हें तृप्ति होती है और मन को एक सुखद और रसमय कार्य मिल जाता है, परंतु यदि कोई शक्ति उन्हें इस भावोद्यान की सैर करने से रोके, यदि कोई शक्ति ध्यान में भी उस प्रियतम का चित्र न देखने दे तो उन अभागे प्रेमियों की क्या दशा होगी? प्रताप इन्हीं अभागों में था। इसमें संदेह नहीं कि यदि वह चाहता तो सुखद भावों का आनंद भोग सकता था। भाव-संसार का भ्रमण अतीव सुखमय होता है, पर

कठिनता तो यह थी कि वह विरजन का ध्यान भी कुत्सित वासनाओं से पवित्र रखना चाहता था। उसकी शिक्षा ऐसे पवित्र नियमों से हुई थी और उसे ऐसे पवित्रात्माओं और नीतिपरायण मनुष्यों की संगति से लाभ उठाने के अवसर मिले थे कि उसकी दृष्टि में विचार की पवित्रता की भी उतनी ही प्रतिष्ठा थी, जितनी आचार की पवित्रता की। यह कब संभव था कि वह विरजन को, जिसे कई बार बहन कह चुका था और जिसे अब भी बहन समझने का प्रयत्न करता रहता था, ध्यानावस्था में भी ऐसे भावों का केंद्र बनाता, जो कुवासनाओं से भले ही शुद्ध हों, पर मन के दूषित आवेगों से मुक्त नहीं हो सकते थे। जब तक मुंशीजी संजीवनलाल विद्यमान थे, उनका कुछ न कुछ समय उनके संग ज्ञान और धर्म-चर्चा में कट जाता था, जिससे आत्मा को संतोष होता था! परंतु उनके चले जाने के पश्चात् आत्म-सुधार का यह अवसर भी जाता रहा।

सुवामा उसे यों मलिन मन पाती तो उसे बहुत दुःख होता। एक दिन उसने कहा—यदि तुम्हारा चित्त न लगता हो, प्रयाग चले जाओ, वहाँ शायद तुम्हारा जी लग जाए। यह विचार प्रताप के मन में भी कई बार उत्पन्न हुआ था, परंतु इस भय से कि माता को यहाँ अकेले रहने में कष्ट होगा, उसने इसपर कुछ ध्यान नहीं दिया था। माता का आदेश पाकर इरादा पक्का हो गया। यात्रा की तैयारियाँ करने लगा, प्रस्थान का दिन निश्चित हो गया। अब सुवामा की यह दशा है कि जब देखिए, प्रताप को परदेस में रहने-सहने की शिक्षाएँ दे रही है—बेटा, देखो किसी से झगड़ा मत मोल लेना। झगड़ने की तुम्हारी वैसे भी आदत नहीं है, परंतु समझा देती हूँ। परदेस की बात है, फूँक-फूँककर पग धरना। खाने-पीने में असंयम न करना। तुम्हारी यह बुरी आदत है कि जाड़ों में सायंकाल ही सो जाते हो, फिर कोई कितना ही बुलाए, पर जागते ही नहीं। यह स्वभाव परदेस में भी बना रहे तो तुम्हें साँझ का भोजन काहे को मिलेगा? दिन को थोड़ी देर के लिए सो लिया करना। तुम्हारी आँखों में तो दिन को जैसे नींद नहीं आती।

उसे जब अवकाश मिलता, बेटे को ऐसी समयोचित शिक्षाएँ दिया करतीं। निदान! प्रस्थान का दिन आ ही गया। गाड़ी दस बजे दिन को छूटनी थी। प्रताप ने सोचा कि विरजन से भेंट कर लूँ। परदेस जा रहा हूँ, फिर न जाने कब भेंट हो। चित्त को उत्सुक किया। माता से कह बैठा। सुवामा बहुत प्रसन्न हुई। एक थाल में मोदक, समोसे और दो-तीन प्रकार के मुरब्बे रखकर रधिया को दिए कि लल्लू के संग जा। प्रताप ने बाल बनाए, कपड़े बदले। चलने को तो चला, पर ज्यों-ज्यों पग आगे उठाता है, दिल बैठा जाता है। भाँति-भाँति के विचार आ रहे हैं। विरजन न

जाने क्या मन में समझे। चार महीने बीत गए, उसने एक चिट्ठी भी तो मुझे अलग से नहीं लिखी। फिर क्योंकर कहूँ कि मेरे मिलने से उसे प्रसन्नता होगी। अजी, अब उसे तुम्हारी चिंता ही क्या है? तुम मर भी जाओ तो वह आँसू न बहाए। यहाँ की बात और थी। वह अवश्य उसकी आँखों में खटकेगा। कहीं यह न समझे कि लालाजी बन-ठनकर मुझे रिझाने आए हैं। इसी सोच-विचार में बढ़ता चला जाता था। तभी श्यामाचरण का मकान दिखाई देने लगा। कमला मैदान में टहल रहा था। उसे देखते ही प्रताप की वह दशा हो गई, जो किसी चोर की दशा सिपाही को देखकर होती है। झट एक घर की आड़ में छिप गया और रधिया से बोला—तू जा, ये वस्तुएँ दे आ। मैं कुछ काम से बाजार जा रहा हूँ। लौटता हुआ जाऊँगा। यह कहकर बाजार की ओर चला, परंतु केवल दस ही डग चला होगा कि फिर महरी को बुलाया और बोला—मुझे शायद देर हो जाए, इसलिए न आ सकूँगा। कुछ पूछे तो यह चिट्ठी दे देना, कहकर जेब से पेंसिल निकाली और कुछ पंक्तियाँ लिखकर दे दीं, जिससे उसके हृदय की दशा का भली-भाँति परिचय मिलता है।

''मैं आज प्रयाग जा रहा हूँ, अब वहीं पढ़ूँगा। जल्दी के कारण तुमसे नहीं मिल सका। जीवित रहूँगा तो फिर आऊँगा। कभी-कभी अपने कुशल-क्षेम की सूचना देती रहना।

तुम्हारा
प्रताप''

प्रताप तो यह पत्र देकर चलता बना, रधिया धीरे-धीरे विरजन के घर पहुँची। वह इसे देखते ही दौड़ी और कुशल-क्षेम पूछने लगी। लाला की कोई चिट्ठी आई थी?

रधिया—जब से गए, चिट्ठी-पत्री कुछ भी नहीं आई।

विरजन—चाची तो सुख से हैं?

रधिया—लल्लू बाबू प्रयागराज जात हैं। तौन तनिक उदास रहत हैं।

विरजन—(*चौंककर*) लल्लू प्रयाग जा रहे हैं।

रधिया—हाँ, हम सब बहुत समझाया कि परदेस मा कहाँ जैहो। मुदा कोऊ की सुनत है?

रधिया—कब जाएँगे?

रधिया—आज दस बजे की टेन से जवय्या है। तुसे भेंट करन आवत रहेन, तवन दुवारि पर आइ के लवट गएन।

विरजन—यहाँ तक आकर लौट गए। द्वार पर कोई था कि नहीं?

रधिया—द्वार पर कहाँ आए, सड़क पर से चले गए।

विरजन—कुछ कहा नहीं, क्यों लौटा जाता हूँ?

रधिया—कुछ कहा नहीं, इतना बोले कि 'हमार टेन छूहिट जहै, तौन हम जाइत हैं।'

विरजन ने घड़ी पर दृष्टि डाली, आठ बजनेवाले थे। प्रेमवती के पास जाकर बोली—माता! लल्लू आज प्रयाग जा रहे हैं, यदि आप कहें तो उनसे मिलती आऊँ। फिर न जाने कब मिलना हो, कब न हो। महरी कहती है कि बस मुझसे मिलने आते थे, पर सड़क के उसी पार से लौट गए।

प्रेमवती—अभी न बाल गुँथवाए, न माँग भरवाई, न कपड़े बदले, बस जाने को तैयार हो गई।

विरजन—मेरी अम्माँ! आज जाने दीजिए। बाल गुँथवाने बैठूँगी तो दस यहीं बज जाएँगे।

प्रेमवती—अच्छा तो जाओ, पर संध्या तक लौट आना। गाड़ी तैयार करवा लो, मेरी ओर से सुवामा को पालागन कह देना।

विरजन ने कपड़े बदले, माधवी को बाहर दौड़ाया कि गाड़ी तैयार करने के लिए कहो और तब तक कुछ ध्यान न आया। रधिया से पूछा—कुछ चिट्ठी-पत्री नहीं दी?

रधिया ने पत्र निकालकर दे दिया। विरजन ने उसे हर्ष से लिया, परंतु उसे पढ़ते ही उसका मुख कुम्हला गया। सोचने लगी कि वह द्वार तक आकर क्यों लौट गए और पत्र भी लिखा तो ऐसा उखड़ा और अस्पष्ट। ऐसी कौन जल्दी थी? क्या गाड़ी के नौकर थे, दिनभर में अधिक नहीं तो पाँच-छह गाड़ियाँ जाती होंगी। क्या मुझसे मिलने के लिए उन्हें दो घंटों का विलंब भी असह्य हो गया? अवश्य इसमें कुछ न कुछ भेद है। मुझसे क्या अपराध हुआ? अचानक उसे उस समय का ध्यान आया, जब वह अति व्याकुल हो प्रताप के पास गई थी और उसके मुख से निकला था, 'लल्लू! मुझसे कैसे सहा जाएगा!' विरजन को अब से पहले कई बार ध्यान आ चुका कि मेरा इस समय इस दशा में जाना बहुत अनुचित था, परंतु विश्वास हो गया कि मैं अवश्य लल्लू की दृष्टि से गिर गई। मेरा प्रेम और मन अब उनके चित्त में नहीं है। एक ठंडी साँस लेकर बैठ गई और माधवी से बोली— कोचवान से कह दो, अब गाड़ी न तैयार करें। मैं न जाऊँगी।

□

कर्तव्य और प्रेम का संघर्ष

जब तक विरजन ससुराल से न आई थी, तब तक उसकी दृष्टि में एक हिंदू-पतिव्रता के कर्तव्य और आदर्श का कोई नियम स्थिर न हुआ था। घर में कभी पति-संबंधी चर्चा भी न होती थी। उसने स्त्री-धर्म की पुस्तकें अवश्य पढ़ी थीं, परंतु उनका कोई चिरस्थायी प्रभाव उसपर न हुआ था। कभी उसे यह ध्यान ही न आता था कि यह घर मेरा नहीं है और मुझे बहुत शीघ्र ही यहाँ से जाना पड़ेगा।

परंतु जब वह ससुराल में आई और अपने प्राणनाथ पति को प्रतिक्षण आँखों के सामने देखने लगी तो शनैः-शनैः चित्त-वृत्तियों में परिवर्तन होने लगा। ज्ञात हुआ कि मैं कौन हूँ, मेरा क्या कर्तव्य है, मेरा क्या धर्म और क्या उसके निर्वाह की रीति है। अगली बातें स्वप्नवत् जान पड़ने लगीं। हाँ, जिस समय स्मरण हो आता कि अपराध मुझसे ऐसा हुआ है, जिसकी कालिमा को मैं मिटा नहीं सकती तो स्वयं लज्जा से मस्तक झुका लेती और अपने को धिक्कारती उसे आश्चर्य होता कि मुझे लल्लू के सम्मुख जाने का साहस कैसे हुआ! कदाचित् इस घटना को वह स्वप्न समझने की चेष्टा करती, तब लल्लू का सौजन्यपूर्ण चित्र उसके सामने आ जाता और वह हृदय से उसे आशीर्वाद देती, परंतु आज जब प्रतापचंद्र की क्षुद्र-हृदयता से उसे यह विचार करने का अवसर मिला कि लल्लू उस घटना को अभी भूला नहीं है, उसकी दृष्टि में अब मेरी प्रतिष्ठा नहीं रही, यहाँ तक कि वह मेरा मुख भी नहीं देखना चाहता तो उसे ग्लानिपूर्ण क्रोध उत्पन्न हुआ। प्रताप की ओर से चित्त मलिन हो गया और उसकी जो प्रेम और प्रतिष्ठा उसके हृदय में थी, वह पल भर में जल-कण की भाँति उड़ने लगी। स्त्रियों का चित्त बहुत शीघ्र प्रभावग्राही होता है, जिस प्रताप के लिए वह अपना अस्तित्व धूल में मिला देने को तत्पर थी, वही उसके एक बाल-व्यवहार को भी क्षमा नहीं कर सकता, क्या उसका हृदय

ऐसा संकीर्ण है? यह विचार विरजन के हृदय में काँटे की भाँति खटकने लगा।

आज से विरजन की सजीवता लुप्त हो गई। चित्त पर एक बोझ सा रहने लगा। सोचती कि जब प्रताप मुझे भूल गए और मेरी रत्ती भर भी प्रतिष्ठा नहीं करते तो इस शोक से मैं क्यों अपने प्राण घुलाऊँ? जैसे 'राम तुलसी से, वैसे तुलसी राम से।' यदि उन्हें मुझसे घृणा है, यदि वह मेरा मुख नहीं देखना चाहते हैं, तो मैं भी उनका मुख देखने से घृणा करती हूँ और मुझे उनसे मिलने की इच्छा नहीं। अब वह अपने ही ऊपर झल्ला उठती कि मैं प्रतिक्षण उन्हीं की बातें क्यों सोचती हूँ और संकल्प करती कि अब उनका ध्यान भी मन में न आने दूँगी, पर तनिक देर में ध्यान फिर उन्हीं की ओर जा पहुँचता और वे ही विचार उसे बेचैन करने लगते। हृदय के इस संताप को शांत करने के लिए वह कमलाचरण को सच्चे प्रेम का परिचय देने लगी। वह थोड़ी देर के लिए कहीं चला जाता तो उसे उलाहना देती। जितने रुपए जमा कर रखे थे, वे सब दे दिए कि अपने लिए सोने की घड़ी और चेन मोल ले लो। कमला ने इनकार किया तो उदास हो गई। कमला यों ही उसका दास बना हुआ था, उसके प्रेम का बाहुल्य देखकर और भी जान देने लगा। मित्रों ने सुना तो धन्यवाद देने लगे। मियाँ हमीद और सैयद अपने भाग्य को धिक्कारने लगे कि ऐसी स्नेही स्त्री हमको न मिली। तुम्हें वह बिन माँगे ही रुपए देती है और यहाँ स्त्रियों की खींचतान से नाक में दम है। चाहे अपने पास कानी कौड़ी न हो, पर उनकी इच्छा अवश्य पूरी होनी चाहिए, नहीं तो प्रलय मच जाए। अजी और क्या कहें, कभी घर में एक बीड़े पान के लिए भी चले जाते हैं, तो वहाँ भी दस-पाँच उलटी-सीधी सुने बिना नहीं चलता। ईश्वर हमको भी तुम्हारी सी बीवी दे।

यह सच था, कमलाचरण भी प्रेम करता था और वृजरानी भी प्रेम करती थी परंतु प्रेमियों को संयोग से जो हर्ष प्राप्त होता है, उसका विरजन के मुख पर कोई चिह्न दिखाई नहीं देता था। वह दिन-दिन दुबली और पतली होती जाती थी। कमलाचरण शपथ दे-देकर पूछता कि तुम दुबली क्यों होती जाती हो? उसे प्रसन्न करने के जो-जो उपाय हो सकते, करता, मित्रों से भी इस विषय में सम्मति लेता, पर कुछ लाभ न होता था। वृजरानी हँसकर कह दिया करती कि तुम कुछ चिंता न करो, मैं बहुत अच्छी तरह हूँ। यह कहते-कहते उठकर उसके बालों में कंघी लगाने लगती या पंखा झलने लगती। इन सेवा और सत्कारों से कमलाचरण फूला न समाता, परंतु लकड़ी के ऊपर रंग और रोगन लगाने से वह कीड़ा नहीं मरता, जो उसके भीतर बैठा हुआ उसका कलेजा खाए जाता है। यह विचार कि प्रतापचंद्र

मुझे भूल गए और मैं उनकी नजर में गिर गई, शूल की भाँति उसके हृदय को व्यथित किया करता था। उसकी दशा दिन-पर-दिन बिगड़ती गई; यहाँ तक कि बिस्तर पर से उठना तक कठिन हो गया। डॉक्टरों की दवाएँ होने लगीं।

उधर प्रतापचंद्र का प्रयाग में जी लगने लगा था। व्यायाम का तो उसे व्यसन था ही। वहाँ इसका बड़ा प्रचार था। मानसिक बोझ हलका करने के लिए शारीरिक श्रम से बढ़कर और कोई उपाय नहीं है। प्रातः कसरत करता, सायंकाल फुटबाल खेलता, आठ-नौ बजे रात तक वाटिका की सैर करता। इतने परिश्रम के पश्चात् चारपाई पर गिरता तो प्रभात होने पर ही आँख खुलती। छह ही मास में क्रिकेट और फुटबॉल का कप्तान बन बैठा और दो-तीन मैच ऐसे खेले कि सारे नगर में धूम हो गई।

आज क्रिकेट में अलीगढ़ के निपुण खिलाड़ियों से उनका सामना था। ये लोग हिंदुस्तान के प्रसिद्ध खिलाड़ियों को परास्त कर विजय का डंका बजाते यहाँ आए थे। उन्हें अपनी विजय में तनिक भी संदेह न था, पर प्रयागवाले भी निराश न थे। उनकी आशा प्रतापचंद्र पर निर्भर थी। यदि वह आध घंटे भी जम गया तो रनों के ढेर लगा देगा और यदि इतनी ही देर तक उसकी गेंद चल गई तो फिर उधर के वारे-न्यारे हैं। प्रताप को कभी इतना बड़ा मैच खेलने का संयोग न मिला था। कलेजा धड़क रहा था कि न जाने क्या हो। दस बजे खेल प्रारंभ हुआ। पहले अलीगढ़वालों के खेलने की बारी आई। दो-ढाई घंटे तक उन्होंने खूब करामात दिखलाई। एक बजते-बजते खेल का पहला भाग समाप्त हुआ। अलीगढ़ ने चार सौ रन किए। अब प्रयागवालों की बारी आई, पर खिलाड़ियों के हाथ-पाँव फूले हुए थे। विश्वास हो गया कि हम न जीत सकेंगे। अब खेल का बराबर होना कठिन है। इतने रन कौन करेगा। अकेला प्रताप क्या बना लेगा? पहला खिलाड़ी आया और तीसरी गेंद में विदा हो गया, दूसरा खिलाड़ी आया और कठिनता से पाँच गेंद खेल सका, तीसरा आया और पहली ही गेंद में उड़ गया। चौथे ने आकर दो-तीन हिट लगाए, पर जम न सका। पाँचवें साहब कॉलेज में एक थे, पर यहाँ उनकी भी एक न चली। थापी रखते ही रखते चल दिए। अब प्रतापचंद्र दृढता से पैर उठाता, बैट घुमाता मैदान में आया। दोनों पक्षवालों ने करतल ध्वनि की। प्रयागवालों की दशा अकथनीय थी। प्रत्येक मनुष्य की दृष्टि प्रतापचंद्र की ओर लगी हुई थी। सबके हृदय धड़क रहे थे। चतुर्दिक् सन्नाटा छाया हुआ था। कुछ लोग दूर बैठकर ईश्वर से प्रार्थना कर रहे थे कि प्रताप की विजय हो। देवी-देवता स्मरण किए जा

रहे थे। पहली गेंद आई, प्रताप ने खाली जाने दिया। प्रयागवालों का साहस घट गया। दूसरी आई, वह भी खाली गई। प्रयागवालों का कलेजा नाभि तक बैठ गया। बहुत से लोग छतरी सँभाल घर की ओर चले। तीसरी गेंद आई। एक पड़ाके की ध्वनि हुई और गेंद लू *(गरम हवा)* की भाँति गगन भेदन करती हुई हिट पर खड़े होनेवाले खिलाड़ी से सौ गज आगे गिरी। लोगों ने तालियाँ बजाईं। सूखे धान में पानी पड़ा। जानेवाले ठिठक गए। निराशा को आशा बँधी। चौथी गेंद आई और पहली गेंद से दस गज आगे गिरी। फील्डर चौंके, हिट पर मदद पहुँचाई! पाँचवीं गेंद आई और कट पर गई। इतने में ओवर हुआ। बॉलर बदले, नए बॉलर पूरे वधिक थे। घातक गेंद फेंकते थे, पर उसके पहले ही गेंद को प्रताप ने आकाश में भेजकर सूर्य से स्पर्श करा दिया। फिर तो गेंद और उसकी थापी में मैत्री सी हो गई। गेंद आती और थापी से पार्श्व ग्रहण करके कभी पूर्व का मार्ग लेती, कभी पश्चिम का, कभी उत्तर का और कभी दक्षिण का, दौड़ते-दौड़ते फील्डरों की साँसें फूल गईं, प्रयागवाले उछलते थे और तालियाँ बजाते थे। टोपियाँ वायु में उछल रही थीं। किसी ने रुपए लुटा दिए और किसी ने अपनी सोने की जंजीर लुटा दी। सब विपक्षी मन में कुढ़ते, झल्लाते, कभी क्षेत्र का क्रम परिवर्तन करते, कभी बॉलर परिवर्तन करते, पर चातुरी और क्रीड़ा-कौशल निरर्थक हो रहा था।

गेंद की थापी से मित्रता दृढ हो गई थी। पूरे दो घंटे तक प्रताप पड़ाके, बम-गोले और हवाइयाँ छोड़ता रहा और फील्डर गेंद की ओर इस प्रकार लपकते जैसे बच्चे चंद्रमा की ओर लपकते हैं। रनों की संख्या तीन सौ तक पहुँच गई। विपक्षियों के छक्के छूटे। हृदय ऐसा भर्रा गया कि एक गेंद भी सीधी न आती थी, यहाँ तक कि प्रताप ने पचास रन और किए और अब उसने अंपायर से तनिक विश्राम करने के लिए अवकाश माँगा। उसे आता देखकर सहस्रों मनुष्य उसी ओर दौड़े और उसे बारी-बारी से गोद में उठाने लगे। चारों ओर भगदड़ मच गई। सैकड़ों छाते, छड़ियाँ, टोपियाँ और जूते उर्ध्वगामी हो गए, मानो वे भी उमंग में उछल रहे थे। ठीक उसी समय तारघर का चपरासी बाइसिकल पर आता हुआ दिखाई दिया। निकट आकर बोला—'प्रतापचंद्र किसका नाम है!' प्रताप ने चौंककर उसकी ओर देखा और चपरासी ने तार का लिफाफा उसके हाथ में रख दिया। उसे पढ़ते ही प्रताप का बदन पीला हो गया। दीर्घ श्वास लेकर कुरसी पर बैठ गया और बोला—यारो! अब मैच का निबटारा तुम्हारे हाथ में है। मैंने अपना कर्तव्य-पालन कर दिया, इसी डाक से घर चला जाऊँगा।

यह कहकर वह बोर्डिंग हाउस की ओर चला। सैकड़ों मनुष्य पूछने लगे—क्या है? क्या है? लोगों के मुख पर उदासी छा गई, पर उसे बात करने का कहाँ अवकाश! उसी समय ताँगे पर चढ़ा और स्टेशन की ओर चला। रास्ते भर उसके मन में तर्क-वितर्क होते रहे। बार-बार अपने को धिक्कार देता कि क्यों न चलते समय उससे मिल लिया? न जाने अब भेंट हो कि न हो। ईश्वर न करे, कहीं उसके दर्शन से वंचित रहूँ, यदि रहा तो मैं भी मुँह पर कालिख पोत कहीं मर जाऊँगा। यह सोचकर कई बार रोया। नौ बजे रात को गाड़ी बनारस पहुँची। उसपर से उतरते ही सीधा श्यामाचरण के घर की ओर चला। चिंता के मारे आँखें डबडबाई हुई थीं और कलेजा धड़क रहा था। डिप्टी साहब सिर झुकाए कुरसी पर बैठे थे और कमला डॉक्टर साहब के यहाँ जाने को उद्यत था। प्रतापचंद्र को देखते ही दौड़कर लिपट गया। श्यामाचरण ने भी गले लगाया और बोले—क्या अभी सीधे इलाहाबाद से चले आ रहे हो?

प्रताप—जी हाँ! आज माताजी का तार पहुँचा कि विरजन की बहुत बुरी दशा है। क्या अभी वही दशा है?

श्यामाचरण—क्या कहूँ, इधर दो-तीन मास से दिनोदिन उसका शरीर क्षीण होता जाता है, औषधियों का कुछ भी असर नहीं होता। देखें, ईश्वर की क्या इच्छा है! डॉक्टर साहब तो कहते थे, क्षयरोग है, पर वैद्यराजजी हृदय-दौर्बल्य बतलाते हैं।

विरजन को जब से सूचना मिली कि प्रतापचंद्र आए हैं, तब से उसके हृदय में आशा और भय की घुड़दौड़ मची हुई थी। कभी सोचती कि घर आए होंगे, चाची ने बरबस ठेल-ठालकर यहाँ भेज दिया होगा। फिर ध्यान हुआ, हो न हो, मेरी बीमारी का समाचार पाकर घबड़ाकर चले आए हों, परंतु नहीं। उन्हें मेरी ऐसी क्या चिंता पड़ी है? सोचा होगा—कहीं मर न जाए, चलूँ सांसारिक व्यवहार पूरा करता आऊँ। उन्हें मेरे मरने-जीने का क्या सोच? आज मैं भी महाशय से जी खोलकर बातें करूँगी? पर नहीं, बातों की आवश्यकता ही क्या है? उन्होंने चुप्पी साधी है तो मैं क्यों बोलूँ? बस इतना कह दूँगी कि बहुत अच्छी हूँ और आपके कुशल की कामना रखती हूँ। फिर मुख न खोलूँगी। और मैं यह मैली-कुचैली साड़ी क्यों पहने हूँ? जो अपना सहवेदी न हो, उसके आगे यह वेश बनाए रखने से लाभ? वह अतिथि की भाँति आए हैं। मैं भी पाहुनी की भाँति उनसे मिलूँगी। मनुष्य का चित्त कैसा चंचल है? जिस मनुष्य की अकृपा ने विरजन की यह गति बना दी थी, उसी

को जलाने के लिए ऐसे-ऐसे उपाय सोच रही है।

दस बजे का समय था। माधवी बैठी पंखा झल रही थी। औषधियों की शीशियाँ इधर-उधर पड़ी हुई थीं और विरजन चारपाई पर पड़ी हुई ये ही सब बातें सोच रही थी कि प्रताप घर में आया। माधवी चौंककर बोली—बहन, उठो, आ गए। विरजन झपटकर उठी और चारपाई से उतरना चाहती थी कि निर्बलता के कारण पृथ्वी पर गिर पड़ी। प्रताप ने उसे सँभाला और चारपाई पर लिटा दिया। हा! यह वही विरजन है, जो आज से कई मास पूर्व रूप एवं लावण्य की मूर्ति थी, जिसके मुखड़े पर चमक और आँखों में हँसी का वास था, जिसका भाषण श्यामा का गाना और हँसना मन का लुभाना। वह रसीली आँखोंवाली, मीठी बातों वाली विरजन आज केवल अस्थिचर्मावशेष है। पहचानी नहीं जाती। प्रताप की आँखों में आँसू भर आए। कुशल पूछना चाहता था, पर मुख से केवल इतना निकला—विरजन! और नेत्रों से जल-बिंदु बरसने लगे। प्रेम की आँखें मनोभावों के परखने की कसौटी हैं। विरजन ने आँख उठाकर देखा और उन अश्रु-बिंदुओं ने उसके मन का सारा मैल धो दिया।

जैसे कोई सेनापति आनेवाले युद्ध का चित्र मन में सोचता है और शत्रु को अपनी पीठ पर देखकर बदहवास हो जाता है और उसे निर्धारित चित्र का कुछ ध्यान भी नहीं रहता, उसी प्रकार विरजन प्रतापचंद्र को अपने सम्मुख देखकर सब बातें भूल गई, जो अभी पड़ी-पड़ी सोच रही थी। वह प्रताप को रोते देखकर अपना सब दुःख भूल गई और चारपाई से उठकर आँचल से आँसू पोंछने लगी। प्रताप, जिसे अपराधी कह सकते हैं, इस समय दीन बना हुआ था और विरजन, जिसने अपने को सुखाकर इस दशा तक पहुँचाया था, रो-रोकर उसे कह रही थी कि लल्लू चुप रहो, ईश्वर जानता है, मैं भली-भाँति अच्छी हूँ। मानो अच्छा न होना उसका अपराध था। स्त्रियों की संवेदनशीलता कैसी कोमल होती है! प्रतापचंद्र के एक साधारण संकोच ने विरजन को इस जीवन से उपेक्षित बना दिया था। आज आँसुओं की कुछ बूँदों ने उसके हृदय के उस संताप, उस जलन और उस अग्नि को शांत कर दिया, जो कई महीनों से उसके रुधिर और हृदय को जला रही थी। जिस रोग को बड़े-बड़े वैद्य और डॉक्टर अपनी औषधि तथा उपाय से अच्छा न कर सके थे, उसे अश्रु-बिंदुओं ने क्षण भर में चंगा कर दिया। क्या वह पानी के बिंदु अमृत के बिंदु थे?

प्रताप ने धीरज धरकर पूछा—विरजन! तुमने अपनी क्या गति बना रखी है?

विरजन *(हँसकर)*—यह गति मैंने नहीं बनाई, तुमने बनाई है।

प्रताप—माताजी का तार न पहुँचा होता तो मुझे सूचना भी न होती।

विरजन—आवश्यकता ही क्या थी? जिसे भुलाने के लिए तो तुम प्रयाग चले गए, उसके मरने-जीने की तुम्हें क्या चिंता?

प्रताप—बातें बना रही हो। पराए को क्यों पत्र लिखती?

विरजन—किसे आशा थी कि तुम इतनी दूर से आने का या पत्र लिखने का कष्ट उठाओगे? जो द्वार से आकर फिर जाए और मुख देखने से घृणा करे, उसे पत्र भेजकर क्या करती?

प्रताप—उस समय लौट जाने का जितना दुःख मुझे हुआ, मेरा चित्त ही जानता है। तुमने उस समय तक मेरे पास कोई पत्र न भेजा था। मैंने समझा, अब तुम भूल गई।

विरजन—यदि मैं तुम्हारी बातों को सच न समझती होती तो कह देती कि ये सब सोची हुई बातें हैं।

प्रताप—भला जो समझो, अब यह बताओ कि कैसा जी है? मैंने तुम्हें पहचाना नहीं, ऐसा मुख फीका पड़ गया है।

विरजन—अब अच्छी हो जाऊँगी, औषधि मिल गई।

प्रताप संकेत समझ गया—हा, शोक! मेरी तनिक सी चूक ने यह प्रलय कर दिया। देर तक उसे समझाता रहा और प्रातःकाल जब वह अपने घर चला तो विरजन का बदन विकसित था। उसे विश्वास हो गया कि लल्लू मुझे भूले नहीं हैं और मेरी सुध और प्रतिष्ठा उनके हृदय में विद्यमान है। प्रताप ने उसके मन से वह काँटा निकाल दिया, जो कई मास से खटक रहा था और जिसने उसकी यह गति कर रखी थी। एक ही सप्ताह में उसका मुखड़ा स्वर्ण हो गया, मानो कभी बीमार ही न थी।

□

स्नेह पर कर्तव्य की विजय

रोगी जब तक बीमार रहता है, उसे सुध नहीं रहती कि कौन मेरी औषधि करता है, कौन मुझे देखने के लिए आता है। वह अपने ही कष्ट में इतना ग्रस्त रहता है कि किसी दूसरे की बात का ध्यान उसके हृदय में उत्पन्न नहीं होता, पर जब वह आरोग्य हो जाता है, तब उसे अपनी शुश्रूषा करनेवालों का ध्यान और उनके उद्योग तथा परिश्रम का अनुमान होने लगता है और उसके हृदय में उनका प्रेम तथा आदर बढ़ जाता है। ठीक यही दशा वृजरानी की थी। जब तक वह स्वयं अपने कष्ट में मगन थी, कमलाचरण की व्याकुलता और कष्टों का अनुभव न कर सकती थी। निस्संदेह वह उसकी खातिरदारी में कोई अंश शेष न रखती थी, परंतु यह व्यवहार-पालन के विचार से होती थी, न कि सच्चे प्रेम से, परंतु जब उसके हृदय से वह व्यथा मिट गई तो उसे कमला के परिश्रम और उद्योग का स्मरण हुआ और यह चिंता हुई कि इस अपार उपकार का प्रति-उत्तर क्या दूँ? मेरा धर्म था कि सेवा-सत्कार से उन्हें सुख देती, पर सुख देना कैसा? उलटे उनके प्राण ही की गाहक हुई हूँ। वे तो ऐसे सच्चे दिल से मुझे प्रेम करें और मैं अपना कर्तव्य ही पालन न कर सकूँ। ईश्वर को क्या मुँह दिखाऊँगी? सच्चे प्रेम का कमल बहुधा कृपा के भाव से खिल जाया करता है। जहाँ रूप, यौवन, संपत्ति और प्रभुता तथा स्वाभाविक सौजन्य प्रेम का बीज बोने में अकृतकार्य रहते हैं, वहाँ प्राय: उपकार का जादू चल जाता है। कोई हृदय ऐसा वज्र और कठोर नहीं हो सकता, जो सत्य सेवा से द्रवीभूत न हो जाए।

कमला और वृजरानी में दिनोदिन प्रीति बढ़ने लगी। एक प्रेम का दास था, दूसरी कर्तव्य की दासी। संभव न था कि वृजरानी के मुख से कोई बात निकले और कमलाचरण उसको पूरा न करे। अब उसकी तत्परता और योग्यता उन्हीं प्रयत्नों में

व्यय होती थी। पढ़ना केवल माता-पिता को धोखा देना था। वह सदा रुख देखा करता और इस आशा पर कि यह काम उसकी प्रसन्नता का कारण होगा, सबकुछ करने पर कटिबद्ध रहता। एक दिन उसने माधवी को फुलवारी से फूल चुनते देखा। यह छोटा सा उद्यान घर के पीछे था, पर कुटुंब के किसी व्यक्ति को उससे प्रेम न था, अतएव बारहों मास उसपर उदासी छाई रहती थी। वृजरानी को फूलों से हार्दिक प्रेम था। फुलवारी की यह दुर्गति देखी तो माधवी से कहा कि कभी-कभी इसमें पानी दे दिया कर। धीरे-धीरे वाटिका की दशा कुछ सुधर चली और पौधों में फूल लगने लगे। कमलाचरण के लिए इशारा बहुत था। तन-मन से वाटिका को सुसज्जित करने पर उतारू हो गया। दो चतुर माली नौकर रख लिए। विविध प्रकार के सुंदर-सुंदर पुष्प और पौधे लगाए जाने लगे। भाँति-भाँति की घासें और पत्तियाँ गमलों में सजाई जाने लगीं, क्यारियाँ और रविशें ठीक किए जाने लगीं। ठौर-ठौर पर लताएँ चढ़ाई गईं। कमलाचरण सारे दिन हाथ में पुस्तक लिए फुलवारी में टहलता रहता था और मालियों को वाटिका की सजावट और बनावट की ताकीद किया करता था, केवल इसीलिए कि विरजन प्रसन्न होगी। ऐसे स्नेह-भक्त का जादू किस पर न चल जाएगा। एक दिन कमला ने कहा—आओ, तुम्हें वाटिका की सैर कराँऊ। वृजरानी उसके साथ चली।

चाँद निकल आया था। उसके उज्ज्वल प्रकाश में पुष्प और पत्ते परम शोभायमान थे। मंद-मंद वायु चल रही थी। मोतियों और बेले की सुगंधि मस्तिष्क को सुरभित कर रही थी। ऐसे समय में विरजन एक रेशमी साड़ी और एक सुंदर स्लीपर पहने रविशों में टहलती दीख पड़ी। उसके बदन का विकास फूलों को लज्जित करता था, जान पड़ता था कि फूलों की देवी है। कमलाचरण बोला—आज परिश्रम सफल हो गया।

जैसे कुमकुमे में गुलाब भरा होता है, उसी प्रकार वृजरानी के नयनों में प्रेम रस भरा हुआ था। वह मुसकाई, परंतु कुछ न बोली।

कमला—मुझ जैसा भाग्यवान् मनुष्य संसार में न होगा।

विरजन—क्या मुझसे भी अधिक?

कमला मतवाला हो रहा था। विरजन को प्यार से गले लगा दिया।

कुछ दिनों तक प्रतिदिन का यही नियम रहा। इसी बीच में मनोरंजन की नई सामग्री उपस्थित हो गई। राधाचरण ने चित्रों का एक सुंदर अलबम विरजन के पास भेजा। इसमें कई चित्र चंद्रा के भी थे। कहीं वह बैठी श्यामा को पढ़ा रही है, कहीं

बैठी पत्र लिख रही है। उसका एक चित्र पुरुष वेश में था। राधाचरण फोटोग्राफी की कला में कुशल थे। विरजन को यह अलबम बहुत भाया। फिर क्या था? कमला को धुन लगी कि मैं भी चित्र खीचूँ। भाई के पास पत्र लिख भेजा कि कैमरा और अन्य आवश्यक सामान मेरे पास भेज दीजिए और अभ्यास आरंभ कर दिया। घर से चलते कि स्कूल जा रहा हूँ, पर बीच ही में एक पारसी फोटोग्राफर की दुकान पर आ बैठते। तीन-चार मास के परिश्रम और उद्योग से इस कला में प्रवीण हो गए, पर अभी घर में किसी को यह बात मालूम न थी। कई बार विरजन ने पूछा भी, आजकल दिनभर कहाँ रहते हो? छुट्टी के दिन भी नहीं दिख पड़ते, पर कमलाचरण ने हूँ-हाँ करके टाल दिया।

एक दिन कमलाचरण कहीं बाहर गए हुए थे। विरजन के जी में आया कि लाओ प्रतापचंद्र को एक पत्र लिख डालूँ, पर बॉक्स खोला तो चिट्ठी का कागज न था। माधवी से कहा कि जाकर अपने भैया के डेस्क में से कागज निकाल ला। माधवी दौड़ी हुई गई तो उसे डेस्क पर चित्रों का अलबम खुला हुआ मिला। उसने अलबम उठा लिया और भीतर लाकर विरजन से कहा—बहन! देखो, यह चित्र मिला।

विरजन ने उसे चाव से हाथ में ले लिया और पहला ही पन्ना उलटा था कि अचंभा सा हो गया। वह उसी का चित्र था। वह अपने पलंग पर चादर ओढ़े निद्रा में पड़ी हुई थी, बाल ललाट पर बिखरे हुए थे, अधरों पर एक मोहनी मुसकान की झलक थी; मानो कोई मन-भावन स्वप्न देख रही है। चित्र के नीचे लिखा हुआ था—'प्रेम-स्वप्न।' विरजन चकित थी, मेरा चित्र उन्होंने कैसे खिंचवाया और किससे खिंचवाया। क्या किसी फोटोग्राफर को भीतर लाए होंगे? नहीं, ऐसा वे क्यों करेंगे? क्या आश्चर्य है, स्वयं ही खींच लिया हो। इधर महीनों से बहुत परिश्रम भी तो करते हैं। यदि स्वयं ऐसा चित्र खींचा है तो वस्तुत: प्रशंसनीय कार्य किया है। दूसरा पन्ना उलटा तो उसमें भी अपना चित्र पाया। वह एक साड़ी पहने, आधे सिर पर आँचल डाले वाटिका में भ्रमण कर रही थी। इस चित्र के नीचे लिखा हुआ था—'वाटिका-भ्रमण'। तीसरा पन्ना उलटा तो वह भी अपना ही चित्र था। वह वाटिका में पृथ्वी पर बैठी हार गूँथ रही थी। यह चित्र तीनों में सबसे सुंदर था, क्योंकि चित्रकार ने इसमें बड़ी कुशलता से प्राकृतिक रंग भरे थे। इस चित्र के नीचे लिखा हुआ था—'अलबेली मालिन।' अब विरजन को ध्यान आया कि एक दिन जब मैं हार गूँथ रही थी तो कमलाचरण नील के काँटे की झाड़ी से मुसकराते हुए

निकले थे। अवश्य उसी दिन का यह चित्र होगा। चौथा पन्ना उलटा तो एक परम मनोहर और सुहावना दृश्य दिखाई दिया। निर्मल जल से लहराता हुआ एक सरोवर था और उसके दोनों तीरों पर जहाँ तक दृष्टि पहुँचती थी, गुलाबों की छटा दिखाई देती थी। उनके कोमल पुष्प वायु के झोंकों से लचक जाते थे। ऐसा ज्ञात होता था, मानो प्रकृति ने हरे आकाश में लाल तारे टाँक दिए हैं। किसी अंग्रेजी चित्र का अनुकरण प्रतीत होता था। अलबम के और पन्ने अभी कोरे थे।

विरजन ने अपने चित्रों को फिर देखा और साभिमान आनंद से, जो प्रत्येक रमणी को अपनी सुंदरता पर होता है, अलबम को छिपाकर रख दिया। संध्या को कमलाचरण ने आकर देखा तो अलबम का पता नहीं। हाथों के तोते उड़ गए। चित्र उसके कई मास के कठिन परिश्रम के फल थे और उसे आशा थी कि यही अलबम उपहार देकर विरजन के हृदय में और भी घर कर लूँगा। बहुत व्याकुल हुआ। भीतर जाकर विरजन से पूछा तो उसने साफ इनकार किया। बेचारा घबराया हुआ अपने मित्रों के घर गया कि कोई उनमें से उठा ले गया हो, पर वहाँ भी फब्तियों के अतिरिक्त और कुछ हाथ न लगा। निदान! जब महाशय निराश हो गए तो शाम को विरजन ने अलबम का पता बतलाया। इसी प्रकार दिवस सानंद व्यतीत हो रहे थे। दोनों यही चाहते थे कि प्रेम-क्षेत्र में मैं आगे निकल जाऊँ! पर दोनों के प्रेम में अंतर था। कमलाचरण प्रेमोन्माद में अपने को भूल गया, पर इसके विरुद्ध विरजन का प्रेम कर्तव्य की नींव पर स्थित था। हाँ, यह आनंदमय कर्तव्य था।

तीन वर्ष व्यतीत हो गए। वह उनके जीवन के तीन शुभ वर्ष थे। चौथे वर्ष का आरंभ आपत्तियों का आरंभ था। कितने ही प्राणियों को संसार की सुख-सामग्रियाँ इस परिमाण से मिलती हैं कि उनके लिए दिन सदा होली और रात्रि सदा दीवाली रहती है, पर कितने ही ऐसे हतभाग्य जीव हैं, जिनके आनंद के दिन एक बार बिजली की भाँति चमककर सदा के लिए लुप्त हो जाते हैं। वृजरानी उन्हीं अभागों में से थी। वसंत की ऋतु थी। सीरी-सीरी वायु चल रही थी। सर्दी ऐसे कड़ाके की पड़ती थी कि कुओं का पानी जम जाता था। उस समय नगर में प्लेग का प्रकोप हुआ। सहस्रों मनुष्य उसकी भेंट होने लगे। एक दिन बहुत कड़ा ज्वर आया, एक गिल्टी निकली और चल बसा। गिल्टी का निकलना मानो मृत्यु का संदेश था। क्या वैद्य, क्या डॉक्टर; किसी की कुछ न चलती थी। सैकड़ों घरों के दीपक बुझ गए। सहस्रों बालक अनाथ और सहस्रों महिलाएँ विधवा हो गईं। जिसको जिधर गली मिली, भाग निकला। प्रत्येक मनुष्य को अपनी-अपनी पड़ी हुई थी। कोई किसी

का सहायक और हितैषी न था। माता-पिता बच्चों को छोड़कर भागे। स्त्रियों ने पुरुषों से संबंध परित्याग किए। गलियों में, सड़कों पर, घरों में, जिधर देखिए, मृतकों के ढेर लगे हुए थे। दुकानें बंद हो गईं। द्वारों पर ताले बंद हो गए। चतुर्दिक् धूल उड़ती थी। कठिनता से कोई जीवधारी चलता-फिरता दिखाई देता था और यदि कोई कार्यवश घर से निकल पड़ता तो ऐसे शीघ्रता से पाँव उठाता, मानो मृत्यु का दूत उसका पीछा करता आ रहा है। सारी बस्ती उजड़ गई। यदि आबाद थे तो कब्रिस्तान या श्मशान। चोरों और डाकुओं की बन आई। दिन-दोपहर ताले टूटते थे और सूर्य के प्रकाश में सेंधें पड़ती थीं। उस दारुण दु:ख का वर्णन नहीं हो सकता।

बाबू श्यामाचरण परम दृढ चित्त मनुष्य थे। गृह के चारों ओर मुहल्ले के मुहल्ले शून्य हो गए थे, पर वे अभी तक अपने घर में निर्भय जमे हुए थे, लेकिन जब उनका साहस मर गया तो सारे घर में खलबली मच गई। गाँव से जाने की तैयारियाँ होने लगीं। मुंशीजी ने उस जिले के कुछ गाँव मोल ले लिए थे और मझगाँव नामी ग्राम में एक अच्छा सा घर भी बनवा रखा था। उनकी इच्छा थी कि पेंशन पाने पर यहीं रहूँगा। काशी छोड़कर आगरे में कौन मरने जाए! विरजन ने यह सुना तो बहुत प्रसन्न हुई। ग्राम्य-जीवन के मनोहर दृश्य उसके नेत्रों में फिर रहे थे। हरे-भरे वृक्ष और लहलहाते हुए खेत, हरिणों की क्रीड़ा और पक्षियों का कलरव। यह छटा देखने के लिए उसका चित्त लालायित हो रहा था। कमलाचरण शिकार खेलने के लिए अस्त्र-शस्त्र ठीक करने लगे, पर अचानक मुंशीजी ने उसे बुलाकर कहा कि तुम प्रयाग जाने के लिए तैयार हो जाओ। प्रतापचंद्र वहाँ तुम्हारी सहायता करेगा। गाँवों में व्यर्थ समय बिताने से क्या लाभ? इतना सुनना था कि कमलाचरण की नानी मर गई। प्रयाग जाने से इनकार कर दिया। बहुत देर तक मुंशीजी उसे समझाते रहे, पर वह जाने के लिए राजी न हुआ। निदान, उनके इन अंतिम शब्दों ने यह निपटारा कर दिया—तुम्हारे भाग्य में विद्या लिखी ही नहीं है। मेरी मूर्खता है कि उससे लड़ता हूँ।

वृजरानी ने जब यह बात सुनी तो उसे बहुत दु:ख हुआ। वृजरानी यद्यपि समझती थी कि कमला का ध्यान पढ़ने में नहीं लगता, पर जब-तब यह अरुचि उसे बुरी न लगती थी, बल्कि कभी-कभी उसका जी चाहता कि आज कमला का स्कूल न जाना अच्छा था। उनकी प्रेममय वाणी उसके कानों को बहुत प्यारी मालूम होती थी। जब उसे यह ज्ञात हुआ कि कमला ने प्रयाग जाना अस्वीकार किया है और लालाजी बहुत समझा रहे हैं तो उसे और भी दु:ख हुआ, क्योंकि उसे कुछ

दिन अकेले रहना सह्य था, कमला पिता की आज्ञा का उल्लंघन करे, यह सह्य न था। माधवी को भेजा कि अपने भैया को बुला ला, पर कमला ने जगह से न हिलने की शपथ खा ली थी। सोचता कि भीतर जाऊँगा तो वह अवश्य प्रयाग जाने के लिए कहेगी। वह क्या जाने कि यहाँ हृदय पर क्या बीत रही है! बातें तो ऐसी मीठी-मीठी करती है, पर जब कभी प्रेम-परीक्षा का समय आ जाता है तो कर्तव्य और नीति की ओट में मुख छिपाने लगती है। सत्य है कि स्त्रियों में प्रेम की गंध ही नहीं होती।

जब बहुत देर हो गई और कमला कमरे से न निकला, तब वृजरानी स्वयं आई और बोली—क्या आज घर में न आने की शपथ खा ली है। राह देखते-देखते आँखें पथरा गईं।

कमला—भीतर जाते भय लगता है।

विरजन—अच्छा चलो, मैं संग-संग चलती हूँ, अब तो नहीं डरोगे?

कमला—मुझे प्रयाग जाने की आज्ञा मिली है।

विरजन—मैं भी तुम्हारे संग चलूँगी!

यह कहकर विरजन ने कमलाचरण की ओर आँखें उठाईं। उनमें अंगूर के दाने लगे हुए थे। कमला हार गया। इन मोहिनी आँखों में आँसू देखकर किसका हृदय था कि अपने हठ पर दृढ रहता? कमला ने उसे अपने कंठ से लगा लिया और कहा—मैं जानता था कि तुम जीत जाओगी, इसीलिए भीतर न जाता था। रात भर प्रेम-वियोग की बातें होती रहीं! बार-बार आँखें परस्पर मिलतीं मानो, वे फिर कभी न मिलेंगी! शोक! किसे मालूम था कि यह अंतिम भेंट है। विरजन को फिर कमला से मिलना नसीब न हुआ।

□

कमला के नाम विरजन के पत्र

: एक :

मझगाँव

प्रियतम,

प्रेम पत्र आया। सिर पर चढ़ाकर नेत्रों से लगाया। ऐसे पत्र तुम न लिखा करो! हृदय विदीर्ण हो जाता है। मैं लिखूँ तो असंगत नहीं। यहाँ चित्त अति व्याकुल हो रहा है। क्या सुनती थी और क्या देखती हूँ? टूटे-फूटे फूस के झोंपड़े, मिट्टी की दीवारें, घरों के सामने कूड़े-करकट के बड़े-बड़े ढेर, कीचड़ में लिपटी हुई भैंसें, दुर्बल गायें। ये सब दृश्य देखकर जी चाहता है कि कहीं चली जाऊँ। मनुष्यों को देखो तो उनकी शोचनीय दशा है। हड्डियाँ निकली हुई हैं। वे विपत्ति की मूर्तियाँ और दरिद्रता के जीवित चित्र हैं। किसी के शरीर पर एक बेफटा वस्त्र नहीं है और कैसे भाग्यहीन कि रात-दिन पसीना बहाने पर भी कभी भरपेट रोटियाँ नहीं मिलतीं। हमारे घर के पिछवाड़े एक गड्ढा है। माधवी खेलती थी। पाँव फिसला तो पानी में गिर पड़ी। यहाँ किंवदंती है कि गड्ढे में चुड़ैल नहाने आया करती है और वह अकारण यहाँ चलनेवालों से छेड़-छाड़ किया करती है। इसी प्रकार द्वार पर एक पीपल का पेड़ है। वह भूतों का आवास है। गड्ढे का तो भय नहीं है, परंतु इस पीपल का भय सारे-सारे गाँव के हृदय पर ऐसा छाया हुआ है कि सूर्यास्त ही से मार्ग बंद हो जाता है। बालक और स्त्रियाँ तो उधर पैर ही नहीं रखते! हाँ, अकेले-दुकेले पुरुष कभी-कभी चले जाते हैं, पर वे भी घबराए हुए। ये दो स्थान मानो उन निकृष्ट जीवों के केंद्र हैं। इनके अतिरिक्त सैकड़ों भूत-चुड़ैल भिन्न-भिन्न स्थानों के निवासी पाए जाते हैं। इन लोगों को चुड़ैलें दीख पड़ती हैं। लोगों ने इनके स्वभाव पहचान लिए हैं। किसी भूत के विषय में कहा जाता है कि वह सिर पर

चढ़ता है तो महीनों नहीं उतरता और कोई दो-एक पूजा लेकर अलग हो जाता है। गाँव वालों में इन विषयों पर इस प्रकार वार्त्तालाप होता है, मानो ये प्रत्यक्ष घटना है। यहाँ तक सुना गया है कि चुड़ैल भोजन-पानी माँगने भी आया करती हैं। उनकी साड़ियाँ प्रायः बगुले के पंख की भाँति उज्ज्वल होती हैं और वे बातें कुछ-कुछ नाक से करती हैं। हाँ, गहनों का प्रचार उनकी जाति में कम है। उन्हीं स्त्रियों पर उनके आक्रमण का भय रहता है, जो बनाव-शृंगार किए रंगीन वस्त्र पहने, अकेली उनकी दृष्टि में पड़ जाएँ। फूलों की बास उनको बहुत भाती है। संभव नहीं कि कोई स्त्री या बालक रात को अपने पास फूल रखकर सोए।

भूतों के मान और प्रतिष्ठा का अनुमान बड़ी चतुराई से किया गया है। जोगी बाबा आधी रात को काली कमरिया ओढ़े, खड़ाऊँ पर सवार, गाँव के चारों ओर भ्रमण करते हैं और भूले-भटके पथिकों को मार्ग बताते हैं। साल भर में एक बार उनकी पूजा होती है। वह अब भूतों में नहीं वरन् देवताओं में गिने जाते हैं। वह किसी भी आपत्ति को यथाशक्ति गाँव के भीतर पग नहीं रखने देते। इनके विरुद्ध धोबी बाबा से गाँव भर थर्राता है। जिस वृक्ष पर उसका वास है, उधर से यदि कोई दीपक जलने के पश्चात् निकल जाए तो उसके प्राणों की कुशलता नहीं। उन्हें भगाने के लिए दो बोतल मदिरा काफी है। उनका पुजारी मंगल के दिन उस वृक्ष तले गाँजा और चरस रख आता है। लाला साहब भी भूत बन बैठे हैं। ये महाशय पटवारी थे। उन्हें कई पंडित असामियों ने मार डाला था। उनकी पकड़ ऐसी गहरी है कि प्राण लिए बिना नहीं छोड़ती। कोई पटवारी यहाँ एक वर्ष से अधिक नहीं जीता। गाँव से थोड़ी दूर पर एक पेड़ है। उसपर मौलवी साहब निवास करते हैं। वह बेचारे किसी को नहीं छेड़ते। हाँ, बृहस्पति के दिन पूजा न पहुँचाई जाए तो बच्चों को छेड़ते हैं।

कैसी मूर्खता है! कैसी मिथ्या भक्ति है! ये भावनाएँ हृदय पर वज्रलीक हो गई हैं। बालक बीमार हुआ कि भूत की पूजा होने लगी। खेत-खलिहान में भूत का भोग। जहाँ देखिए, भूत-ही-भूत दिखते हैं। यहाँ न देवी है, न देवता। भूतों का ही साम्राज्य है। यमराज यहाँ चरण नहीं रखते, भूत ही जीव-हरण करते हैं। इन भावों का किस प्रकार सुधार हो? किमधिकम!

तुम्हारी
विरजन

: दो :

मझगाँव

प्यारे,

बहुत दिनों के पश्चात् आपकी प्रेम-पत्री प्राप्त हुई। क्या सचमुच पत्र लिखने का अवकाश नहीं? पत्र क्या लिखा है, मानो बेगार टाली है। तुम्हारी तो यह आदत न थी। क्या वहाँ जाकर कुछ और हो गए? तुम्हें यहाँ से गए दो मास से अधिक होते हैं। इस बीच में कई छोटी-बड़ी छुट्टियाँ पड़ीं, पर तुम न आए। तुमसे कर बाँधकर कहती हूँ—होली की छुट्टी में अवश्य आना। यदि अबकी बार तरसाया तो मुझे सदा उलाहना रहेगा।

यहाँ आकर ऐसा प्रतीत होता है, मानो किसी दूसरे संसार में आ गई हूँ। रात को शयन कर रही थी कि अचानक हा-हा, हू-हू का कोलाहल सुनाई दिया। चौंककर उठ बैठी! पूछा तो ज्ञात हुआ कि लड़के घर-घर से उपले और लकड़ी जमा कर रहे थे। होली माता का यही आहार था। यह बेढंगा उपद्रव यहाँ पहुँच गया, ईंधन का दिवाला हो गया। किसी की शक्ति नहीं, जो इस सेना को रोक सके। एक नंबरदार की मड़िया लोप हो गई। उसमें दस-बारह बैल सुगमतापूर्वक बाँधे जा सकते थे। होली वाले दिन कई घात में थे। अवसर पाकर उड़ा ले गए। एक कुरमी का झोंपड़ा उड़ गया। कितने उपले बेपता हो गए। लोग अपनी लकड़ियाँ घरों में भर लेते हैं। लालाजी ने एक पेड़ ईंधन के लिए मोल लिया था, आज रात को वह भी होली माता के पेट में चला गया। दो-तीन घरों के किवाड़ उतर गए। पटवारी साहब द्वार पर सो रहे थे। उन्हें भूमि पर ढकेलकर लोग चारपाई ले भागे। चतुर्दिक् ईंधन की लूट मची है। जो वस्तु एक बार होली माता के मुख में चली गई, उसे लाना बड़ा भारी पाप है। पटवारी साहब ने बड़ी धमकियाँ दी। मैं जमाबंदी बिगाड़ दूँगा, खसरा झूठा कर दूँगा, पर कुछ प्रभाव न हुआ। यहाँ की प्रथा ही है कि इन दिनों जो वस्तु पा जाएँ, निर्विघ्न उठा ले जाएँ। कौन किसकी पुकार करे? नवयुवक पुत्र अपने पिता की आँख बचाकर अपनी ही वस्तु उठवा देता है। यदि वह ऐसा न करे तो अपने समाज में अपमानित समझा जाए।

खेत पक गए हैं, पर काटने में दो सप्ताह का विलंब है। मेरे द्वार पर से मीलों का दृश्य दिखाई देता है। गेहूँ और जौ के सुथरे खेतों के किनारे-किनारे कुसुम के अरुण और केसर-वर्ण पुष्पों की पंक्ति परम सुहावनी लगती है। तोते चतुर्दिक् मँडराया करते हैं।

माधवी ने यहाँ कई सखियाँ बना रखी हैं। पड़ोस में एक अहीर रहता है। राधा नाम है। गत वर्ष माता-पिता प्लेग के ग्रास हो गए थे। गृहस्थी का कुल भार उसी के सिर पर है। उसकी स्त्री तुलसा प्राय: हमारे यहाँ आती हैं। नख से शिख तक सुंदरता भरी हुई है। इतनी भोली है कि जी चाहता है कि घंटों बातें सुना करूँ। माधवी ने इससे बहिनापा कर रखा है। कल उसकी गुड़ियों का विवाह है। तुलसा की गुड़िया है और माधवी का गुड्डा। सुनती हूँ, बेचारी बहुत निर्धन है, पर मैंने उसके मुख पर कभी उदासीनता नहीं देखी। कहती थी कि उपले बेचकर दो रुपए जमा कर लिए हैं। एक रुपया दायज दूँगी और एक रुपए में बारातियों का खाना-पीना होगा। गुड़ियों के वस्त्राभूषण का भार राधा के सिर है। कैसा सरल संतोषमय जीवन है!

लो, अब विदा होती हूँ। तुम्हारा समय निरर्थक बातों में नष्ट हुआ। क्षमा करना। तुम्हें पत्र लिखने बैठती हूँ तो लेखनी रुकती ही नहीं। अभी बहुतेरी बातें लिखने को पड़ी हैं। प्रतापचंद्र से मेरी पालागन कह देना।

तुम्हारी
विरजन

: तीन :

मझगाँव

प्यारे,

तुम्हारी प्रेम पत्रिका मिली। छाती से लगाई। वाह! चोरी और मुँहजोरी। अपने न आने का दोष मेरे सिर धरते हो? मेरे मन से कोई पूछे कि तुम्हारे दर्शन की उसे कितनी अभिलाषा है। अब यह अभिलाषा प्रतिदिन व्याकुलता के रूप में परिणत होती है। कभी-कभी बेसुध हो जाती हूँ। मेरी यह दशा थोड़े ही दिनों से होने लगी है। जिस समय यहाँ से गए हो, मुझे ज्ञान न था कि वहाँ जाकर मेरी दलेल करोगे। खैर, तुम्हीं सच और मैं ही झूठ। मुझे बड़ी प्रसन्नता हुई कि तुमने मेरे दोनों पत्र पसंद किए, पर प्रतापचंद्र को व्यर्थ दिखाए। वे पत्र बड़ी असावधानी से लिखे गए हैं। संभव है कि अशुद्धियाँ रह गई हों। मुझे विश्वास नहीं आता कि प्रताप ने उन्हें मूल्यवान समझा हो। यदि वे मेरे पत्रों का इतना आदर करते हैं कि उनके सहारे से हमारे ग्राम्य-जीवन पर कोई रोचक निबंध लिख सकें तो मैं अपने को परम भाग्यवान् समझती हूँ।

कल यहाँ देवीजी की पूजा थी। हल, चक्की, पुर, चूल्हे सब बंद थे। देवीजी

की ऐसी ही आज्ञा है। उनकी आज्ञा का उल्लघंन कौन करे? हुक्का-पानी बंद हो जाए। साल भर में यही एक दिन है, जिसे गाँव वाले भी छुट्टी का समझते हैं। अन्यथा होली-दीवाली भी प्रतिदिन के आवश्यक कामों को नहीं रोक सकती। बकरा चढ़ा। हवन हुआ। सत्तू खिलाया गया। अब गाँव के बच्चे-बच्चे को पूर्ण विश्वास है कि प्लेग का आगमन यहाँ न हो सकेगा। ये सब कौतुक देखकर सोई थी। लगभग बारह बजे होंगे कि सैकड़ों मनुष्य हाथ में मशालें लिए कोलाहल मचाते निकले और सारे गाँव का फेरा किया। इसका यह अर्थ था कि इस सीमा के भीतर बीमारी पैर न रख सकेगी। फेरे के सप्ताह होने पर कई मनुष्य अन्य ग्राम की सीमा में घुस गए और थोड़े फूल, पान, चावल, लौंग आदि पदार्थ पृथ्वी पर रख आए अर्थात् अपने ग्राम की बला दूसरे गाँव के सिर डाल आए। जब ये लोग अपना कार्य समाप्त करके वहाँ से चलने लगे तो उस गाँववालों को सुनगुन मिल गई। सैकड़ों मनुष्य लाठियाँ लेकर चढ़ दौड़े। दोनों पक्षवालों में खूब मारपीट हुई। इस समय गाँव के कई मनुष्य हल्दी पी रहे हैं।

आज प्रातःकाल बची-बचाई रस्में पूरी हुईं, जिनको यहाँ कढ़ाई देना कहते हैं। मेरे द्वार पर एक भट्टा खोदा गया और उसपर एक कड़ाह दूध से भरा हुआ रखा गया। काशी नाम का एक भर है। वह शरीर में भभूत रमाए आया। गाँव के आदमी टाट पर बैठे। शंख बजने लगा। कड़ाह के चतुर्दिक् माला-फूल बिखेर दिए गए। जब कहाड़ में खूब उबाल आया तो काशी झट उठा और जय कालीजी की कहकर कड़ाह में कूद पड़ा। मैं तो समझी, अब यह जीवित न निकलेगा, पर पाँच मिनट पश्चात् काशी ने फिर छलाँग मारी और कड़ाह के बाहर था। उसका बाल भी बाँका न हुआ। लोगों ने उसे माला पहनाई। वे कर बाँधकर पूछने लगे—महाराज! अबके वर्ष खेती की उपज कैसी होगी? पानी कैसा बरसेगा? बीमारी आएगी या नहीं? गाँव के लोग कुशल से रहेंगे? गुड़ का भाव कैसा रहेगा? आदि। काशी ने इन सब प्रश्नों के उत्तर स्पष्ट पर किंचित् रहस्यपूर्ण शब्दों में दिए। इसके पश्चात् सभा विसर्जित हुई। सुनती हूँ कि ऐसी क्रिया प्रतिवर्ष होती है। काशी की भविष्यवाणियाँ अब सत्य सिद्ध होती हैं और कभी एकाध असत्य भी निकल जाए तो काशी उनका समाधान भी बड़ी योग्यता से कर देता है। काशी बड़ी पहुँच का आदमी है। गाँव में कहीं चोरी हो, काशी उसका पता देता है। जो काम पुलिस के भेदियों से पूरा न हो, उसे वह पूरा कर देता है। यद्यपि वह जाति का भर है तथापि गाँव में उसका बड़ा आदर है। इन सब भक्तियों का पुरस्कार वह मदिरा के अतिरिक्त

और कुछ नहीं लेता। नाम निकलवाइए, पर एक बोतल उसको भेंट कीजिए। आपका अभियोग न्यायालय में है, काशी उसकी विजय का अनुष्ठान कर रहा है। बस, आप उसे एक बोतल लाल जल दीजिए।

होली का समय अति निकट है। एक सप्ताह से अधिक नहीं। अहा! मेरा हृदय इस समय कैसा खिल रहा है! मन में आनंदप्रद गुदगुदी हो रही है। आँखें तुम्हें देखने के लिए अकुला रही हैं। यह सप्ताह बड़ी कठिनाई से कटेगा। तब मैं अपने पिया के दर्शन पाऊँगी।

तुम्हारी
विरजन

: चार :

मझगाँव

प्यारे

तुम पाषाणहृदय हो, कट्टर हो, स्नेह-हीन हो, निर्दयी हो, अकरुण हो, झूठे हो! मैं तुम्हें और क्या गालियाँ दूँ और क्या कोसूँ? यदि तुम इस क्षण मेरे सम्मुख होते तो इस वज्रहृदयता का उत्तर देती। मैं कह रही हूँ, तुम दगाबाज हो। मेरा क्या कर लोगे? नहीं आते तो मत आओ। मेरे प्राण लेना चाहते हो, ले लो। रुलाने की इच्छा है, रुलाओ, पर मैं क्यों रोऊँ! मेरी बला रोए। जब आपको इतना ध्यान नहीं कि दो घंटे की यात्रा है, तनिक उसकी सुधि लेता आऊँ तो मुझे क्या पड़ी है कि रोऊँ और प्राण खोऊँ?

ऐसा क्रोध आ रहा है कि पत्र फाड़कर फेंक दूँ और फिर तुमसे बात न करूँ। हाँ! तुमने मेरी सारी अभिलाषाएँ, कैसे धूल में मिलाई हैं? होली! होली! किसी के मुख से यह शब्द निकला और मेरे हृदय में गुदगुदी होने लगी, पर शोक! होली बीत गई और मैं निराश रह गई। पहले यह शब्द सुनकर आनंद होता था। अब दुःख होता है। अपना-अपना भाग्य है। गाँव के भूखे-नंगे लँगोटी में फाग खेलें, आनंद मनाएँ, रंग उड़ाएँ और मैं अभागिनी अपनी चारपाई पर सफेद साड़ी पहने पड़ी रहूँ। शपथ लो, जो उसपर एक लाल धब्बा भी पड़ा हो। शपथ ले लो, जो मैंने अबीर और गुलाल हाथ से छुआ भी हो। मेरा इत्र से बना हुआ अबीर, केवड़े में घोला गुलाल, रचकर बनाए हुए पान सब तुम्हारी अकृपा का रोना रो रहे हैं। माधवी ने जब बहुत हठ की तो मैंने एक लाल टीका लगवा लिया, पर आज से इन दोषारोपणों

का अंत होता है। यदि फिर कोई शब्द दोषारोपण का मुख से निकला तो जबान काट लूँगी।

परसों सायंकाल ही से गाँव में चहल-पहल मचने लगी। नवयुवकों का एक दल हाथ में डफ लिये, अश्लील शब्द बकते द्वार-द्वार फेरी लगाने लगा। मुझे ज्ञात न था कि आज यहाँ इतनी गालियाँ खानी पड़ेंगी। लज्जाहीन शब्द उनके मुख से इस प्रकार बेधड़क निकलते थे जैसे फूल झड़ते हों। लज्जा और संकोच का नाम न था। पिता, पुत्र के सम्मुख और पुत्र, पिता के सम्मुख गालियाँ बक रहे थे। पिता ललकार कर पुत्र-वधू से कहता है—आज होली है! वधू घर में सिर नीचा किए हुए सुनती है और मुसकरा देती है। हमारे पटवारी साहब तो एक ही महात्मा निकले। आप मदिरा में मस्त, एक मैली सी टोपी सिर पर रखे इस दल के नायक थे। उनकी बहू-बेटियाँ उनकी अश्लीलता के वेग से न बच सकीं। गालियाँ खाओ और हँसो। यदि बदन पर तनिक भी मैल आए तो लोग समझेंगे कि इसका मुहर्रम का जन्म है। भली प्रथा है।

लगभग तीन बजे रात्रि के झुंड होली माता के पास पहुँचा। लड़के अग्नि-क्रीड़ादि में तत्पर थे। मैं भी कई स्त्रियों के पास गई, वहाँ स्त्रियाँ एक ओर होलियाँ गा रही थीं। निदान! होली में आग लगाने का समय आया। अग्नि लगते ही ज्वाला भड़की और सारा आकाश स्वर्ण-वर्ण हो गया। दूर-दूर तक के पेड़-पत्ते प्रकाशित हो गए। अब इस अग्नि-राशि के चारों ओर 'होली माता की जय!' चिल्ला-चिल्लाकर दौड़ने लगे। सभी के हाथों में गेहूँ और जौ की बालियाँ थीं, जिसको वे इस अग्नि में फेंकते जाते थे।

जब ज्वाला बहुत उत्तेजित हुई तो लोग एक किनारे खड़े होकर 'कबीर' कहने लगे। छह घंटे तक यही दशा रही। लकड़ी के कुंदों से चटाक-पटाक के शब्द निकल रहे थे। पशुगण अपने-अपने खूँटों पर भय से चिल्ला रहे थे। तुलसा ने मुझसे कहा—अबकी होली की ज्वाला टेढ़ी जा रही है। कुशल नहीं! जब ज्वाला सीधी जाती है, गाँव में साल भर आनंद की बधाई बजती है, परंतु ज्वाला का टेढ़ी होना अशुभ है। निदान! लपट कम होने लगी। आँच की प्रखरता मंद हुई। तब कुछ लोग होली के निकट आकर ध्यानपूर्वक देखने लगे, जैसे कोई वस्तु ढूँढ़ रहे हों। तुलसा ने बतलाया कि जब बसंत के दिन होली की नींव पड़ती है तो पहले एक एरंड गाड़ देते हैं। उसी पर लकड़ी और उपलों का ढेर लगाया जाता है। इस समय लोग उस एरंड के पौधे को ढूँढ़ रहे हैं। उस मनुष्य की गणना

वीरों में होती है, जो सबसे पहले उस पौधे पर ऐसा लक्ष्य करे कि वह टूटकर दूर जा गिरे। प्रथम, पटवारी साहब पैंतरे बदलते आए, पर दस गज की दूरी से झाँककर चल दिए। तब राधा हाथ में एक छोटा सा सोंटा लिए साहस और दृढतापूर्वक आगे बढ़ी और आग में घुसकर वह भरपूर हाथ लगाया कि पौधा अलग जा गिरा। लोग उन टुकड़ों को लूटने लगे। माथे पर उसका टीका लगाते हैं और उसे शुभ समझते हैं।

यहाँ से अवकाश पाकर पुरुष-मंडली देवीजी के चबूतरे की ओर बढ़ी, पर यह न समझना, यहाँ देवीजी की प्रतिष्ठा की गई होगी। आज वे भी गालियाँ सुनना पसंद करती हैं। छोटे-बड़े सब उन्हें अश्लील गालियाँ सुना रहे थे। अभी थोड़े दिन हुए, उन्हीं देवीजी की पूजा हुई थी। सच तो यह है कि गाँवों में आजकल ईश्वर को गाली देना भी क्षम्य है। माता-बहनों की तो कोई गणना नहीं!

प्रभात होते ही लाला ने महाराज से कहा—आज कोई दो सेर भाँग पिसवा लो। दो प्रकार की अलग-अलग बनवा लो। सलोनी या मीठी। महाराज निकले और कई मनुष्यों को पकड़ लाए। भाँग पीसी जाने लगी। बहुत से कुल्हड़ मँगाकर क्रमपूर्वक रखे गए। दो घड़ों में दोनों प्रकार की भाँग रखी गई। फिर क्या था, तीन-चार घंटों तक पियक्कड़ों का ताँता लगा रहा। लोग खूब बखान करते थे और गरदन हिला-हिलाकर महाराज की कुशलता की प्रशंसा करते थे। जहाँ किसी ने बखान किया कि महाराज ने दूसरा कुल्हड़ भरा, बोले—ये सलोनी है। इसका भी स्वाद चख लो। अजी पी भी लो। क्या दिन-दिन होली आएगी कि सब दिन हमारे हाथ की बूटी मिलेगी? इसके उत्तर में किसान ऐसी दृष्टि से ताकता था, मानो किसी ने उसे संजीवन रस दे दिया और एक की जगह तीन-तीन कुल्हड़ चट कर जाता। पटवारी के जामाता मुंशी जगदंबा प्रसाद साहब का शुभागमन हुआ है। आप कचहरी में अरायजनवीस हैं। उन्हें महाराज ने इतनी पिला दी कि आपे से बाहर हो गए और नाचने-कूदने लगे। सारा गाँव उनसे पोदरी करता था। एक किसान आता है और उनकी ओर मुसकराकर कहता है—तुम यहाँ ठाढ़ी हो, घर जाके भोजन बनाओ, हम आवत हैं। इसपर बड़े जोर की हँसी होती है, काशी भर मद में माता लट्ठा कंधे पर रखे आता और सभास्थित जनों की ओर बनावटी क्रोध से देखकर गरजता है—महाराज, अच्छी बात नहीं है कि तुम हमारी नई बहुरिया से मजा लूटते हो। यह कहकर मुंशीजी को छाती से लगा लेता है।

मुंशीजी बेचारे छोटे कद के मनुष्य, इधर-उधर फड़फड़ाते हैं, पर नक्कारखाने

में तूती की आवाज कौन सुनता है? कोई उन्हें प्यार करता है और गले लगाता है। दोपहर तक यही छेड़छाड़ हुई, तुलसा अभी तक बैठी हुई थी। मैंने उससे कहा—आज हमारे यहाँ तुम्हारा न्योता है। हम-तुम संग खाएँगी। यह सुनते ही महाराजिन दो थालियों में भोजन परोसकर लाई। तुलसा इस समय खिड़की की ओर मुँह करके खड़ी थी। मैंने जो उसका हाथ पकड़कर अपनी ओर खींचा तो उसे अपनी प्यारी-प्यारी आँखों से मोती के सोने बिखेरते हुए पाया। मैं उसे गले लगाकर बोली—सखी, सच-सच बतला दो, क्यों रोती हो? हमसे कोई दुराव मत रखो। इसपर वह और भी सिसकने लगी। जब मैंने बहुत हठ की, उसने सिर घुमाकर कहा—बहन! आज प्रातःकाल उन पर निशान पड़ गया। न जाने उनपर क्या बीत रही होगी। यह कहकर वह फूट-फूटकर रोने लगी। ज्ञात हुआ कि राधा के पिता ने कुछ ऋण लिया था। वह अभी तक चुका न सका था। महाजन ने सोचा कि इसे हवालात ले चलूँ तो रुपए वसूल हो जाएँ। राधा कन्नी काटता फिरता था। आज द्वेषियों को अवसर मिल गया और वे अपना काम कर गए। शोक! मूल धन रुपए से अधिक न था। प्रथम मुझे ज्ञात होता तो बेचारे पर त्योहार के दिन यह आपत्ति न आने पाती। मैंने चुपके से महाराज को बुलाया और उन्हें बीस रुपए देकर राधा को छुड़ाने के लिए भेजा।

उस समय मेरे द्वार पर एक टाट बिछा दिया गया था। लालाजी मध्य में कालीन पर बैठे थे। किसान लोग घुटने तक धोतियाँ बाँधे, कोई कुरती पहने, कोई नग्न देह, कोई सिर पर पगड़ी बाँधे और नंगे सिर, मुख पर अबीर लगाए, जो उनके काले वर्ण पर विशेष छटा दिखा रही थी, आने लगे। जो आता, लालाजी के पैरों पर थोड़ा सा अबीर रख देता। लालाजी भी अपने तश्तरी में से थोड़ा सा अबीर निकालकर उसके माथे पर लगा देते और मुसकराकर कोई दिल्लगी की बात कर देते थे। वह निहाल हो जाता, सादर प्रणाम करता और ऐसा प्रसन्न होकर आ बैठता, मानो किसी रंक ने रत्न-राशि पाई है। मुझे स्वप्न में भी ध्यान न था कि लालाजी इन उजड्ड देहातियों के साथ बैठकर ऐसे आनंद से वार्त्तालाप कर सकते हैं। इसी बीच में काशी भर आया। उसके हाथ में एक छोटी सी कटोरी थी। वह उसमें अबीर लिए हुए था। उसने अन्य लोगों की भाँति लालाजी के चरणों पर अबीर नहीं रखा, किंतु बड़ी धृष्टता से मुट्ठी भर लेकर उनके मुख पर भली-भाँति मल दिया। मैं तो डरी, कहीं लालाजी रुष्ट न हो जाएँ, पर वे बहुत प्रसन्न हुए और स्वयं उन्होंने भी एक टीका लगाने के स्थान पर दोनों हाथों से

उसके मुख पर अबीर मला। उसकी ओर इस दृष्टि से देखते थे कि निस्संदेह तू वीर है और इस योग्य है कि हमारा नायक बने। इसी प्रकार एक-एक करके दो-ढाई सौ मनुष्य एकत्र हुए। अचानक उन्होंने कहा—आज कहीं राधा नहीं दीख पड़ता, क्या बात है? कोई उसके घर जाके देखो तो, मुंशी जगदंबा प्रसाद अपनी योग्यता प्रकाशित करने का अच्छा अवसर देखकर बोले उठे—हजूर वह दफा 13 नं. अलिफ ऐक्ट (अ) में गिरफ्तार हो गया। रामदीन पांडे ने वारंट जारी करा दिया। हरीच्छा से रामदीन पांडे भी वहाँ बैठे हुए थे। लाला ने उनकी ओर परम तिरस्कार दृष्टि से देखा और कहा—क्यों पांडेजी, इस दीन को बंदीगृह में बंद करने से तुम्हारा घर भर जाएगा? यही मनुष्यता और शिष्टता अब रह गई है। तुम्हें तनिक भी दया न आई कि आज होली के दिन उसे स्त्री और बच्चों से अलग किया। मैं तो सत्य कहता हूँ कि यदि मैं राधा होता तो बंदीगृह से लौटकर मेरा प्रथम उद्योग यही होता कि जिसने मुझे यह दिन दिखाया है, उसे मैं भी कुछ दिनों तक हलदी पिलवा दूँ। तुम्हें लाज नहीं आती कि इतने बड़े महाजन होकर तुमने बीस रुपए के लिए एक दीन मनुष्य को इस प्रकार कष्ट में डाला। डूब मरना था ऐसे लोभ पर! लालाजी को वस्तुत: क्रोध आ गया था। रामदीन ऐसा लज्जित हुआ कि सब सिट्टी-पिट्टी भूल गई। मुख से बात न निकली। चुपके से न्यायालय की ओर चला। सब-के-सब कृषक उसकी ओर क्रोध-पूर्ण दृष्टि से देख रहे थे। यदि लालाजी का भय न होता तो पांडेजी की हड्डी-पसली वहीं चूर हो जाती।

इसके पश्चात् लोगों ने गाना आरंभ किया। मद में तो सब-के-सब गाते ही थे, इसपर लालाजी के भ्रातृ-भाव के सम्मान से उनके मन और भी उत्साहित हो गए। खूब जी तोड़कर गाया। डफें तो इतने जोर से बजती थीं कि अब फटीं और तब फटीं। जगदंबा प्रसाद ने दुहरा नशा चढ़ाया था। कुछ तो उनके मन में स्वत: उमंग उत्पन्न हुई, कुछ दूसरों ने उत्तेजना दी। आप मध्य सभा में खड़ा होकर नाचने लगे, विश्वास मानो, नाचने लगे। मैंने अचकन, टोपी, धोती और मूँछोंवाले पुरुष को नाचते न देखा था। आध घंटे तक वे बंदरों की भाँति उछलते-कूदते रहे। निदान! मद ने उन्हें पृथ्वी पर लिटा दिया। तत्पश्चात् एक और अहीर उठा, एक अहीरिन भी मंडली से निकली और दोनों चौक में जाकर नाचने लगे। दोनों नवयुवक फुरतीले थे। उनकी कमर और पीठ की लचक विलक्षण थी। उनके हाव-भाव, कमर का लचकना, रोम-रोम का फड़कना, गरदन का मोड़, अंगों का मरोड़ देखकर विस्मय होता था। बहुत अभ्यास और परिश्रम का कार्य है।

अभी यहाँ नाच हो ही रहा था कि सामने बहुत से मनुष्य लंबी-लंबी लाठियाँ कंधों पर रखे आते दिखाई दिए। उनके संग डफ भी था। कई मनुष्य हाथों में झाँझ और मजीरे लिये हुए थे। वे गाते-बजाते आए और हमारे द्वार पर रुके। अकस्मात् तीन-चार मुनष्यों ने मिलकर ऐसे आकाशभेदी शब्दों में 'अररर···कबीर' की ध्वनि लगाई कि घर काँप उठा। लालाजी निकले। ये लोग उसी गाँव के थे, जहाँ निकासी के दिन लाठियाँ चली थीं। लालाजी को देखते ही कई पुरुषों ने उनके मुख पर अबीर मला। लालाजी ने भी प्रत्युत्तर दिया। फिर लोग फर्श पर बैठे। इलायची और पान से उनका सम्मान किया। फिर गाना हुआ। गाँववालों ने भी अबीर मला और मलवाया। जब ये लोग विदा होने लगे तो यह होली गाई—

'सदा आनंद रहे एहि द्वारे मोहन खेलें होरी।'

कितना सुहावना गीत है! मुझे तो इसमें रस और भाव कूट-कूटकर भरा हुआ प्रतीत होता है। होली का भाव कैसे साधारण और संक्षिप्त शब्दों में प्रकट कर दिया गया है। मैं बारंबार यह प्यारा गीत गाती हूँ, आनंद लूटती हूँ। होली का त्योहार परस्पर प्रेम और मेल बढ़ाने के लिए है। संभव न था कि वे लोग, जिनसे कुछ दिन पहले लाठियाँ चली थीं, इस गाँव में इस प्रकार बेधड़क चले आएँगे, पर यह होली का दिन है। आज किसी को किसी से द्वेष नहीं है। आज प्रेम और आनंद का स्वराज्य है। आज के दिन यदि दु:खी हो तो परदेसी बालम की अबला। रोए तो युवती विधवा! इनके अतिरिक्त और सबके लिए आनंद की बधाई है।

संध्या समय गाँव की सब स्त्रियाँ हमारे यहाँ खेलने आईं। माताजी ने उन्हें बड़े आदर से बैठाया। रंग खेला, पान बाँटा। मैं मारे भय के बाहर न निकली। इस प्रकार छुट्टी मिली। अब मुझे ध्यान आया कि माधवी दोपहर से गायब है। मैंने सोचा था , शायद गाँव में होली खेलने गई हो, परंतु इन स्त्रियों के संग न थी। तुलसा अभी तक चुपचाप खिड़की की ओर मुँह किए बैठी थी। दीपक में बत्ती पड़ी थी कि वह अकस्मात् उठी, मेरे चरणों पर गिर पड़ी और फूट-फूटकर रोने लगी। मैंने खिड़की की ओर झाँका तो देखती हूँ कि आगे-आगे महाराज, उसके पीछे राधा और सबसे पीछे रामदीन पांडे चल रहे हैं। गाँव के बहुत से आदमी उनके संग हैं। राधा का बदन कुम्हलाया हुआ है। लालाजी ने ज्योंही सुना कि राधा आ गया, चट बाहर निकल आए और बड़े स्नेह से उसको कंठ से लगा लिया, जैसे कोई अपने पुत्र को गले से लगाता है। राधा चिल्ला-चिल्लाकर रोने

लगा। तुलसा से भी न रहा गया। वह सीढ़ियों से उतरी और लालाजी के चरणों में गिर पड़ी। लालाजी ने उसे भी बड़े प्रेम से उठाया। मेरी आँखों में भी उस समय आँसू न रुक सके। गाँव के बहुत से मनुष्य रो रहे थे। बड़ा करुणापूर्ण दृश्य था। लालाजी के नेत्रों में मैंने कभी आँसू न देखे थे। वे इस समय देखे। रामदीन पांडे मस्तक झुकाए ऐसा खड़ा था, माना गौ-हत्या की हो। उसने कहा—मेरे रुपए मिल गए, पर इच्छा है, इनसे तुलसा के लिए एक गाय ले दूँ।

राधा और तुलसा दोनों अपने घर गए, परंतु थोड़ी देर में तुलसा माधवी का हाथ पकड़े हँसती हुई मेरे घर आई, बोली—इनसे पूछो, ये अब तक कहाँ थीं?

विरजन—कहाँ थी? दोपहर से गायब हो?

माधवी—यहीं तो थी।

विरजन—यहाँ कहाँ थीं? मैंने तो दोपहर से नहीं देखा। सच-सच बता दो मैं रुष्ट न होऊँगी।

माधवी—तुलसा के घर तो चली गई थी।

विरजन—तुलसा तो यहाँ बैठी है, वहाँ अकेली क्या सोती रही?

तुलसा—*(हँसकर)* सोती काहे को जागती रही। भोजन बनाती रही, बरतन-चौका करती रही।

माधवी—हाँ, चौका-बरतन करती रही। कोई तुम्हारा नौकर लगा हुआ है न! ज्ञात हुआ कि जब मैंने महाराज को राधा को छुड़ाने के लिए भेजा था, तब से माधवी तुलसा के घर भोजन बनाने में लीन रही। उसके किवाड़ खोले। यहाँ से आटा, घी, शक्कर सब ले गई। आग जलाई और पूड़ियाँ, कचौड़ियाँ, गुलगुले और मीठे समोसे सब बनाए। उसने सोचा था कि मैं यह सब बताकर चुपके से चली जाऊँगी। जब राधा और तुलसा जाएँगे तो विस्मित होंगे कि कौन बना गया! पर स्यात् विलंब अधिक हो गया और अपराधी पकड़ लिया गया। देखा, कैसी सुशीला बाला है।

अब विदा होती हूँ। अपराध क्षमा करना। तुम्हारी चेरी हूँ, जैसे रखोगे, वैसे रहूँगी। यह अबीर और गुलाल भेजती हूँ। यह तुम्हारी दासी का उपहार है। तुम्हें हमारी शपथ, मिथ्या सभ्यता के उमंग में आकर इसे फेंक न देना, नहीं तो मेरा हृदय दुःखी होगा।

तुम्हारी,

विरजन

: पाँच :

मझगाँव

प्यारे!

तुम्हारे पत्र ने बहुत रुलाया। अब नहीं रहा जाता। मुझे बुला लो। एक बार देखकर चली आऊँगी। सच बताओ, यदि मैं तुम्हारे यहाँ आ जाऊँ तो हँसी तो न उड़ाओगे? न जाने मन में क्या समझोगे? पर कैसे आऊँ? तुम लालाजी को लिखो। खूब! कहेंगे यह नई धुन समाई है।

कल चारपाई पर पड़ी थी। भोर हो गई थी, शीतल मंद पवन चल रही थी कि स्त्रियों के गाने के शब्द सुनाई पड़े। स्त्रियाँ अनाज का खेत काटने जा रही थीं। झाँककर देखा तो दस-दस, बारह-बारह स्त्रियों का एक-एक गोल था। सबके हाथों में हँसिया, कंधों पर गाठियाँ बाँधने की रस्सी और सिर पर भुने हुए मटर की छबड़ी थी। ये इस समय जाती हैं, कहीं बारह बजे लौटेंगी। आपस में गातीं, चुहलें करतीं चली जाती थीं।

दोपहर तक बड़ी कुशलता रही। अचानक आकाश मेघाच्छन्न हो गया। आँधी आ गई और ओले गिरने लगे। मैंने इतने बड़े ओले गिरते न देखे थे। आलू से बड़े और ऐसी तेजी से गिरे जैसे बंदूक से गोली। क्षण भर में पृथ्वी पर एक फुट ऊँचा बिछावन बिछ गया। चारों तरफ से कृषक भागने लगे। गाएँ, बकरियाँ, भेड़ें सब चिल्लाती हुई पेड़ों की छाया ढूँढ़ती फिरती थीं। मैं डरी कि न जाने तुलसा पर क्या बीती? आँखें फैलाकर देखा तो खुले मैदान में तुलसा, राधा और मोहिनी गाय दीख पड़ी। तीनों घमासान ओले की मार में पड़े थे! तुलसा के सिर पर एक छोटी सी टोकरी थी और राधा के सिर पर एक बड़ा सा गट्ठा। मेरे नेत्रों में आँसू भर आए कि न जाने इन बेचारों की क्या गति होगी? अकस्मात् एक प्रखर झोंके ने राधा के सिर से गट्ठा गिरा दिया। गट्ठे का गिरना था कि चट तुलसा ने अपनी टोकरी उसके सिर पर औंध दी। न जाने उस पुष्प से ऐसे सिर पर कितने ओले पड़े। उसके हाथ कभी पीठ पर जाते, कभी सिर सुहलाते। अभी एक सेकेंड से अधिक यह दशा न रही होगी कि राधा ने बिजली की भाँति झपककर गट्ठा उठा लिया और टोकरी तुलसा को दे दी। कैसा घना प्रेम है!

अनर्थकारी दुर्देव ने सारा खेल बिगाड़ दिया! प्रातःकाल स्त्रियाँ गाती हुई जा रही थीं। संध्या को घर-घर में शोक छाया हुआ था। कितनों के सिर लहू-लुहान हो गए, कितने हलदी पी रहे हैं। खेती सत्यानाश हो गई। अनाज बर्फ के तले दब

गया। ज्वर का प्रकोप है। सारा गाँव अस्पताल बना हुआ है। काशी भर का भविष्य प्रवचन प्रमाणित हुआ। होली की ज्वाला का भेद प्रकट हो गया। खेती की यह दशा और लगान उगाहा जा रहा है। बड़ी विपत्ति का सामना है। मार-पीट, गाली, अपशब्द; सभी साधनों से काम लिया जा रहा है। दीनों पर यह दैवी कोप!

तुम्हारी

विरजन

: छह :

मझगाँव

मेरे प्राणाधिक प्रियतम,

पूरे पंद्रह दिन के पश्चात् तुमने विरजन की सुधि ली। पत्र को बारंबार पढ़ा। तुम्हारा पत्र रुलाए बिना नहीं मानता। मैं यों भी बहुत रोया करती हूँ। तुमको किन-किन बातों की सुधि दिलाऊँ? मेरा हृदय निर्बल है कि जब कभी इन बातों की ओर ध्यान जाता है तो विचित्र दशा हो जाती है। गरमी सी लगती है। एक बड़ी व्यग्र करनेवाली, बड़ी स्वादिष्ट, बहुत रुलानेवाली, बहुत दुराशापूर्ण वेदना उत्पन्न होती है। जानती हूँ कि तुम नहीं आ रहे और नहीं आओगे, पर बार-बार जाकर खड़ी हो जाती हूँ कि आ तो नहीं गए।

कल सायंकाल यहाँ एक चित्ताकर्षक प्रहसन देखने में आया। यह धोबियों का नाच था। पंद्रह-बीस मनुष्यों का एक समुदाय था। उसमें एक नवयुवक श्वेत पेशवाज पहने, कमर में असंख्य घंटियाँ बाँधे, पाँव में घुँघरू पहने, सिर पर लाल टोपी रखे नाच रहा था। जब पुरुष नाचता था तो मृदंग बजने लगती थी। ज्ञात हुआ कि ये लोग होली का पुरस्कार माँगने आए हैं। यह जाति पुरस्कार खूब लेती है। आपके यहाँ कोई काम-काज पड़े तो उन्हें पुरस्कार दीजिए और उनके यहाँ कोई काम-काज पड़े तो भी उन्हें पारितोषिक मिलना चाहिए। ये लोग नाचते समय गीत नहीं गाते। इनका गाना इनकी कविता है। पेशवाजवाला पुरुष मृदंग पर हाथ रखकर एक विरहा कहता है। दूसरा पुरुष सामने से आकर उसका प्रत्युत्तर देता है और दोनों तत्क्षण वह विरहा रचते हैं। इस जाति में कवित्व-शक्ति अत्यधिक है। इन विरहों को ध्यान से सुनो तो उनमें बहुधा उत्तम कवित्व भाव प्रकट किए जाते हैं। पेशवाजवाले पुरुषों ने प्रथम जो विरहा कहा था, उसका यह अर्थ है—ऐ धोबी के बच्चो! तुम किसके द्वार पर आकर खड़े हो? दूसरे ने उत्तर दिया—अब न अकबर

शाह है, न राजा भोज, अब जो हैं, हमारे मालिक हैं, उन्हीं से माँगो। तीसरे विरहा का अर्थ यह है कि याचकों की प्रतिष्ठा कम होती है। अतएव कुछ मत माँगों, गा-बाजकर चले चलो, देनेवाला बिन माँगे ही देगा। घंटे भर से ये लोग विरहे कहते रहे। तुम्हें प्रतीति न होगी, उनके मुख से विरहे इस प्रकार बेधड़क निकलते थे कि आश्चर्य प्रकट होता था। स्यात इतनी सुगमता से वे बातें भी न कर सकते हों। यह जाति बड़ी पियक्कड़ है। मदिरा पानी की भाँति पीती है। विवाह में मदिरा, गौने में मदिरा, पूजा-पाठ में मदिरा। पुरस्कार माँगेंगे तो पीने के लिए। धुलाई माँगेंगे तो यह कहकर कि आज पीने के लिए पैसे नहीं हैं। विदा होते समय बेचू धोबी ने जो विरहा कहा था, वह काव्यालंकार से भरा हुआ है—तुम्हारा परिवार इस प्रकार बढ़े जैसे गंगाजी का जल। लड़के फूलें-फलें, जैसे आम का बौर। मालकिन का सुहाग सदा बना रहे, जैसे दूब की हरियाली—कैसी अनोखी कविता है।

तुम्हारी
विरजन

: सात :

मझगाँव

प्यारे,

एक सप्ताह तक चुप रहने की क्षमा चाहती हूँ। मुझे इस सप्ताह में तनिक भी अवकाश न मिला। माधवी बीमार हो गई थी। पहले तो कुनैन की कई पुड़ियाँ खिलाई गईं, पर जब लाभ न हुआ और उसकी दशा और भी बुरी होने लगी तो दिहलूराय वैद्य बुलाए गए। कोई पचास वर्ष की आयु होगी। नंगे पाँव सिर पर एक पगड़ी बाँधे, कंधे पर अँगोछा रखे, हाथ में मोटा सा सोटा लिए द्वार पर आकर बैठ गए। घर के जमींदार हैं, पर किसी ने उनके शरीर पर मिर्जई तक नहीं देखी। उन्हें इतना अवकाश ही नहीं कि अपने शरीर-पालन की ओर ध्यान दें। इस मंडल में आठ-दस कोस तक के लोग उनपर विश्वास करते हैं। न वे हकीम को लाते, न डॉक्टर को। उनके हकीम-डॉक्टर जो कुछ हैं, वे दिहलूराय हैं। संदेशा सुनते ही आकर द्वार पर बैठ गए। डॉक्टरों की भाँति नहीं कि प्रथम सवारी माँगेंगे, वह भी तेज, जिसमें उनका समय नष्ट न हो। आपके घर ऐसे बैठे रहेंगे, मानो गूँगे का गुड़ खा गए हैं। रोगी को देखने जाएँगे तो इस प्रकार भागेंगे मानो कमरे की वायु में विष भरा हुआ है। रोग परिचय और औषधि का उपचार केवल दो मिनट में समाप्त।

दिहलूराय डॉक्टर नहीं हैं, पर जितने मनुष्यों को उनसे लाभ पहुँचता है, उनकी संख्या का अनुमान करना कठिन है। वह सहानुभूति की मूर्ति हैं। उन्हें देखते ही रोगी का आधा रोग दूर हो जाता है। उनकी औषधियाँ ऐसी सुगम और साधारण होती हैं कि बिना पैसा-कौड़ी मनों बटोर लाइए। तीन ही दिन में माधवी चलने-फिरने लगी। वस्तुतः उस वैद्य की औषधि में चमत्कार है।

यहाँ इन दिनों मुगलिए ऊधम मचा रहे हैं। ये लोग जाड़े में कपड़े उधार दे देते हैं और चैत में दाम वसूल करते हैं। उस समय कोई बहाना नहीं सुनते। गाली-गलौज, मार-पीट सभी बातों पर उतर आते हैं। दो-तीन मनुष्यों को बहुत मारा। राधा ने भी कुछ कपड़े लिए थे। उनके द्वार पर जाकर सब-के-सब गालियाँ देने लगे। तुलसा ने भीतर से किवाड़ बंद कर दिए। जब इस प्रकार बस न चला तो एक मोहिनी गाय को खूँटे से खोलकर खींचते हुए ले चला। इतने में राधा दूर से आता दिखाई दिया। आते ही आते उसने लाठी का वह हाथ मारा कि एक मुगलिए की कलाई लटक पड़ी। तब तो मुगलिए कुपित हुए, पैंतरे बदलने लगे। राधा भी जान पर खेल गया और तीन दुष्टों को बेकार कर दिया। इतने में काशी भर ने आकर एक मुगलिए की खबर ली। दिहलूराय को मुगालियों से चिढ़ है। साभिमान कहा करते हैं कि मैंने इनके इतने रुपए डुबा दिए। इतनों को पिटवा दिया कि जिसका हिसाब नहीं। यह कोलाहल सुनते ही वे भी पहुँच गए। फिर तो सैकड़ों मनुष्य लाठियाँ ले-लेकर दौड़ पड़े। उन्होंने मुगलियों की भली-भाँति सेवा की। आशा है कि इधर आने का अब साहस न होगा।

अब तो मई का मास भी बीत गया। क्यों, अभी छुट्टी नहीं हुई? रात-दिन तुम्हारे आने की प्रतीक्षा है। नगर में बीमारी कम हो गई है। हम लोग बहुत शीघ्र यहाँ से चले जाएँगे। शोक! तुम इस गाँव की सैर न कर सकोगे।

तुम्हारी
विरजन

□

प्रतापचंद्र और कमलाचरण

प्रतापचंद्र को प्रयाग कॉलेज में पढ़ते तीन साल हो चुके थे। इतने काल में उसने अपने सहपाठियों और गुरुजनों की दृष्टि में विशेष प्रतिष्ठा प्राप्त कर ली थी। कॉलेज के जीवन का कोई ऐसा अंग न था, जहाँ उनकी प्रतिभा न प्रदर्शित हुई हो। प्रोफेसर उसपर अभिमान करते और छात्रगण उसे अपना नेता समझते हैं। जिस प्रकार क्रीड़ा-क्षेत्र में उसका हस्तलाघव प्रशंसनीय था, उसी प्रकार व्याख्यान-भवन में उसकी योग्यता और सूक्ष्मदर्शिता प्रमाणित थी। कॉलेज से संबद्ध एक मित्र-सभा स्थापित की गई थी। नगर के साधारण सभ्य जन, कॉलेज के प्रोफेसर और छात्रगण सब उसके सभासद थे। प्रताप इस सभा का उज्ज्वल चंद्र था। यहाँ देश और सामाजिक विषयों पर विचार हुआ करते थे। प्रताप की वक्तृताएँ ऐसी ओजस्विनी और तर्कपूर्ण होती थीं कि प्रोफेसरों को भी उसके विचार और विषयान्वेषण पर आश्चर्य होता था। उसकी वक्तृता और उसके खेल दोनों ही प्रभावपूर्ण होते थे। जिस समय वह अपने साधारण वस्त्र पहने हुए प्लेटफॉर्म पर जाता, उस समय सभास्थित लोगों की आँखें उसकी ओर एकटक देखने लगतीं और चित्त में उत्सुकता और उत्साह की तरंगें उठने लगतीं। उसका वाक्चातुर्य, उसके संकेत और मृदुल उच्चारण, उसके अंगों-पाँग की गति, सभी ऐसे प्रभाव-पूरित होते थे मानो शारदा स्वयं उसकी सहायता करती हैं। जब तक वह प्लेटफॉर्म पर रहता, सभासदों पर एक मोहिनी सी छाई रहती। उसका एक-एक वाक्य हृदय में भिद जाता और मुख से सहसा 'वाह-वाह!' के शब्द निकल जाते। इसी विचार से उसकी वक्तृताएँ प्राय: अंत में हुआ करती थीं, क्योंकि बहुधा श्रोतागण उसी की वाक्तीक्ष्णता का आस्वादन करने के लिए आया करते थे। उनके शब्दों और उच्चारणों में स्वाभाविक प्रभाव था। साहित्य और इतिहास उसके अन्वेषण और अध्ययन के विशेष विषय

थे। जातियों की उन्नति और अवनति तथा उसके कारण और गति पर वह प्राय: विचार किया करता था। इस समय उसके इस परिश्रम और उद्योग के प्रेरक तथा वर्द्धक विशेषकर श्रोताओं के साधुवाद ही होते थे और उन्हीं को वह अपने कठिन परिश्रम का पुरस्कार समझता था। हाँ, उसके उत्साह की यह गति देखकर यह अनुमान किया जा सकता था कि वह होनहार बिरवा आगे चलकर कैसे फल-फूल लाएगा और कैसे रंग-रूप निकालेगा। अभी तक उसने क्षण भर भी के लिए इसपर ध्यान नहीं दिया था कि मेरे आगामी जीवन का क्या स्वरूप होगा? कभी सोचता कि प्रोफेसर हो जाऊँगा और खूब पुस्तकें लिखूँगा। कभी वकील बनने की भावना करता। कभी सोचता, यदि छात्रवृत्ति प्राप्त होगी तो सिविल सर्विस का उद्योग करूँगा। किसी एक ओर मन नहीं टिकता था।

परंतु प्रतापचंद्र उन विद्यार्थियों में से न था, जिनका सारा उद्योग वक्तृता और पुस्तकों तक ही परिमित रहता है। उसके संयम और योग्यता का एक छोटा भाग जनता के लाभार्थ भी व्यय होता था। उसने प्रकृति से उदार और दयालु हृदय पाया था और सर्वसाधारण से मिलने-जुलने और काम करने की योग्यता उसे पिता से मिली थी। इन्हीं कार्यों में उसका सदुत्साह पूर्ण रीति से प्रमाणित होता था। बहुधा संध्या समय वह कीटगंज और कटरा की दुर्गंधपूर्ण गलियों में घूमता दिखाई देता, जहाँ विशेषकर नीची जाति के लोग बसते हैं। जिन लोगों की परछाईं से उच्चवर्ण का हिंदू भागता है, उनके साथ प्रताप टूटी खाट पर बैठकर घंटों बातें करता और यही कारण था कि इन मुहल्लों के निवासी उसपर प्राण देते थे। प्रमाद और शारीरिक सुख-प्रलोभ ये दो अवगुण प्रतापचंद्र में नाममात्र को भी न थे। कोई अनाथ मनुष्य हो, प्रताप उसकी सहायता के लिए तैयार था। कितनी रातें उसने झोंपड़ों में कराहते हुए रोगियों के सिरहाने खड़े रहकर काटी थीं। इसी अभिप्राय से उसने जनता के लाभार्थ एक सभा भी स्थापित कर रखी थी और ढाई वर्ष के अल्प समय में ही इस सभा ने जनता की सेवा में इतनी सफलता प्राप्त की थी कि प्रयागवासियों को उससे प्रेम हो गया था।

कमलाचरण जिस समय प्रयाग पहुँचा, प्रतापचंद्र ने उसका बड़ा आदर किया। समय ने उसके चित्त के द्वेष की ज्वाला शांत कर दी थी। जिस समय वह विरजन की बीमारी का समाचार पाकर बनारस पहुँचा था और उससे भेंट होते ही विरजन की दशा सुधर चली थी, उसी समय प्रतापचंद्र को विश्वास हो गया था कि कमलाचरण ने उसके हृदय में वह स्थान नहीं पाया है, जो मेरे लिए सुरक्षित है। यह विचार

द्वेषाग्नि को शांत करने के लिए काफी था। इसके अतिरिक्त उसे प्रायः यह विचार भी उद्विग्न किया करता था कि मैं ही सुशीला का प्राणघातक हूँ। मेरी ही कठोर वाणियों ने उस बेचारी का प्राणघात किया और उसी समय से जबकि सुशीला ने मरते समय रो-रोकर उससे अपने अपराधों की क्षमा माँगी थी, प्रताप ने मन में ठान लिया था कि अवसर मिलेगा तो मैं इस पाप का प्रायश्चित्त अवश्य करूँगा। कमलाचरण का आदर-सत्कार तथा शिक्षा-सुधार में उसे किसी अंश में प्रायश्चित्त को पूर्ण करने का अपूर्व अवसर प्राप्त हुआ। वह उससे इस प्रकार व्यवहार रखता, जैसे छोटे भाई के साथ। अपने समय का कुछ भाग उसकी सहायता करने में व्यय करता और ऐसी सुगमता से शिक्षक का कर्तव्य पालन करता कि शिक्षा एक रोचक कथा का रूप धारण कर लेती।

परंतु प्रतापचंद्र के इन प्रयत्नों के होते हुए भी कमलाचरण का जी यहाँ बहुत घबराता। सारे छात्रावास में उसके स्वाभावानुकूल एक मनुष्य भी न था, जिससे वह अपने मन का दुःख कहता। वह प्रताप से निस्संकोच रहते हुए भी चित्त की बहुत सी बातें न कहता था। जब निर्जनता से जी अधिक घबराता तो विरजन को कोसने लगता कि मेरे सिर पर यह सब आपत्तियाँ उसी की लादी हुई हैं। उसे मुझसे प्रेम नहीं। मुख और लेखनी का प्रेम भी कोई प्रेम है? मैं चाहे उसपर प्राण ही क्यों न वारूँ, पर उसका प्रेम वाणी और लेखनी से बाहर न निकलेगा। ऐसी मूर्ति के आगे, जो पसीजना जानती ही नहीं, सिर पटकने से क्या लाभ? इन विचारों ने यहाँ तक जोर पकड़ा कि उसने विरजन को पत्र लिखना भी त्याग दिया। वह बेचारी अपने पत्रों में कलेजा निकालकर रख देती, पर कमला उत्तर तक न देता। यदि देता भी तो रुखा और हृदयविदारक। इस समय विरजन की एक-एक बात, उसकी एक-एक चाल उसके प्रेम की शिथिलता का परिचय देती हुई प्रतीत होती थी। हाँ, यदि विस्मरण हो गई थी तो विरजन की स्नेहमयी बातें, वे मतवाली आँखें, जो वियोग के समय डबडबा गई थीं और कोमल हाथ, जिन्होंने उससे विनती की थी कि पत्र बराबर भेजते रहना। यदि वे उसे स्मरण हो आते तो संभव था कि उसे कुछ संतोष होता, परंतु ऐसे अवसरों पर मनुष्य की स्मरणशक्ति धोखा दे दिया करती है।

निदान, कमलाचरण ने अपने मन-बहलाव का एक ढंग सोच ही निकाला। जिस समय से उसे कुछ ज्ञान हुआ, तभी से उसे सौंदर्य-वाटिका में भ्रमण करने की चाट पड़ी थी, सौंदर्योपासना उसका स्वभाव हो गया था। वह उसके लिए ऐसे ही अनिवार्य थी, जैसे शरीर रक्षा के लिए भोजन। बोर्डिंग हाउस से मिली हुई एक सेठ

की वाटिका थी और उसकी देखभाल के लिए माली नौकर था। उस माली के सरयूदेवी नाम की एक कुँवारी लड़की थी। यद्यपि वह परम सुंदरी न थी, तथापि कमला सौंदर्य का इतना इच्छुक न था, जितना किसी विनोद की सामग्री का। कोई भी स्त्री, जिसके शरीर पर यौवन की झलक हो, उसका मन बहलाने के लिए समुचित थी। कमला इस लड़की पर डोरे डालने लगा। संध्या समय निरंतर वाटिका की पटरियों पर टहलता हुआ दिखाई देता और लड़के तो मैदान में कसरत करते, पर कमलाचरण वाटिका में आकर ताक-झाँक किया करता। धीरे-धीरे सरयूदेवी से परिचय हो गया। वह उससे गजरे मोल लेता और चौगुना मूल्य देता। माली को त्योहार के समय सबसे अधिक त्योहरी कमलाचरण से ही मिलती, यहाँ तक कि सरयूदेवी उसके प्रीति-रूपी जाल का आखेट हो गई और एक-दो बार अंधकार के परदे में परस्पर संभोग भी हो गया।

एक दिन संध्या का समय था, सब विद्यार्थी सैर को गए हुए थे, कमला अकेला वाटिका में टहलता था और रह-रहकर माली के झोंपड़ों की ओर झाँकता था। अचानक झोंपड़े में से सरयूदेवी ने उसे संकेत द्वारा बुलाया। कमला बड़ी शीघ्रता से भीतर घुस गया। आज सरयूदेवी ने मलमल की साड़ी पहनी थी, जो कमलाबाबू का उपहार थी। सिर में सुगंधित तेल डाला था, जो कमला बाबू बनारस से लाए थे और एक छींट का सलूका पहने हुई थी, जो बाबू साहब ने उसके लिए बनवा दिया था। आज वह अपनी दृष्टि में परम सुंदरी प्रतीत होती थी, नहीं तो कमला जैसा धनी मनुष्य उसपर क्यों प्राण देता? कमला खटोले पर बैठा हुआ सरयूदेवी के हाव-भाव को मतवाली दृष्टि से देख रहा था। उसे उस समय सरयूदेवी वृजरानी से किसी प्रकार कम सुंदरी नहीं दीख पड़ती थी। वर्ण में तनिक सा अंतर था, पर यह ऐसा कोई बड़ा अंतर नहीं। उसे सरयूदेवी का प्रेम सच्चा और उत्साहपूर्ण जान पड़ता था, क्योंकि वह जब कभी बनारस जाने की चर्चा करता तो सरयूदेवी फूट-फूटकर रोने लगती और कहती कि मुझे भी लेते चलना। मैं तुम्हारा संग न छोड़ूँगी। कहाँ यह प्रेम की तीव्रता और उत्साह का बाहुल्य और कहाँ विरजन की उदासीन सेवा और निर्दयतापूर्ण अभ्यर्थना!

कमला अभी भली-भाँति आँखों को सेंकने भी न पाया था कि अकस्मात् माली ने आकर द्वार खटखटाया। अब काटो तो शरीर में रुधिर नहीं। चेहरे का रंग उड़ गया। सरयूदेवी से गिड़गिड़ाकर बोला—मैं कहाँ जाऊँ? सरयूदेवी का ज्ञान आप ही शून्य हो गया, घबराहट में मुख से शब्द तक न निकला। इतने में माली ने

फिर किवाड़ खटखटाया। बेचारी सरयूदेवी विवश थी। उसने डरते-डरते किवाड़ खोल दिया। कमलाचरण एक कोने में श्वास रोककर खड़ा हो गया।

जिस प्रकार बलिदान का बकरा कटार के तले तड़पता है, उसी प्रकार कोने में खड़े हुए कमला का कलेजा धड़क रहा था। वह अपने जीवन से निराश था और ईश्वर को सच्चे हृदय से स्मरण कर रहा था और कह रहा था कि इस बार इस आपत्ति से मुक्त हो जाऊँगा तो फिर कभी ऐसा काम न करूँगा।

इतने में माली की दृष्टि उसपर पड़ी, पहले तो घबराया, फिर निकट आकर बोला—यह कौन खड़ा है? यह कौन है?

इतना सुनना था कि कमलाचरण झपटकर बाहर निकला और फाटक की ओर जी छोड़कर भागा। माली एक डंडा हाथ में लिए 'लेना-लेना, भागने न पाए?' कहता हुआ पीछे-पीछे दौड़ा। यह वह कमला है, जो माली को पुरस्कार व पारितोषिक दिया करता था, जिससे माली 'सरकार' और 'हुजूर' कहकर बातें करता था। वही कमला आज उसी माली के सम्मुख इस प्रकार जान लेकर भागा जाता है। पाप अग्नि का वह कुंड है, जो आदर और मान, साहस और धैर्य को क्षण भर में जलाकर भस्म कर देता है।

कमलाचरण वृक्षों और लताओं की ओट में दौड़ता हुआ फाटक से बाहर निकला। सड़क पर ताँगा जा रहा था, उसपर जा बैठा और हाँफते-हाँफते अशक्त होकर गाड़ी के पटरे पर गिर पड़ा। यद्यपि माली ने फाटक तक पीछा भी न किया था, तथापि कमला प्रत्येक आने-जानेवाले पर चौंक-चौंककर दृष्टि डालता था, मानो सारा संसार उसका शत्रु हो गया है। दुर्भाग्य ने एक और गुल खिलाया। स्टेशन पर पहुँचते ही घबराहट का मारा गाड़ी में जाकर बैठ गया, परंतु उसे टिकट लेने की सुधि ही न रही और न उसे यह खबर थी कि मैं किधर जा रहा हूँ। वह इस समय इस नगर से भागना चाहता था, चाहे कहीं भी। कुछ दूर चला था कि एक अंग्रेज अफसर लालटेन लिए आता दिखाई दिया। उसके संग एक सिपाही भी था। वह यात्रियों का टिकट देखता चला आता था, परंतु कमला ने जाना कि कोई पुलिस अफसर है। भय के मारे हाथ-पाँव सनसनाने लगे, कलेजा धड़कने लगा। जब अंग्रेज दूसरी गाड़ियों में जाँच करता रहा, तब तक तो वह कलेजा कड़ा किए किसी प्रकार बैठा रहा, परंतु ज्यों ही उसके डिब्बे का फाटक खुला, कमला के हाथ-पाँव फूल गए, नेत्रों के सामने अँधेरा छा गया। उतावलेपन में दूसरी ओर का किवाड़ खोलकर चलती हुई रेलगाड़ी पर से नीचे कूद पड़ा। सिपाही और

रेलवाले साहब ने उसे इस प्रकार कूदते देखा तो समझा कि कोई अभ्यस्त डाकू है, मारे हर्ष के फूले न समाए कि पारितोषिक अलग मिलेगा और वेतनोन्नति अलग होगी, झट लाल बत्ती दिखाई। तनिक देर में गाड़ी रुक गई। अब गार्ड, सिपाही और टिकट वाले साहब कुछ अन्य मनुष्यों के सहित गाड़ी से उतर पड़े और लालटेन ले-लेकर इधर-उधर देखने लगे। किसी ने कहा—अब उसकी धूल भी न मिलेगी, पक्का डकैत था। कोई बोला—इन लोगों को कालीजी का इष्ट रहता है, जो कुछ न कर दिखाएँ, छोड़ो, परंतु गार्ड आगे ही बढ़ता गया। वेतन वृद्धि की आशा उसे आगे ही लिए जाती थी, यहाँ तक कि वह उस स्थान पर जा पहुँचा, जहाँ कमला गाड़ी से कूदा था। इतने में सिपाही ने खड्डे की ओर संकेत करके कहा—देखो, वह श्वेत रंग की क्या वस्तु है? मुझे तो कोई मनुष्य सा प्रतीत होता है और लोगों ने देखा और विश्वास हो गया कि अवश्य ही दुष्ट डाकू यहाँ छिपा हुआ है, चलकर उसको घेर लो, ताकि कहीं निकलने न पाए, तनिक सावधान रहना, डाकू प्राण पर खेल जाते हैं। गार्ड साहब ने पिस्तौल सँभाली, मियाँ सिपाही ने लाठी तानी। कई स्त्रियों ने जूते उतारकर हाथ में ले लिए कि कहीं आक्रमण कर बैठा तो भागने में सुभीता होगा। दो मनुष्यों ने ढेले उठा लिए कि दूर ही से लक्ष्य करेंगे। डाकू के निकट कौन जाए, किसे जी भारी है? परंतु जब लोगों ने समीप जाकर देखा तो न डाकू था, न डाकू का भाई, किंतु एक सभ्य-स्वरूप, सुंदर वर्ण, छरहरे शरीर का नवयुवक पृथ्वी पर औंधे मुख पड़ा है और उसके नाक और कान से धीरे-धीरे रुधिर बह रहा है।

कमला ने इधर साँस तोड़ी और विरजन एक भयानक स्वप्न देखकर चौंक पड़ी। सरयूदेवी ने विरजन का सुहाग लूट लिया।

□

दुःख-दशा

सौभाग्यवती स्त्री के लिए उसका पति संसार की सबसे प्यारी वस्तु होता है। वह उसी के लिए जीती और मरती है। उसका हँसना-बोलना उसी के प्रसन्न करने के लिए और उसका बनाव-शृंगार उसी को लुभाने के लिए होता है। उसका सुहाग जीवन है और सुहाग का उठ जाना उसके जीवन का अंत है।

कमलाचरण की अकाल-मृत्यु वृजरानी के लिए मृत्यु से कम न थी। उसके जीवन की आशाएँ और उमंगें सब मिट्‌टी में मिल गईं। क्या-क्या अभिलाषाएँ थीं और क्या हो गया? प्रति-क्षण मृत कमलाचरण का चित्र उसके नेत्रों में भ्रमण करता रहता। यदि थोड़ी देर के लिए उसकी आँखें झपक जातीं तो उसका स्वरूप साक्षात् नेत्रों के सम्मुख आ जाता।

किसी-किसी समय में भौतिक त्रय-तापों को किसी विशेष व्यक्ति या कुटुंब से प्रेम सा हो जाता है। कमला का शोक शांत भी न हुआ था, बाबू श्यामाचरण की बारी आई। शाखा-भेदन से वृक्ष को मुरझाया हुआ न देखकर इस बार दुर्दैव ने मूल ही काट डाला। रामदीन पांडे बड़ा दंभी मनुष्य था। जब तक डिप्टी साहब मझगाँव में थे, दुबका बैठा रहा, परंतु ज्योंही वे नगर को लौटे, उसी दिन से उसने उत्पात करना आरंभ किया। सारा गाँव-का-गाँव उसका शत्रु था। जिस दृष्टि से मझगाँव वालों ने होली के दिन उसे देखा, वह दृष्टि उसके हृदय में काँटे की भाँति खटक रही थी। जिस मंडल में मझगाँव स्थित था, उसके थानेदार साहब एक बड़े घाघ और कुशल रिश्वती थे। सहस्त्रों की रकम पचा जाएँ, पर डकार तक न लें। अभियोग बनाने और प्रमाण गढ़ने में ऐसे अभ्यस्त थे कि बाट चलते मनुष्य को फाँस लें और वह फिर किसी के छुड़ाए न छूटे। अधिकारी वर्ग उसके हथकंडों से विज्ञ था, पर उनकी चतुराई और कार्यदक्षता के आगे किसी का कुछ बस न चलता था। रामदीन

थानेदार साहब से मिला और अपने हृदय रोग की औषधि माँगी। उसके एक सप्ताह पश्चात् मझगाँव में डाका पड़ गया। एक महाजन नगर से आ रहा था। रात को नंबरदार के यहाँ ठहरा। डाकुओं ने उसे लौटकर घर न जाने दिया। प्रातःकाल थानेदार साहब तहकीकात करने आए और एक ही रस्सी में सारे गाँव को बाँधकर ले गए।

दैवात् मुकदमा बाबू श्यामाचरण के इजलास में पेश हुआ। उन्हें पहले से सारा कच्चा-चिट्ठा विदित था और ये थानेदार साहब बहुत दिनों से उनकी आँखों पर चढ़े हुए थे। उन्होंने ऐसी बाल की खाल निकाली कि थानेदार साहब की पोल खुल गई। छह मास तक अभियोग चला और धूम से चला। सरकारी वकीलों ने बड़े-बड़े उपाय किए, परंतु घर के भेदी से क्या छिप सकता था? फल यह हुआ कि डिप्टी साहब ने सब अभियुक्तों को बेदाग छोड़ दिया और उसी दिन सायंकाल को थानेदार साहब मुअत्तल कर दिए गए।

जब डिप्टी साहब फैसला सुनाकर लौटे, एक हितचिंतक कर्मचारी ने कहा—हुजूर, थानेदार साहब से सावधान रहिएगा। आज बहुत झल्लाया हुआ था। पहले भी दो-तीन अफसरों को धोखा दे चुका है। आप पर अवश्य वार करेगा। डिप्टी साहब ने सुना और मुसकराकर उस मनुष्य को धन्यवाद दिया, परंतु अपनी रक्षा के लिए कोई विशेष यत्न न किया। उन्हें इसमें अपनी भीरुता जान पड़ती थी। राधा अहीर बड़ा अनुरोध करता रहा कि मैं आपके संग रहूँगा, काशी भर भी बहुत पीछे पड़ा रहा, परंतु उन्होंने किसी को संग न रखा। पहले ही की तरह अपना काम करते रहे।

जालिम खाँ बात का धनी था, वह जीवन से हाथ धोकर बाबू श्यामाचरण के पीछे पड़ गया। एक दिन वे सैर करके शिवपुर से कुछ रात गए लौट रहे थे कि पागलखाने के निकट फिटिन का घोड़ा बिदका। गाड़ी रुक गई और पलभर में ज़ालिम खाँ ने एक वृक्ष की आड़ से पिस्तौल चलाई। पड़ाक का शब्द हुआ और बाबू श्यामाचरण के वक्षस्थल से गोली पार हो गई। पागलखाने के सिपाही दौड़े। जालिम खाँ पकड़ लिया गया, साइस ने उसे भागने न दिया था।

इस दुर्घटना ने कुटुंब का सत्यानाश कर दिया। प्रेमवती यद्यपि बड़ी सुशीला और हँसमुख स्त्री थी, तथापि इन दुर्घटनाओं ने प्रेमवती के स्वभाव और व्यवहार में अकस्मात् बड़ा भारी परिवर्तन कर दिया। बात-बात पर विरजन से चिढ़ जाती और कटुक्तियों से उसे जलाती। उसे यह भ्रम हो गया कि ये सब आपत्तियाँ इसी बहू की लाई हुई हैं। यही अभागिन जब से घर आई, घर का सत्यानाश हो गया। इसका

पौरा बहुत निकृष्ट है। कई बार उसने खुलकर विरजन से कह भी दिया कि तुम्हारे चिकने रूप ने मुझे ठग लिया। मैं क्या जानती थी कि तुम्हारे चरण ऐसे अशुभ हैं! विरजन ये बातें सुनती और कलेजा थामकर रह जाती। जब दिन ही बुरे आ गए तो भली बातें क्योंकर सुनने में आएँ। यह आठों पहर का ताप उसे दुःख के आँसू भी न बहाने देता। आँसू तब निकलते हैं, जब कोई हितैषी हो और दुःख को सुने। ताने और व्यंग्य की अग्नि से आँसू जल जाते हैं।

एक दिन विरजन का चित्त बैठे-बैठे घर में ऐसा घबराया कि वह तनिक देर के लिए वाटिका में चली आई। आह! इस वाटिका में कैसे-कैसे आनंद के दिन बीते थे! इसका एक-एक पद्य मरनेवाले के असीम प्रेम का स्मारक था। कभी वे दिन भी थे कि इन फूलों और पत्तियों को देखकर चित्त प्रफुल्लित होता था और सुरभित वायु चित्त को प्रमोदित कर देती थी। यही वह स्थल है, जहाँ अनेक संध्याएँ प्रेमालाप में व्यतीत हुई थीं। उस समय पुष्पों की कलियाँ अपने कोमल अधरों से उसका स्वागत करती थीं। पर शोक! आज उनके मस्तक झुके हुए और अधर बंद थे। क्या यह वही स्थान न था, जहाँ 'अलबेली मालिन' फूलों के हार गूँथती थी? पर भोली मालिन को क्या मालूम था कि इसी स्थान पर उसे अपने नेत्रों से निकले हुए मोतियों के हार गूँथने पड़ेंगे। इन्हीं विचारों में विरजन की दृष्टि उस कुंज की ओर उठ गई, जहाँ से एक बार कमलाचरण मुसकराता हुआ निकला था, मानो वह पत्तियों का हिलना और उसके वस्त्रों की झलक देख रही है। उसके मुख पर उस समय मंद-मंद मुसकान सी प्रकट होती थी, जैसे गंगा में डूबते सूर्य की पीली और मलिन किरणों का प्रतिबिंब पड़ता है। अचानक प्रेमवती ने आकर कर्णकटु शब्दों में कहा—अब आपका सैर करने का शौक हुआ है!

विरजन खड़ी हो गई और रोती हुई बोली—माता! जिसे नारायण ने कुचला, उसे आप क्यों कुचलती हैं!

निदान! प्रेमवती का चित्त वहाँ से ऐसा उचाट हुआ कि एक मास के भीतर सब सामान औने-पौने बेचकर मझगाँव चली गई। वृजरानी को संग न लिया। उसका मुख देखने से उसे घृणा हो गई थी। विरजन इस विस्तृत भवन में अकेली रह गई। माधवी के अतिरिक्त अब उसका कोई हितैषी न रहा। सुवामा को अपनी मुँहबोली बेटी की विपत्तियों का ऐसा शोक हुआ, जितना अपनी बेटी का होता। कई दिन तक रोती रही और कई दिन बराबर उसे समझाने के लिए आती रही। जब विरजन अकेली रह गई तो सुवामा ने चाहा कि यह मेरे यहाँ उठ आए और सुख से

रहे। स्वयं कई बार बुलाने गई, पर विरजन किसी प्रकार जाने को राजी न हुई। वह सोचती थी कि ससुर को संसार से सिधारे अभी तीन मास भी नहीं हुए, इतनी जल्दी यह घर सूना हो जाएगा तो लोग कहेंगे कि उनके मरते ही सास और बहू लड़ मरीं। यहाँ तक कि उसके इस हठ से सुवामा का मन मोटा हो गया।

मझगाँव में प्रेमवती ने एक अँधेर मचा रखी थी। असामियों को कटु वचन कहती। कारिंदा के सिर पर जूती पटक दी। पटवारी को कोसा। राधा अहीर की गाय बलात् छीन ली। यहाँ के गाँव वाले घबरा गए! उन्होंने बाबू राधाचरण से शिकायत की। राधाचरण ने यह समाचार सुना तो विश्वास हो गया कि अवश्य इन दुर्घटनाओं ने अम्माँ की बुद्धि भ्रष्ट कर दी है। इस समय किसी प्रकार इनका मन बहलाना चाहिए। सेवती को लिखा कि तुम माताजी के पास चली जाओ और उनके संग कुछ दिन रहो। सेवती की गोद में उन दिनों एक चाँद सा बालक खेल रहा था और प्राणनाथ दो मास की छुट्टी लेकर दरभंगा से आए थे। राजा साहब के प्राइवेट सेक्रेटरी हो गए थे। ऐसे अवसर पर सेवती कैसे आ सकती थी? तैयारियाँ करते-करते महीनों गुजर गए। कभी बच्चा बीमार पड़ गया, कभी सास रुष्ट हो गई, कभी साइत न बनी। निदान! छठे महीने उसे अवकाश मिला। वह भी बड़े विपत्तियों से।

परंतु प्रेमवती पर उसके आने का कुछ भी प्रभाव न पड़ा। वह उसके गले मिलकर रोई भी नहीं, उसके बच्चे की ओर आँख उठाकर भी न देखा। उसके हृदय में अब ममता और प्रेम नाम-मात्र को भी न रह गया। जैसे ईख से रस निकाल लेने पर केवल सीठी रह जाती है, उसी प्रकार जिस मनुष्य के हृदय से प्रेम निकल गया, वह अस्थि-चर्म का एक ढेर रह जाता है। देवी-देवता का नाम मुख पर आते ही उसके तेवर बदल जाते थे। मझगाँव में जन्माष्टमी हुई। लोगों ने ठाकुरजी के व्रत रखे और चंदे से नामकरण कराने की तैयारियाँ करने लगे, परंतु प्रेमवती ने ठीक जन्म के अवसर पर अपने घर की मूर्ति खेत में फिंकवा दी। एकादशी व्रत टूटा, देवताओं की पूजा छूटी। वह प्रेमवती अब प्रेमवती ही न थी।

सेवती ने ज्यों-त्यों करके यहाँ दो महीने काटे। उसका चित्त बहुत घबराता। कोई सखी-सहेली भी न थी, जिसके संग बैठकर दिन काटती। विरजन ने तुलसा को अपनी सखी बना लिया था, परंतु सेवती का स्वभाव सरल न था। ऐसी स्त्रियों से मेल-जोल करने में वह अपनी मानहानि समझती थी। तुलसा बेचारी कई बार आई, परंतु जब देखा कि यह मन खोलकर नहीं मिलती तो आना-जाना छोड़ दिया।

तीन मास व्यतीत हो चुके थे। एक दिन सेवती दिन चढ़े तक सोती रही। प्राणनाथ ने रात को बहुत रुलाया था। जब नींद उचटी तो क्या देखती है कि प्रेमवती उसके बच्चे को गोद में लिए चूम रही है। कभी आँखों से लगाती है, कभी छाती से चिपटाती है। सामने अँगीठी पर हलवा पक रहा है। बच्चा उसकी ओर उँगली से संकेत करके उछलता है कि कटोरे में जा बैठूँ और गरम-गरम हलवा चखूँ। आज उसका मुखमंडल कमल की भाँति खिला हुआ है। शायद उसकी तीव्र दृष्टि ने यह जान लिया है कि प्रेमवती के शुष्क हृदय में आज फिर से प्रेम ने निवास किया है। सेवती को विश्वास न हुआ। वह चारपाई पर पुलकित लोचनों से ताक रही थी मानो स्वप्न देख रही हो। इतने में प्रेमवती प्यार से बोली—उठो बेटी! उठो! दिन बहुत चढ़ आया है।

सेवती के रोंगटे खड़े हो गए और आँखें भर आईं। आज बहुत दिनों के पश्चात् माता के मुख से प्रेममय वचन सुने। झट उठ बैठी और माता के गले लिपटकर रोने लगी। प्रेमवती की आँखों से भी आँसू की झड़ी लग गई, सूखा वृक्ष हरा हुआ। जब दोनों के आँसू थमे तो प्रेमवती बोली—सित्तो! तुम्हें आज ये बातें अचरज प्रतीत होती हैं। हाँ बेटी, अचरज ही न। मैं कैसे रोऊँ, जब आँखों में आँसू ही न रहे? प्यार कहाँ से लाऊँ, जब कलेजा सूखकर पत्थर हो गया? ये सब दिनों के फेर हैं। आँसू उनके साथ और कमला के साथ गए। आज न जाने ये दो बूँद कहाँ से निकल आईं? बेटी! मेरे सब अपराध क्षमा करना।

यह कहते-कहते उसकी आँखें झपकने लगीं। सेवती घबरा गई। माता को बिस्तर पर लेटा दिया और पंखा झलने लगी। उस दिन से प्रेमवती की यह दशा हो गई कि जब देखो; रो रही है। बच्चे को एक क्षण के लिए भी अपने से दूर नहीं करती। महरियों से बोलती तो मुख से फूल झड़ते। फिर वही पहले की सुशील प्रेमवती हो गई। ऐसा प्रतीत होता था, मानो उसके हृदय पर से एक परदा सा उठ गया है! जब कड़ाके का जाड़ा पड़ता है तो प्राय: नदियाँ बर्फ से ढक जाती हैं। उसमें बसनेवाले जलचर बर्फ में परदे के पीछे छिप जाते हैं, नौकाएँ फँस जाती हैं और मंदगति, रजतवर्ण प्राण-संजीवन जल-स्रोत का स्वरूप कुछ भी दिखाई नहीं देता है। यद्यपि बर्फ की चादर की ओट में वह मधुर निद्रा में अलसित पड़ा रहता था, तथापि जब गरमी का साम्राज्य होता है तो बर्फ पिघल जाती है और रजतवर्ण नदी अपनी बर्फ का चादर उठा लेती है, फिर मछलियाँ और जल-जंतु आ बहते हैं, नौकाओं के पाल लहराने लगते हैं और तट पर मनुष्यों और पक्षियों का जमघट हो जाता है।

परंतु प्रेमवती की यह दशा बहुत दिनों तक स्थिर न रही। यह चेतनता मानो मृत्यु का संदेश थी। इस चित्तोद्विग्नता ने उसे अब तक जीवन-कारावास में रखा था, अन्यथा प्रेमवती जैसी कोमल-हृदय स्त्री विपत्तियों के ऐसे झोंके कदापि न सह सकती।

सेवती ने चारों ओर तार दिलवाए कि आकर माताजी को देख जाओ, पर कहीं से कोई न आया। प्राणनाथ को छुट्टी न मिली, विरजन बीमार थी, रहे राधाचरण। वे नैनीताल वायु-परिवर्तन करने गए हुए थे। प्रेमवती को पुत्र को ही देखने की लालसा थी, पर जब उनका पत्र आ गया कि इस समय मैं नहीं आ सकता तो उसने एक लंबी साँस लेकर आँखें मूँद लीं और ऐसी सोई कि फिर उठना नसीब न हुआ!

□

मन का प्राबल्य

मानव हृदय एक रहस्यमय वस्तु है। कभी तो वह लाखों की ओर आँख उठाकर नहीं देखता और कभी कौड़ियों पर फिसल पड़ता है। कभी सैकड़ों निर्दोषों की हत्या पर आह तक नहीं करता और कभी एक बच्चे को देखकर रो देता है। प्रतापचंद्र और कमलाचरण में यद्यपि सहोदर भाइयों का सा प्रेम था, तथापि कमला की आकस्मिक मृत्यु का जो शोक होना चाहिए, वह न हुआ। सुनकर वह चौंक अवश्य पड़ा और थोड़ी देर के लिए उदास भी हुआ, पर शोक जो किसी सच्चे मित्र की मृत्यु से होता है, उसे न हुआ। निस्संदेह वह विवाह के पूर्व ही से विरजन को अपनी समझता था, तथापि इस विचार में उसे पूर्ण सफलता कभी प्राप्त न हुई। समय-समय पर उसका विचार इस पवित्र संबंध की सीमा का उल्लंघन कर जाता था। कमलाचरण से उसे स्वतः कोई प्रेम न था। उसका जो कुछ आदर, मान और प्रेम वह करता था, कुछ तो इस विचार से कि विरजन सुनकर प्रसन्न होगी और इस विचार से कि सुशीला की मृत्यु का प्रायश्चित्त इसी प्रकार हो सकता है। जब विरजन ससुराल चली आई तो अवश्य कुछ दिनों तक प्रताप ने उसे अपने ध्यान में न आने दिया, परंतु जब से वह उसकी बीमारी का समाचार पाकर बनारस गया था और उसकी भेंट ने विरजन पर संजीवनी बूटी का काम किया था, उसी दिन से प्रताप को विश्वास हो गया था कि विरजन के हृदय में कमला ने वह स्थान नहीं पाया, जो मेरे लिए नियत था।

प्रताप ने विरजन को परम करुणापूर्ण शोक-पत्र लिखा, पर पत्र लिखा जाता था और सोचता जाता था कि इसका उसपर क्या प्रभाव होगा? सामान्यतः समवेदना प्रेम को प्रौढ़ करती है। क्या आश्चर्य है, जो यह पत्र कुछ काम कर जाए? इसके अतिरिक्त उसकी धार्मिक प्रवृत्ति ने विकृत रूप धारण करके उसके मन में यह

मिथ्या विचार उत्पन्न किया कि ईश्वर ने मेरे प्रेम की प्रतिष्ठा की और कमलाचरण को मेरे मार्ग से हटा दिया, मानो यह आकाश से आदेश मिला है कि अब मैं विरजन से अपने प्रेम का पुरस्कार लूँ। प्रताप यह तो जानता था कि विरजन से किसी ऐसी बात की आशा करना, जो सदाचार और सभ्यता से बाल बराबर भी हटी हुई हो, मूर्खता है, परंतु उसे विश्वास था कि सदाचार और सतीत्व की सीमांतर्गत यदि मेरी कामनाएँ पूरी हो सकें तो विरजन अधिक समय तक मेरे साथ निर्दयता नहीं कर सकती।

एक मास तक ये विचार उसे उद्विग्न करते रहे। यहाँ तक कि उसके मन में विरजन से एक बार गुप्त भेंट करने की प्रबल इच्छा भी उत्पन्न हुई। वह यह जानता था कि अभी विरजन के हृदय पर तात्कालिकत्व है और यदि मेरी किसी बात या किसी व्यवहार से मेरे मन की दुश्चेष्टा की गंध निकली तो मैं विरजन की दृष्टि से हमेशा के लिए गिर जाऊँगा, परंतु जिस प्रकार कोई चोर रुपयों की राशि देखकर धैर्य नहीं रख सकता है, उसी प्रकार प्रताप अपने मन को न रोक सका। मनुष्य का प्रारब्ध बहुत कुछ अवसर के हाथ में रहता है। अवसर उसे भला भी मानता है और बुरा भी। जब तक कमलाचरण जीवित था, प्रताप के मन में कभी इतना सिर उठाने का साहस न हुआ था। उसकी मृत्यु ने मानो उसे यह अवसर दे दिया। यह स्वार्थता का मद यहाँ तक बढ़ा कि एक दिन उसे ऐसा भास होने लगा, मानो विरजन मुझे स्मरण कर रही है। अपनी व्यग्रता से वह विरजन की व्यग्रता का अनुमान करने लगा। बनारस जाने का इरादा पक्का हो गया।

दो बजे थे। रात्रि का समय था। भयावह सन्नाटा छाया हुआ था। निद्रा ने सारे नगर पर एक घटाटोप चादर फैला रखी थी। कभी-कभी वृक्षों की सनसनाहट सुनाई दे जाती थी। धुआँ वृक्षों पर एक काली चादर की भाँति लिपटा हुआ था और सड़क पर लालटेनें धुएँ की कालिमा में ऐसी दृष्टिगत होती थीं जैसे बादल में छिपे हुए तारे। प्रतापचंद्र रेलगाड़ी पर से उतरा। उसका कलेजा बाँसों उछल रहा था और हाथ-पाँव काँप रहे थे। यह जीवन में पहला ही अवसर था कि उसे पाप का अनुभव हुआ। शोक है कि हृदय की यह दशा अधिक समय तक स्थिर नहीं रहती। वह इस दुर्गंध-मार्ग को पूरा कर लेती है। जिस मनुष्य ने कभी मदिरा नहीं पी, उसे उसकी दुर्गंध से घृणा होती है। जब प्रथम बार पीता है तो कई घंटे उसका मुख कड़वा रहता है और वह आश्चर्य करता है कि क्यों लोग ऐसी विषैली और कड़वी वस्तु पर आसक्त हैं, पर थोड़े ही दिनों में उसकी घृणा दूर हो जाती है और वह भी लाल रस का दास बन

जाता है। पाप का स्वाद मदिरा से कहीं अधिक भयंकर होता है।

प्रतापचंद्र अँधेरे में धीरे-धीरे जा रहा था। उसके पाँव वेग से नहीं उठते थे, क्योंकि पाप ने उनमें बेड़ियाँ डाल दी थीं। उस आह्लाद का, जो ऐसे अवसर पर गति को तीव्र कर देता है, उसके मुख पर कोई लक्षण न था। वह चलते-चलते रुक जाता और कुछ सोचकर आगे बढ़ता था। प्रेत उसे पास के खड्डे में कैसे लिए जाता है?

प्रताप का सिर धम-धम कर रहा था और भय से उसकी पिंडलियाँ काँप रही थीं। सोचता-विचारता घंटे भर में मुंशी श्यामाचरण के विशाल भवन के सामने जा पहुँचा। आज अंधकार में यह भवन बहुत ही भयावह प्रतीत होता था, मानो पाप का पिशाच सामने खड़ा है। प्रताप दीवार की ओट में खड़ा हो गया, मानो किसी ने उसके पाँव बाँध दिए हैं। आधे घंटे तक वह यही सोचता रहा कि लौट चलूँ या भीतर जाऊँ? यदि किसी ने देख लिया तो बड़ा ही अनर्थ होगा। विरजन मुझे देखकर मन में क्या सोचेगी? कहीं ऐसा न हो कि मेरा यह व्यवहार मुझे सदा के लिए उसकी दृष्टि से गिरा दे, परंतु इन सब संदेहों पर पिशाच का आकर्षण प्रबल हुआ। इंद्रियों के वश में होकर मनुष्य को भले-बुरे का ध्यान नहीं रह जाता। उसने चित्त को दृढ किया। वह इस कायरता पर अपने को धिक्कार देने लगा, तदंतर घर में पीछे की ओर जाकर वाटिका की चारदीवारी फाँद गया। वाटिका से घर जाने के लिए एक छोटा सा द्वार था। दैवयोग से वह इस समय खुला हुआ था। प्रताप को यह शकुन सा प्रतीत हुआ, परंतु वस्तुतः यह अधर्म का द्वार था। भीतर जाते हुए प्रताप के हाथ थर्राने लगे। हृदय इस वेग से धड़कता था, मानो वह छाती से बाहर निकल पड़ेगा। उसका दम घुट रहा था। धर्म ने अपना सारा बल लगा दिया, पर मन का प्रबल वेग न रुक सका। प्रताप द्वार के भीतर प्रविष्ट हुआ। आँगन में तुलसी के चबूतरे के पास चोरों की भाँति खड़ा सोचने लगा कि विरजन से क्योंकर भेंट होगी? घर के सब किवाड़ बंद हैं? क्या विरजन भी यहाँ से चली गई? अचानक उसे एक बंद दरवाजे की दरारों से प्रकाश की झलक दिखाई दी। दबे पाँव उसी दरार में आँखें लगाकर भीतर का दृश्य देखने लगा।

विरजन एक सफेद साड़ी पहने, बाल खोले, हाथ में लेखनी लिए भूमि पर बैठी थी और दीवार की ओर देख-देखकर कागज पर लिखती जाती थी, मानो कोई कवि विचार के समुद्र से मोती निकाल रहा है। लेखनी दाँतों तले दबाती, कुछ सोचती और लिखती, फिर थोड़ी देर के प्रश्चात् दीवार की ओर ताकने लगती।

प्रताप बहुत देर तक श्वास रोके हुए यह विचित्र दृश्य देखता रहा। मन उसे बार-बार ठोकर देता, पर यह धर्म का अंतिम गढ़ था। इस बार धर्म का पराजित होना मानो हृदय में पिशाच का स्थान पाना था। धर्म ने इस समय प्रताप को उस खड्डे में गिरने से बचा लिया, जहाँ से आमरण उसे निकलने का सौभाग्य न होता, वरन् यह कहना उचित होगा कि पाप के खड्डे से बचानेवाला इस समय धर्म न था वरन् दुष्परिणाम और लज्जा का भय ही था। किसी-किसी समय जब हमारे सद्भाव पराजित हो जाते हैं, तब दुष्परिणाम का भय ही हमें कर्तव्यच्युत होने से बचा लेता है। विरजन के पीले बदन पर एक ऐसा तेज था, जो उसके हृदय की स्वच्छता और विचार की उच्चता का परिचय दे रहा था। उसके मुखमंडल की उज्ज्वलता और दृष्टि की पवित्रता में वह अग्नि थी, जिसने प्रताप की दुश्चेष्टाओं को क्षणमात्र में भस्म कर दिया! उसे ज्ञान हो गया और अपने आत्मिक पतन पर ऐसी लज्जा उत्पन्न हुई कि वहीं खड़ा रोने लगा।

इंद्रियों ने जितने निकृष्ट विकार उसके हृदय में उत्पन्न कर दिए थे, वे सब इस दृश्य ने इस प्रकार लोप कर दिए, जैसे उजाला अँधेरे को दूर कर देता है। इस समय उसे यह इच्छा हुई कि विरजन के चरणों पर गिरकर अपने अपराधों की क्षमा माँगे, जैसे किसी महात्मा-संन्यासी के सम्मुख जाकर हमारे चित्त की दशा हो जाती है, उसी प्रकार प्रताप के हृदय में स्वत: प्रायश्चित्त के विचार उत्पन्न हुए। पिशाच यहाँ तक लाया, पर आगे न ले जा सका। वह उलटे पाँवों फिरा और ऐसी तीव्रता से वाटिका में आया और चारदीवारी से कूदा, मानो उसका कोई पीछा करता है।

अरुणोदय का समय हो गया था, आकाश में तारे झिलमिला रहे थे और चक्की का घुर-घुर शब्द कर्णगोचर हो रहा था। प्रताप पाँव दबाता, मनुष्यों की आँखें बचाता गंगाजी की ओर चला। अचानक उसने सिर पर हाथ रखा तो टोपी का पता न था और जब जेब में घड़ी न दिखाई दी तो उसका कलेजा सन्न से हो गया। मुँह से एक हृदय-वेधक आह निकल पड़ी।

कभी-कभी जीवन में ऐसी घटनाएँ हो जाती हैं, जो क्षणमात्र में मनुष्य का रूप पलट देती है। कभी माता-पिता की एक तिरछी चितवन पुत्र को सुयश के उच्च शिखर पर पहुँचा देती है और कभी स्त्री की एक शिक्षा पति के ज्ञान-चक्षुओं को खोल देती है। गर्वशील पुरुष अपने सगों की दृष्टियों में अपमानित होकर संसार का भार बनना नहीं चाहते। मनुष्य जीवन में ऐसे अवसर ईश्वरप्रदत्त होते हैं। प्रतापचंद्र के जीवन में भी वह शुभ अवसर था, जब वह संकीर्ण गलियों में होता

हुआ गंगा किनारे आकर बैठा और शोक तथा लज्जा के अश्रु प्रवाहित करने लगा। मनोविकार की प्रेरणाओं ने उसकी अधोगति में कोई कसर उठा न रखी थी, परंतु उसके लिए यह कठोर कृपालु गुरु की ताड़ना प्रमाणित हुई। क्या यह अनुभवसिद्ध नहीं है कि विष भी समयानुसार अमृत का काम करता है?

जिस प्रकार वायु का झोंका सुलगती हुई अग्नि को दहका देता है, उसी प्रकार बहुधा हृदय में दबे हुए उत्साह को भड़काने के लिए किसी बाह्य उद्योग की आवश्यकता होती है। अपने दुःखों का अनुभव और दूसरों की आपत्ति का दृश्य बहुधा वह वैराग्य उत्पन्न करता है जो सत्संग, अध्ययन और मन की प्रवृत्ति से भी संभव नहीं। यद्यपि प्रतापचंद्र के मन में उत्तम और निस्स्वार्थ जीवन व्यतीत करने का विचार पूर्व ही से था, तथापि मनोविकार के धक्के ने वह काम एक ही क्षण में पूरा कर दिया, जिसके पूरा होने में वर्ष लगते। साधारण दशाओं में जाति-सेवा उसके जीवन का एक गौण कार्य होता, परंतु इस चेतावनी ने सेवा को उसके जीवन का प्रधान उद्देश्य बना दिया। सुवामा की हार्दिक अभिलाषा पूर्ण होने के सामान पैदा हो गए। क्या इन घटनाओं के अंतर्गत कोई अज्ञात प्रेरक शक्ति थी? कौन कह सकता है?

□

विदुषी वृजरानी

जब से मुंशी संजीवनलाल तीर्थ यात्रा को निकले और प्रतापचंद्र प्रयाग चला गया, उस समय से सुवामा के जीवन में बड़ा अंतर हो गया था। वह ठेके के कार्य को उन्नत करने लगी। मुंशी संजीवनलाल के समय में व्यापार में इतनी उन्नति नहीं हुई थी। सुवामा रात-रात भर बैठी ईंट-पत्थरों से माथा लड़ाया करती और गारे-चूने की चिंता में व्याकुल रहती। पाई-पाई का हिसाब समझती और कभी-कभी स्वयं कुलियों के कार्य की देखभाल करती। इन कार्यों में उसकी ऐसी प्रवृत्ति हुई कि दान और व्रत से भी वह पहले का सा प्रेम न रहा। प्रतिदिन आय वृद्धि होने पर भी सुवामा ने व्यय किसी प्रकार का न बढ़ाया। कौड़ी-कौड़ी दाँतों से पकड़ती और यह सब इसलिए कि प्रतापचंद्र धनवान हो जाए और जीवन-पर्यंत सानंद रहे।

सुवामा को अपने होनहार पुत्र पर अभिमान था। उसके जीवन की गति देखकर उसे विश्वास हो गया था कि मन में जो अभिलाषा रखकर मैंने पुत्र माँगा था, वह अवश्य पूर्ण होगी। वह कॉलेज के प्रिंसिपल और प्रोफेसरों से प्रताप का समाचार गुप्त रीति से लिया करती थी और उनकी सूचनाओं का अध्ययन उसके लिए एक रोचक कहानी के तुल्य था। ऐसी दशा में प्रयाग से प्रतापचंद्र के लोप हो जाने का तार पहुँचा। मानो उसके हृदय पर वज्र का गिरना था। सुवामा एक ठंडी साँस ले, मस्तक पर हाथ रख बैठ गई। तीसरे दिन प्रतापचंद्र की पुस्तक, कपड़े और सामग्रियाँ भी आ पहुँचीं, यह घाव पर नमक का छिड़काव था।

प्रेमवती के मरने का समाचार पाते ही प्राणनाथ पटना से और राधाचरण नैनीताल से चले। उसके जीते-जी आते तो भेंट हो जाती, मरने पर आए तो उसके शव को भी देखने का सौभाग्य न हुआ। मृतक-संस्कार बड़ी धूमधाम से किया गया। दो सप्ताह गाँव में बड़ी धूमधाम रही। तत्पश्चात् मुरादाबाद चले गए और

प्राणनाथ ने पटना जाने की तैयारी प्रारंभ कर दी। उनकी इच्छा थी कि स्त्री को प्रयाग पहुँचाते हुए पटना जाएँ, पर सेवती ने हठ किया कि जब यहाँ तक आए हैं तो विरजन के पास भी अवश्य चलना चाहिए, नहीं तो उसे बड़ा दु:ख होगा। समझेगी कि मुझे असहाय जानकर इन लोगों ने भी त्याग दिया।

सेवती का इस उचाट भवन में आना, मानो पुष्पों में सुगंध का आना था। सप्ताह भर के लिए सुदिन का शुभागमन हो गया। विरजन बहुत प्रसन्न हुई और खूब रोई। माधवी ने मुन्नू को अंक में लेकर बहुत प्यार किया। प्रेमवती के चले जाने पर विरजन उस गृह में अकेली रह गई थी। केवल माधवी उसके पास थी। हृदय-ताप और मानसिक दु:ख ने उसका वह गुण प्रकट कर दिया, जो अब तक गुप्त था। वह काव्य और पद्य-रचना का अभ्यास करने लगी। कविता सच्ची भावनाओं का चित्र है और सच्ची भावनाएँ चाहे वे दु:ख की हों या सुख की, उसी समय संपन्न होती हैं, जब हम दु:ख या सुख का अनुभव करते हैं। विरजन इन दिनों रात-रात बैठी अपने मनोभावों के मोतियों की माला गूँथा करती। उसका एक-एक शब्द करुणा और वैराग्य से परिपूर्ण होता था। अन्य कवियों के मनों में मित्रों की वाह-वाह और काव्य-प्रेमियों के साधुवाद से उत्साह पैदा होता है, पर विरजन अपनी दु:ख कथा अपने ही मन को सुनाती थी।

सेवती को आए दो-तीन दिन बीते थे। एक दिन विरजन से कहा—मैं तुम्हें बहुधा किसी ध्यान में मगन देखती हूँ और कुछ लिखते भी पाती हूँ। मुझे न बताओगी? विरजन लज्जित हो गई। बहाना करने लगी कि कुछ नहीं, यों ही जी कुछ उदास रहता है। सेवती ने कहा—मैं न मानूँगी। फिर वह विरजन का बॉक्स उठा लाई, जिसमें कविता के दिव्य मोती रखे हुए थे। विवश होकर विरजन ने अपने नए पद्य सुनाने शुरू किए। मुख से प्रथम पद्य का निकलना था कि सेवती के रोएँ खड़े हो गए और जब तक सारा पद्य समाप्त न हुआ, वह तन्मय होकर सुनती रही। प्राणनाथ की संगति ने उसे काव्य का रसिक बना दिया था। बार-बार उसके नेत्र भर आते। जब विरजन चुप हो गई तो एक समाँ बँधा हुआ था, मानो कोई मनोहर राग अभी थम गया है। सेवती ने विरजन को कंठ से लिपटा लिया, फिर उसे छोड़कर दौड़ी हुई प्राणनाथ के पास गई जैसे कोई नया बच्चा नया खिलौना पाकर हर्ष से दौड़ता हुआ अपने साथियों को दिखाने जाता है। प्राणनाथ अपने अफसर को प्रार्थना-पत्र लिख रहे थे कि मेरी माता अति पीड़िता हो गई हैं, अतएव सेवा में प्रस्तुत होने में विलंब हुआ। आशा करता हूँ कि एक सप्ताह का आकस्मिक

अवकाश प्रदान किया जाएगा। सेवती को देखकर चट अपना प्रार्थना-पत्र छिपा लिया और मुसकराए। मनुष्य कैसा धूर्त है! वह अपने आपको भी धोखा देने से नहीं चूकता।

सेवती—तनिक भीतर चलो, तुम्हें विरजन की कविता सुनवाऊँ, फड़क उठोगे।

प्राणनाथ—अच्छा, अब उन्हें कविता की चाट हुई है? उनकी भाभी तो गाया करती थीं—तुम तो श्याम बड़े बेखबर हो।

सेवती—तनिक चलकर सुनो तो, पीछे हँसना। मुझे तो उसकी कविता पर आश्चर्य हो रहा है।

प्राणनाथ—चलो, एक पत्र लिखकर अभी आता हूँ।

सेवती—अब यही मुझे अच्छा नहीं लगता। मैं आपके पत्र नोच डालूँगी।

सेवती प्राणनाथ को घसीट ले आई। वे अभी तक यही जानते थे कि विरजन ने कोई सामान्य भजन बनाया होगा। उसी को सुनाने के लिए व्याकुल हो रही होगी, पर जब भीतर आकर बैठे और विरजन ने लजाते हुए अपनी भावपूर्ण कविता 'प्रेम की मतवाली' पढ़नी आरंभ की तो महाशय के नेत्र खुल गए। पद्य क्या था, हृदय के दुःख की एक धारा और प्रेम रहस्य की एक कथा थी। वह सुनते थे और मुग्ध होकर झूमते थे। शब्दों की एक-एक योजना पर, भावों के एक-एक उद्गार पर लहालोट हुए जाते थे। उन्होंने बहुतेरे कवियों के काव्य देखे थे, पर यह उच्च विचार, यह नूतनता, यह भावोत्कर्ष कहीं दीख न पड़ा था। वह समय चित्रित हो रहा था, जब अरुणोदय के पूर्व मलयानिल लहराता हुआ चलता है, कलियाँ विकसित होती हैं, फूल महकते हैं और आकाश पर हलकी लालिमा छा जाती है। एक-एक शब्द में नवविकसित पुष्पों की शोभा और हिमकिरणों की शीतलता विद्यमान थी। उसपर विरजन का सुरीलापन और ध्वनि की मधुरता सोने में सुगंध थी। ये वे छंद थे, जिन पर विरजन ने हृदय को दीपक की भाँति जलाया था। प्राणनाथ प्रहसन के उद्देश्य से आए थे, पर जब वे उठे तो वस्तुतः ऐसा प्रतीत होता था, मानो छाती से हृदय निकल गया है। एक दिन उन्होंने विरजन से कहा—यदि तुम्हारी कविताएँ छपें तो उनका बहुत आदर हो।

विरजन ने सिर नीचा करके कहा—मुझे विश्वास नहीं कि कोई इनको पसंद करेगा।

प्राणनाथ—ऐसा संभव ही नहीं। यदि हृदयों में कुछ भी रसिकता है तो तुम्हारे काव्य की अवश्य प्रतिष्ठा होगी। यदि ऐसे लोग विद्यमान हैं, जो पुष्पों की सुगंध से

आनंदित हो जाते हैं, जो पक्षियों के कलरव और चाँदनी की मनोहारिणी छटा का आनंद उठा सकते हैं तो वे तुम्हारी कविता को अवश्य हृदय में स्थान देंगे। विरजन के हृदय में वह गुदगुदी उत्पन्न हुई, जो प्रत्येक कवि को अपने काव्यचिंतन की प्रशंसा मिलने पर, कविता के मुद्रित होने के विचार से होती है। यद्यपि वह 'नहीं-नहीं' करती रही, पर वह, 'नहीं', 'हाँ' के समान थी। प्रयाग से उन दिनों 'कमला' नाम की अच्छी पत्रिका निकलती थी। प्राणनाथ ने 'प्रेम की मतवाली' को वहाँ भेज दिया। संपादक एक काव्य-रसिक महानुभाव थे। कविता पर हार्दिक धन्यवाद दिया और जब यह कविता प्रकाशित हुई तो साहित्य संसार में धूम मच गई। कदाचित् ही किसी कवि को प्रथम बार ऐसी ख्याति मिली हो। लोग पढ़ते और विस्मय से एक-दूसरे का मुँह ताकते थे। काव्य-प्रेमियों में कई सप्ताह तक 'मतवाली बाला' के चर्चे रहे। किसी को विश्वास ही न आता था कि यह एक नवजात कवि की रचना है। अब प्रति मास 'कमला' के पृष्ठ विरजन की कविता से सुशोभित होने लगे और 'भारत महिला' को लोकमत ने कवियों के सम्मानित पद पर पहुँचा दिया। 'भारत महिला' का नाम बच्चे-बच्चे की जिह्वा पर चढ़ गया, हर कोई इस समाचार-पत्र या पत्रिका 'भारत महिला' को ढूँढ़ने लगता। हाँ, उसकी दिव्य शक्तियाँ अब किसी को विस्मय में न डालतीं। उसने स्वयं कविता का आदर्श उच्च कर दिया था।

तीन वर्ष तक किसी को कुछ भी पता न लगा कि 'भारत महिला' कौन है। निदान! प्राणनाथ से न रहा गया। उन्हें विरजन पर भक्ति हो गई थी। वे कई मास से उसका जीवन-चरित्रता लिखने की धुन में थे। सेवती के द्वारा धीरे-धीरे उन्होंने उसका सब जीवन-चरित्र ज्ञात कर लिया और 'भारत महिला' के शीर्षक से एक प्रभाव-पूरित लेख लिखा। प्राणनाथ ने पहले कभी लेख न लिखा था, परंतु श्रद्धा ने अभ्यास की कमी पूरी कर दी थी। लेख अत्यंत रोचक, समालोचनात्मक और भावपूर्ण था।

इस लेख का मुद्रित होना था कि विरजन को चारों तरफ से प्रतिष्ठा के उपहार मिलने लगे। राधाचरण मुरादाबाद से उसकी भेंट को आए। कमला, उमादेवी, चंद्रकुँवर और सखियाँ, जिन्होंने उसे विस्मरण कर दिया था, प्रतिदिन विरजन के दर्शनों को आने लगीं। बड़े-बड़े गण्यमान्य सज्जन, जो ममता के अभिमान से हाकिमों के सम्मुख सिर न झुकाते, विरजन के द्वार पर दर्शन को आते थे। चंद्रा स्वयं तो न आ सकी, परंतु पत्र में लिखा—जी चाहता है कि तुम्हारे चरणों पर सिर रखकर घंटों रोऊँ।

□

माधवी

कभी-कभी वन के फूलों में वह सुगंध और रंग-रूप मिल जाता है, जो सजी हुई वाटिकाओं को कभी प्राप्त नहीं हो सकता। माधवी थी तो एक मूर्ख और दरिद्र मनुष्य की लड़की, परंतु विधाता ने उसे नारियों के सभी उत्तम गुणों से सुशोभित कर दिया था। उसमें शिक्षा सुधार को ग्रहण करने की विशेष योग्यता थी। माधवी और विरजन का मिलाप उस समय हुआ, जब विरजन ससुराल आई। इस भोली-भाली कन्या ने उसी समय से विरजन के संग असाधारण प्रीति प्रकट करनी आरंभ की। ज्ञात नहीं, वह उसे देवी समझती थी या क्या? परंतु कभी उसने विरजन के विरुद्ध एक शब्द भी मुख से न निकाला। विरजन भी उसे अपने संग सुलाती और अच्छे-अच्छे रेशमी वस्त्र पहनाती। इससे अधिक प्रीति वह अपनी छोटी भगिनी से भी नहीं कर सकती थी।

चित्त का चित्त से संबंध होता है। यदि प्रताप को वृजरानी से हार्दिक संबंध था तो वृजरानी भी प्रताप के प्रेम में पगी हुई थी। जब कमलाचरण से उसके विवाह की बात पक्की हुई तो वह प्रतापचंद्र से कम दुःखी न हुई। हाँ, लज्जावश उसके हृदय के भाव कभी प्रकट न होते थे। विवाह हो जाने के पश्चात् उसे नित्य चिंता रहती थी कि प्रतापचंद्र के पीड़ित हृदय को कैसे तसल्ली दूँ? मेरा जीवन तो इस भाँति आनंद से बीतता है। बेचारे प्रताप के ऊपर न जाने कैसी बीतती होगी। माधवी उन दिनों ग्यारहवें वर्ष में थी। उसके रंग-रूप की सुंदरता, स्वभाव और गुण देख-देखकर आश्चर्य होता था। विरजन को अचानक यह ध्यान आया कि क्या मेरी माधवी इस योग्य नहीं कि प्रताप उसे अपने कंठ का हार बनाए? उस दिन से वह माधवी के सुधार और प्यार में और भी अधिक प्रवृत्त हो गई थी। वह सोच-सोचकर मन ही मन फूली न समाती कि जब माधवी सोलह-सत्रह वर्ष की हो जाएगी, तब मैं प्रताप के पास जाऊँगी और उससे हाथ जोड़कर कहूँगी कि माधवी मेरी बहन है। उसे आज

से तुम अपनी चेरी समझो, क्या प्रताप मेरी बात टाल देंगे? नहीं, वे ऐसा नहीं कर सकते। आनंद तो तब है, जब चाची स्वयं माधवी को अपनी बहू बनाने की मुझसे इच्छा करें। इसी विचार से विरजन ने प्रतापचंद्र के प्रशंसनीय गुणों का चित्र माधवी के हृदय में खींचना आरंभ कर दिया था, जिससे कि उसका रोम-रोम प्रताप के प्रेम में पग जाए। वह जब प्रतापचंद्र का वर्णन करने लगती तो स्वतः उसके शब्द असामान्य रीति से मधुर और सरस हो जाते। शनैः-शनैः माधवी का कोमल हृदय प्रेम-रस का आस्वादन करने लगा। दर्पण में बाल पड़ गया।

भोली माधवी सोचने लगी, मैं कैसी भाग्यवती हूँ। मुझे ऐसे स्वामी मिलेंगे, जिनके चरण धोने के योग्य भी मैं नहीं हूँ, परंतु क्या वे मुझे अपनी चेरी बनाएँगे? कुछ हो मैं अवश्य उनकी दासी बनूँगी और यदि प्रेम में कुछ आकर्षण है तो मैं उन्हें अवश्य अपना बना लूँगी, परंतु उस बेचारी को क्या मालूम था कि ये आशाएँ शोक बनकर नेत्रों के मार्ग से बह जाएँगी? उसको पंद्रहवाँ पूरा भी न हुआ था कि विरजन पर गृह-विनाश की आपत्तियाँ आ पड़ीं। उस आँधी के झोंके ने माधवी की इस कल्पित पुष्प वाटिका का सत्यानाश कर दिया। इसी बीच में प्रतापचंद्र के लोप होने का समाचार मिला। आँधी ने जो कुछ अवशिष्ट रखा था, वह भी इस अग्नि ने जलाकर भस्म कर दिया।

परंतु मानस कोई वस्तु है तो माधवी प्रतापचंद्र की स्त्री बन चुकी थी। उसने अपना तन और मन उन्हें समर्पित कर दिया। प्रताप को ज्ञान नहीं, परंतु उन्हें ऐसी अमूल्य वस्तु मिली, जिसके बराबर संसार में कोई वस्तु नहीं तुल सकती। माधवी ने केवल एक बार प्रताप को देखा था और केवल एक ही बार उनके अमृत वचन सुने थे, पर इसने उस चित्र को और भी उज्ज्वल कर दिया था, जो उसके हृदय पर पहले ही विरजन ने खींच रखा था। प्रताप को पता नहीं था, पर माधवी उसकी प्रेमाग्नि में दिन-प्रतिदिन घुलती जाती है। उस दिन से कोई ऐसा व्रत नहीं था, जो माधवी न रखती हो, कोई ऐसा देवता नहीं था, जिसकी वह पूजा न करती हो और वह सब इसलिए कि ईश्वर प्रताप को जहाँ-कहीं वे हों, कुशल से रखें। इन प्रेम-कल्पनाओं ने उस बालिका को और अधिक दृढ, सुशील और कोमल बना दिया। शायद उसके चित्त ने यह निर्णय कर लिया था कि मेरा विवाह प्रतापचंद्र से हो चुका। विरजन उसकी यह दशा देखती और रोती कि यह आग मेरी ही लगाई हुई है। यह नवकुसुम किसके कंठ का हार बनेगा? यह किसकी होकर रहेगी? हाय रे! जिस चीज को मैंने इतने परिश्रम से अंकुरित किया और मधुक्षीर से सींचा, उसका फूल इस प्रकार

शाखा पर ही कुम्हलाया जाता है। विरजन तो भला कविता करने में उलझी रहती, किंतु माधवी को यह संतोष भी न था। उसके प्रेमी और साथी उसके प्रियतम का ध्यान मात्र था, उस प्रियतम का, जो उसके लिए सर्वथा अपरिचित था, पर प्रताप के चले जाने के कई मास पीछे एक दिन माधवी ने स्वप्न देखा कि वे संन्यासी हो गए हैं। आज माधवी का अपार प्रेम प्रकट हुआ है। आकाशवाणी सी हो गई कि प्रताप ने अवश्य संन्यास ले लिया। आज से वह भी तपस्विनी बन गई। उसने सुख और विलास की लालसा हृदय से निकाल दी।

जब कभी बैठे-बैठे माधवी का जी बहुत आकुल होता तो वह प्रतापचंद्र के घर चली जाती। वहाँ उसके चित्त को थोड़ी देर के लिए शांति मिल जाती थी। यह भवन माधवी के लिए एक पवित्र मंदिर था। जब तक विरजन और सुवामा के हृदयों में ग्रंथि पड़ी हुईं थी, वह यहाँ बहुत कम आती थी। परंतु जब अंत में विरजन के पवित्र और आदर्श जीवन ने यह गाँठ खोल दी, वे गंगा-यमुना की भाँति परस्पर गले मिल गईं तो माधवी का आवागमन भी बढ़ गया। सुवामा के पास दिन-दिन भर बैठी रह जाती। इस भवन की, एक-एक अंगुल पृथ्वी प्रताप का स्मारक थी। इसी आँगन में प्रताप ने काठ के घोड़े दौड़ाए और इसी कुंड में कागज की नावें चलाई थीं। नौकाएँ तो स्यात् काल के भँवर में पड़कर डूब गईं, परंतु घोड़ा अब भी विद्यमान था। माधवी ने उसकी जर्जर अस्थियों में प्राण डाल दिए और उसे वाटिका में कुंड के किनारे एक पाटलवृक्ष की छाया में बाँध दिया। यही भवन प्रतापचंद्र का शयनागार था। माधवी अब उसे अपने देवता का मंदिर समझती है। इस पलंग ने प्रताप को बहुत दिनों तक अपने अंक में थपक-थपककर सुलाया था। माधवी अब उसे पुष्पों से सुसज्जित करती है। माधवी ने इस कमरे को ऐसा सुसज्जित कर दिया, जैसे वह कभी न था।

चित्रों के मुख पर से धूल की यवनिका उठ गई। लैंप का भाग्य पुनः चमक उठा। माधवी की इस अनंत प्रेम-भक्ति से सुवामा का दुःख भी दूर हो गया। चिरकाल से उसके मुख पर प्रतापचंद्र का नाम अभी न आया था। विरजन से मेल-मिलाप हो गया, परंतु दोनों स्त्रियों में कभी प्रतापचंद्र की चर्चा भी न होती थी। विरजन लज्जा से संकुचित थी और सुवामा क्रोध से, किंतु माधवी के प्रेमानल से पत्थर भी पिघल गया। अब वह प्रेम-विह्वल होकर प्रताप के बालपन की बातें पूछने लगती तो सुवामा से न रहा जाता। उसकी आँखों में जल भर आता। तब दोनों रोती और दिन-दिन भर प्रताप की बातें समाप्त न होतीं। क्या अब माधवी के चित्त की दशा सुवामा से छिप सकती थी? वह बहुधा सोचती कि क्या तपस्विनी इसी प्रकार प्रेमाग्नि में जलती रहेगी और वह भी बिना किसी आशा के? एक दिन वृजरानी ने 'कमला' का पैकेट

खोला तो पहले ही पृष्ठ पर एक परम प्रतिभा-पूर्ण चित्र विविध रंगों में दिखाई पड़ा। यह किसी महात्मा का चित्र था। उसे ध्यान आया कि मैंने इन महात्मा को कहीं अवश्य देखा है। सोचते-सोचते अकस्मात् उसका ध्यान प्रतापचंद्र तक जा पहुँचा। आनंद की उमंग में उछल पड़ी और बोली—माधवी, तनिक यहाँ आना। माधवी फूलों की क्यारियाँ सींच रही थी। उसके चित्त-विनोद का आजकल वही कार्य था। उसकी साड़ी पानी में लथपथ, सिर के बाल बिखरे, माथे पर पसीने के बिंदु और नेत्रों में प्रेम का रस भरे हुए आकर खड़ी हो गई। विरजन ने कहा—आ, तुझे एक चित्र दिखाऊँ।

माधवी ने कहा—किसका चित्र है, देखूँ।

माधवी ने चित्र को ध्यानपूर्वक देखा। उसकी आँखों में आँसू आ गए।

विरजन—पहचान गई?

माधवी—क्यों? यह स्वरूप तो कई बार स्वप्न में देख चुकी हूँ? बदन से कांति बरस रही है।

विरजन—देखो वृत्तांत भी लिखा है।

माधवी ने दूसरा पन्ना उलटा तो 'स्वामी बालाजी' शीर्षक लेख मिला। थोड़ी देर तक दोनों तन्मय होकर यह लेख पढ़ती रहीं, तब बातचीत होने लगी।

विरजन—मैं तो प्रथम ही जान गई थी कि उन्होंने अवश्य संन्यास ले लिया होगा।

माधवी पृथ्वी की ओर देख रही थी, मुख से कुछ न बोली।

विरजन—तब में और अब में कितना अंतर है। मुखमंडल से कांति झलक रही है। तब ऐसे सुंदर न थे।

माधवी—हूँ।

विरजन—ईश्वर उनकी सहायता करे। बड़ी तपस्या की है। *(नेत्रों में जल भरकर)* कैसा संयोग है। हम और वे संग-संग खेले, संग-संग रहे, आज वे संन्यासी हैं और मैं वियोगिनी। न जाने उन्हें हम लोगों की कुछ सुध भी है या नहीं। जिसने संन्यास ले लिया, उसे किसी से क्या मतलब? जब चाची के पास पत्र न लिखा तो भला हमारी सुधि क्या होगी? माधवी, बालकपन में वे कभी योगी-योगी खेलते तो मैं मिठाइयों की भिक्षा दिया करती थी।

माधवी ने रोते हुए—न जाने कब दर्शन होंगे, कहकर लज्जा से सिर झुका लिया।

विरजन—शीघ्र ही आएँगे। प्राणनाथ ने यह लेख बहुत सुंदर लिखा है।

माधवी—एक-एक शब्द से भक्ति टपकती है।

विरजन—वक्तृता की कैसी प्रशंसा की है! उनकी वाणी में तो पहले ही जादू था, अब क्या पूछना! प्राणनाथ के चित्त पर जिसकी वाणी का ऐसा प्रभाव हुआ, वह समस्त पृथ्वी पर अपना जादू फैला सकता है।

माधवी—चलो, चाची के यहाँ चलें।

विरजन—हाँ, उनको तो ध्यान ही नहीं रहा, देखें क्या कहती हैं। प्रसन्न तो क्या होंगी।

माधवी—उनकी तो अभिलाषा ही यह थी, प्रसन्न क्यों न होगीं?

विरजन—चल, माता ऐसा समाचार सुनकर कभी प्रसन्न नहीं हो सकतीं।

दोनों स्त्रियाँ घर से बाहर निकलीं। विरजन का मुख कमल के समान मुरझाया हुआ था, पर माधवी का अंग-अंग हर्ष खिला जाता था। कोई उससे पूछे—तेरे चरण अब पृथ्वी पर क्यों नहीं पड़ते? तेरे पीले बदन पर क्यों प्रसन्नता की लाली झलक रही है? तुझे कौन सी संपत्ति मिल गई? तू अब शोकान्वित और उदास क्यों न दिखाई पड़ती? तुझे अपने प्रियतम से मिलने की अब कोई आशा नहीं, तुझ पर प्रेम की दृष्टि कभी नहीं पहुँची, फिर तू क्यों फूली नहीं समाती? इसका उत्तर माधवी देगी? कुछ नहीं। वह सिर झुका लेगी, उसकी आँखें नीचे झुक जाएँगी, जैसे डलियाँ फूलों के भार से झुक जाती हैं। कदाचित् उनसे कुछ अश्रुबिंदु भी टपक पड़ें, किंतु उसकी जिह्वा से एक शब्द भी न निकलेगा।

माधवी प्रेम के मद में मतवाली है। उसका हृदय प्रेम से उन्मत्त है। उसका प्रेम, हाट का सौदा नहीं। उसका प्रेम किसी वस्तु का भूखा नहीं है। वह प्रेम के बदले प्रेम नहीं चाहती। उसे अभिमान है कि ऐसे पवित्र पुरुष की मूर्ति मेरे हृदय में प्रकाशमान है। यह अभिमान उसकी उन्मत्तता का कारण है, उसके प्रेम का पुरस्कार है।

दूसरे मास में वृजरानी ने बालाजी के स्वागत में एक प्रभावशाली कविता लिखी, यह एक विलक्षण रचना थी। जब वह मुद्रित हुई तो विद्या जगत् विरजन की काव्य-प्रतिभा से परिचित होते हुए भी चमत्कृत हो गया। वह कल्पना-रूपी पक्षी, जो काव्य-गगन में वायुमंडल से भी आगे निकल जाता था, अबकी बार तारा बनकर चमका। एक-एक शब्द आकाशवाणी की ज्योति से प्रकाशित था। जिन लोगों ने यह कविता पढ़ी, वे बालाजी के भक्त हो गए। कवि वह सपेरा है, जिसकी पिटारी में साँपों के स्थान में हृदय बंद होते हैं।

□

काशी में आगमन

जब से वृजरानी का काव्य-चंद्र उदय हुआ, तभी से उसके यहाँ सदैव महिलाओं का जमघट लगा रहता था। नगर में स्त्रियों की कई सभाएँ थीं, उनके प्रबंध का सारा भार उसी को उठाना पड़ता था। इसके अतिरिक्त अन्य नगरों से भी बहुधा स्त्रियाँ उससे भेंट करने को आती रहती थीं, जो तीर्थयात्रा करने के लिए काशी आता, वह विरजन से अवश्य मिलता। राज धर्मसिंह ने उसकी कविताओं का सर्वांग-सुंदर संग्रह प्रकाशित किया था। उस संग्रह ने उसके काव्य-चमत्कार का डंका बजा दिया था। भारतवर्ष की कौन कहे, यूरोप और अमेरिका के प्रतिष्ठित कवियों ने उसे उनकी काव्य मनोहरता पर धन्यवाद दिया था। भारतवर्ष में एकाध ही कोई रसिक मनुष्य रहा होगा, जिसका पुस्तकालय उसकी पुस्तक से सुशोभित न होगा। विरजन की कविताओं को प्रतिष्ठा करनेवालों में बालाजी का पद सबसे ऊँचा था। वे अपनी प्रभावशालिनी वक्तृताओं और लेखों में बहुधा उसी के वाक्यों का प्रमाण दिया करते थे। उन्होंने 'सरस्वती' में एक बार उसके संग्रह की सविस्तार समालोचना भी लिखी थी।

एक दिन प्रात:काल सीता, चंद्रकुँवरी, रुक्मिणी और रानी विरजन के घर आईं। चंद्रा ने इन स्त्रियों को फर्श पर बिठाया और आदर-सत्कार किया। विरजन वहाँ नहीं थी, क्योंकि उसने प्रभात का समय काव्य चिंतन के लिए नियत कर लिया था। उस समय यह किसी आवश्यक कार्य के अतिरिक्त सखियों से मिलती-जुलती नहीं थी। वाटिका में एक रमणीक कुंज था। गुलाब की सुगंध से सुरभित वायु चलती थी। वहीं विरजन एक शिलायन पर बैठी हुई काव्य-रचना किया करती थी। वह काव्य रूपी समुद्र से जिन मोतियों को निकालती, उन्हें माधवी लेखनी की माला में पिरो लिया करती थी। आज बहुत दिनों के बाद नगरवासियों के अनुरोध

करने पर विरजन ने बालाजी को काशी आने का निमंत्रण देने के लिए लेखनी को उठाया था। बनारस ही वह नगर था, जिसका स्मरण कभी-कभी बालाजी को व्यग्र कर दिया करता था, किंतु काशी वालों के निरंतर आग्रह करने पर भी उन्हें काशी आने का अवकाश न मिलता था। वे सिंहल और रंगून तक गए, परंतु उन्होंने काशी की ओर मुख न फेरा। इस नगर को वे अपना परीक्षा भवन समझते थे, इसीलिए आज विरजन उन्हें काशी आने का निमंत्रण दे रही है। लोगों का विचार है कि यह निमंत्रण उन्हें अवश्य खींच लाएगा। जब कोई नवीन विचार आ जाता है तो विरजन का चंद्रानन चमक उठता है, और माधवी के बदन पर प्रसन्नता की झलक आ जाती है। वाटिका में बहुत से पाटल-पुष्प खिले हुए हैं, रजनी के ओस से मिलकर वे इस समय परम शोभा दे रहे हैं, परंतु इस समय जो विकास और छटा इन दोनों पुष्पों पर है, उसे देख-देखकर दूर से फूल लज्जित हुए जाते हैं।

नौ बजते-बजते विरजन घर में आई। सेवती ने कहा—आज बड़ी देर लगाई।

विरजन—कुंती ने सूर्य को बुलाने के लिए कितनी तपस्या की थी।

सीता—बालाजी बड़े निष्ठुर हैं। मैं तो ऐसे मनुष्य से कभी न बोलूँ।

रुक्मिणी—जिसने संन्यास ले लिया, उसे घर-बार से क्या नाता?

चंद्रकुँवरी—यहाँ आएँगे तो मैं मुख पर कह दूँगी कि महाशय, यह नखरे कहाँ सीखे?

रुक्मिणी—महारानी, ऋषि-महात्माओं का तो शिष्टाचार किया करो। जिह्वा क्या है, कतरनी है।

चंद्रकुँवरी—और क्या, कब तक संतोष करें जी। सब जगह जाते हैं, यहीं आते पैर थकते हैं।

विरजन—(*मुसकराकर*) अब बहुत शीघ्र दर्शन पाओगे। मुझे विश्वास है कि इस मास में वे अवश्य आएँगे।

सीता—धन्य भाग्य कि दर्शन मिलेंगे। मैं तो जब उनका वृत्तांत पढ़ती हूँ, यही जी चाहता है कि पाऊँ तो चरण पकड़कर घंटों रोऊँ।

रुक्मिणी—ईश्वर ने उनके हाथों में बड़ा यश दिया। दारानगर की रानी साहिबा मर चुकी थी, साँस टूट रही थी कि बालाजी को सूचना हुई। झट आ पहुँचे और क्षण मात्र में उठाकर बैठा दिया। हमारे मुंशीजी (पति) उन दिनों वहीं थे। कहते थे कि रानीजी ने कोश की कुंजी बालाजी के चरणों पर रख दी और कहा, 'आप इसके स्वामी हैं।' बालाजी ने कहा, 'मुझे धन की आवश्यकता नहीं, अपने राज्य में

तीन सौ गौशालाएँ खुलवा दीजिए। मुख से निकलने की देर थी। आज दारानगर में दूध की नदी बहती है। ऐसा महात्मा कौन होगा?

चंद्रकुँवरी—राजा नवलखा का तपेदिक उन्हीं की बूटियों से छूटा। सारे वैद्य-डॉक्टर जवाब दे चुके थे। जब बालाजी चलने लगे तो महारानीजी ने नौ लाख का मोतियों का हार उनके चरणों पर रख दिया। बालाजी ने उसकी ओर देखा तक नहीं।

रानी—कैसे रुखे मनुष्य हैं।

रुक्मिणी—हाँ और क्या, उन्हें उचित था कि हार ले लेते, नहीं-नहीं कंठ में डाल लेते।

विरजन—नहीं, लेकर रानी को पहना देते। क्यों सखी?

रानी—हाँ, मैं उस हार के लिए गुलामी लिख देती।

चंद्रकुँवरी—हमारे यहाँ (*पति*) तो भारत सभा के सभ्य बैठे हैं, ढाई सौ रुपए लाख यत्न करके रख छोड़े थे, उन्हें यह कहकर उठा ले गए कि घोड़ा लेंगे। क्या भारत सभावाले बिना घोड़े के नहीं चलते?

रानी—कल ये लोग श्रेणी बाँधकर मेरे घर के सामने से जा रहे थे, बड़े भले मालूम होते थे।

इतने में ही सेवती नवीन समाचार-पत्र ले आई।

विरजन ने पूछा—कोई ताजा समाचार है?

सेवती—हाँ, बालाजी मानिकपुर आए हैं। एक अहीर ने अपनी पुत्री के विवाह का निमंत्रण भेजा था। उसपर प्रयाग से भारत सभा के सभ्यों सहित रात को चलकर मानिकपुर पहुँचे। अहीरों ने बड़े उत्साह और समारोह के साथ उनका स्वागत किया है और सबने मिलकर पाँच सौ गायें भेंट दी हैं। बालाजी ने वधू को आशीर्वाद दिया और दुल्हे को हृदय से लगाया। पाँच अहीर भारत सभा के सदस्य नियुक्त हुए।

विरजन—बड़े अच्छे समाचार हैं। माधवी इसे काट के रख लेना।

और कुछ?

सेवती—पटना के पासियों ने एक ठाकुरद्वारा बनवाया है, वहाँ की भारतसभा ने बड़ी धूमधाम से उत्सव किया।

विरजन—पटना के लोग बड़े उत्साह से कार्य कर रहे हैं।

चंद्रकुँवरी—गड़ूरियाँ भी अब सिंदूर लगाएँगी। पासी लोग ठाकुरद्वारे बनवाएँगे?

रुक्मिणी—क्यों, वे मनुष्य नहीं हैं? ईश्वर ने उन्हें नहीं बनाया। आप ही

अपने स्वामी की पूजा करना जानती हैं?

चंद्रकुँवरी—चलो हटो, मुझे पासियों से मिलाती हो। यह मुझे अच्छा नहीं लगता।

रुक्मिणी—हाँ, तुम्हारा रंग गोरा है न और वस्त्र-आभूषणों से सजी बहुत हो। बस इतना ही अंतर है कि और कुछ?

चंद्रकुँवरी—इतना ही अंतर क्यों हैं? पृथ्वी को आकाश से मिलाती हो? यह मुझे अच्छा नहीं लगता। मैं कछवाहों के वंश में हूँ, कुछ खबर है?

रुक्मिणी—हाँ, जानती हूँ और नहीं जानती थी तो अब जान गई। तुम्हारे ठाकुर साहब (*पति*) किसी पासी से बढ़कर मल्लयुद्ध करेंगे? यह सिर्फ टेढ़ी पाग रखना जानते हैं? मैं जानती हूँ कि कोई छोटा सा पासी भी उन्हें काँख तले दबा लेगा।

विरजन—अच्छा, अब इस विवाद को जाने दो, तुम दोनों जब आती हो, लड़ती ही आती हो।

सेवती—पिता और पुत्र का कैसा संयोग हुआ है? ऐसा मालूम होता है कि मुंशी शालिग्राम ने प्रतापचंद्र ही के लिए संन्यास लिया था। यह सब उन्हीं का शिक्षा का फल है।

रुक्मिणी—हाँ और क्या? मुंशी शालिग्राम तो अब स्वामी ब्रह्मानंद कहलाते हैं। प्रताप को देखकर पहचान गए होंगे।

सेवती—आनंद से फूले न समाए होंगे।

रुक्मिणी—यह भी ईश्वर की प्रेरणा थी, नहीं तो प्रतापचंद्र मानसरोवर क्या करने जाते?

सेवती—ईश्वर की इच्छा के बिना कोई बात होती है?

विरजन—तुम लोग मेरे लालाजी को तो भूल ही गईं। ऋषिकेश में पहले लालाजी ही से प्रतापचंद्र की भेंट हुई थी। प्रताप उनके साथ साल भर तक रहे। तब दोनों आदमी मानसरोवर की ओर चले।

रुक्मिणी—हाँ, प्राणनाथ के लेख में तो यह वृत्तांत था। बालाजी तो यही कहते हैं कि मुंशी संजीवनलाल से मिलने का सौभाग्य मुझे प्राप्त न होता तो मैं भी माँगने-खानेवाले साधुओं में ही होता।

चंद्रकुँवरी—इतनी आत्मोन्नति के लिए विधाता ने पहले ही से सब सामान कर दिए थे।

सेवती—तभी इतनी सी अवस्था में भारत के सूर्य बने हुए हैं। अभी पचीसवें वर्ष में होंगे?

विरजन—नहीं, तीसवाँ वर्ष है। मुझसे साल भर के जेठे हैं।

रुक्मिणी—मैंने तो उन्हें जब देखा, उदास ही देखा।

चंद्रकुँवरी—उनके सारे जीवन की अभिलाषाओं पर ओस पड़ गई। उदास क्यों न होंगी?

रुक्मिणी—उन्होंने तो देवीजी से यही वरदान माँगा था।

चंद्रकुँवरी—तो क्या जाति की सेवा गृहस्थ बनकर नहीं हो सकती?

रुक्मिणी—जाति ही क्या, कोई भी सेवा-गृहस्थ बनकर नहीं हो सकती। गृहस्थ केवल अपने बाल-बच्चों की सेवा कर सकता है।

चंद्रकुँवरी—करनेवाले सबकुछ कर सकते हैं, न करनेवालों के लिए सौ बहाने हैं।

एक मास और बीता। विरजन की नई कविता स्वागत का संदेशा लेकर बालाजी के पास पहुँची, परंतु यह न प्रकट हुआ कि उन्होंने निमंत्रण स्वीकार किया या नहीं। काशीवासी प्रतीक्षा करते-करते थक गए। बालाजी प्रतिदिन दक्षिण की ओर बढ़ते चले जाते थे। निदान! लोग निराश हो गए और सबसे अधिक निराशा विरजन को हुई।

एक दिन जब किसी को ध्यान भी न था कि बालाजी आएँगे, प्राणनाथ ने आकर कहा—बहन! लो प्रसन्न हो जाओ, आज बालाजी आ रहे हैं।

विरजन कुछ लिख रही थी, हाथों से लेखनी छूट पड़ी। माधवी उठकर द्वार की ओर लपकी। प्राणनाथ ने हँसकर कहा—क्या, अभी आ थोड़े ही गए हैं कि इतनी उद्विग्न हुई जाती हो।

माधवी—कब आएँगे, इधर से ही होकर जाएँगे न?

प्राणनाथ—यह तो नहीं ज्ञात है कि किधर से आएँगे। उन्हें आडंबर और धूमधाम से बड़ी घृणा है, इसलिए पहले से आने की तिथि नहीं नियत की। राजा साहब के पास आज प्रात:काल एक मनुष्य ने आकर सूचना दी कि बालाजी आ रहे हैं और कहा है कि मेरी अगवानी के लिए धूमधाम न हो, किंतु यहाँ के लोग कब मानते हैं? अगवानी होगी, समारोह के साथ सवारी निकलेगी और ऐसी कि इस नगर के इतिहास में स्मरणीय हो। चारों ओर आदमी छूटे हुए हैं। ज्योंही उन्हें आते देखेंगे, लोग प्रत्येक मुहल्ले में टेलीफोन द्वारा सूचना दे देंगे। कॉलेज और स्कूलों के विद्यार्थी वरदियाँ

पहने और झंडियाँ लिये इंतजार में खड़े हैं। घर-द्वार में पुष्प-वर्षा की तैयारियाँ हो रही हैं, बाजार में दुकानें सजाई जा रही हैं। नगर में एक धूम सी मची हुई है।

माधवी—इधर से जाएँगे तो हम रोक लेंगी।

प्राणनाथ—हमने कोई तैयारी तो की नहीं, रोक क्या लेंगे? और यह भी तो नहीं ज्ञात है कि किधर से जाएँगे।

विरजन—*(सोचकर)* आरती उतारने का प्रबंध तो करना ही होगा।

प्राणनाथ—हाँ, अब इतना भी न होगा? मैं बाहर बिछावन आदि बिछवाता हूँ।

प्राणनाथ बाहर की तैयारियों में लगे, माधवी फूल चुनने लगी, विरजन ने चाँदी का थाल भी धोकर स्वच्छ किया। सेवती और चंद्रा भीतर सारी वस्तुएँ क्रमानुसार सजाने लगीं।

माधवी हर्ष के मारे फूली न समाती थी। बारंबार चौंक-चौंककर द्वार की ओर देखती कि कहीं आ तो नहीं गए। बारंबार कान लगाकर सुनती कि कहीं बाजे की ध्वनि तो नहीं आ रही है। हृदय हर्ष के मारे धड़क रहा था। फूल चुनती थी, किंतु ध्यान दूसरी ओर था। हाथों में कितने ही काँटे चुभा लिए। फूलों के साथ कई शाखाएँ मरोड़ डालीं। कई बार शाखाओं में उलझकर गिरी। कई बार साड़ी काँटों में फँसा दी, उस समय उसकी दशा बिल्कुल बच्चों की सी थी।

किंतु विरजन का बदन बहुत ही मलिन था, जैसे जलपूर्ण पात्र तनिक हिलने से भी छलक जाता है, उसी प्रकार ज्यों-ज्यों प्राचीन घटनाएँ स्मरण आती थीं, त्यों-त्यों उसके नेत्रों से अश्रु छलक पड़ते थे। आह! कभी वे दिन थे कि हम और वह भाई-बहन थे। साथ खेलते, साथ रहते थे। आज चौदह वर्ष व्यतीत हुए, उनका मुख देखने का सौभाग्य भी न हुआ। तब मैं तनिक भी रोती, वे मेरे आँसू पोंछते और मेरा जी बहलाते। अब उन्हें क्या सुधि कि ये आँखें कितनी रोई हैं और इस हृदय ने कैसे-कैसे कष्ट उठाए हैं। क्या खबर थी कि हमारे भाग्य ऐसे दृश्य दिखाएँगे? एक वियोगिन हो जाएगी और दूसरा संन्यासी।

अकस्मात् माधवी को ध्यान आया कि सुवामा को कदाचित् बालाजी के आने की सूचना न हुई हो। वह विरजन के पास आकर बोली—मैं तनिक चाची के यहाँ जाती हूँ। न जाने किसी ने उनसे कहा या नहीं?

प्राणनाथ बाहर से आ रहे थे। यह सुनकर बोले—वहाँ सबसे पहले सूचना दी गई, भली-भाँति तैयारियाँ हो रही हैं। बालाजी भी सीधे घर ही की ओर पधारेंगे। इधर से अब न आएँगे।

विरजन—तो हम लोगों को चलना चाहिए। कहीं देर न हो जाए।

माधवी—आरती का थाल लाऊँ?

विरजन—कौन ले चलेगा? महरी को बुला लो। *(चौंककर)* अरे! तेरे हाथों में रुधिर कहाँ से आया?

माधवी—ऊँह! फूल चुनती थी, काँटे लग गए होंगे।

चंद्रा—अभी नई साड़ी आई है। आज ही फाड़ के रख दी।

माधवी—तुम्हारी बला से!

माधवी ने कह तो दिया, किंतु आँखें अश्रुपूर्ण हो गईं। चंद्रा साधारणतः बहुत भली स्त्री थी, किंतु जब से बाबू राधाचरण ने जाति-सेवा के लिए नौकरी से इस्तीफा दे दिया था, वह बालाजी के नाम से चिढ़ती थी। विरजन से तो कुछ न कह सकती थी, परंतु माधवी को छेड़ती रहती थी। विरजन ने चंद्रा की ओर घूरकर माधवी से कहा—जाओ, संदूक से दूसरी साड़ी निकाल लो। इसे रख आओ। राम-राम, मार हाथ छलनी कर डाले!

माधवी—देर हो जाएगी, मैं इसी भाँति चलूँगी।

विरजन—नहीं, अभी घंटा भर से अधिक अवकाश है।

यह कहकर विरजन ने प्यार से माधवी के हाथ धोए। उसके बाल गूँथे, एक सुंदर साड़ी पहनाई, चादर ओढ़ाई और उसे हृदय से लगाकर सजल नेत्रों से देखते हुए कहा—बहन! देखो, धीरज हाथ से न जाए।

माधवी मुसकराकर बोली—तुम मेरे ही संग रहना, मुझे सँभालती रहना। मुझे अपने हृदय पर भरोसा नहीं है।

विरजन ताड़ गई कि आज प्रेम ने उन्मत्तता का पद ग्रहण किया है और कदाचित् यही उसकी पराकाष्ठा है। हाँ ! यह बावली बालू की भीत उठा रही है।

माधवी थोड़ी देर के बाद विरजन, सेवती, चंद्रा आदि कई स्त्रियों के संग सुवामा के घर चली। वे वहाँ की तैयारियाँ देखकर चकित हो गईं। द्वार पर एक बहुत बड़ा चँदोवा बिछावन, शीशे और भाँति-भाँति की सामग्रियों से सुसज्जित खड़ा था। बधाई बज रही थी। बड़े-बड़े टोकरों में मिठाइयाँ और मेवे रखे हुए थे। नगर के प्रतिष्ठित सभ्य उत्तमोत्तम वस्त्र पहने हुए स्वागत करने को खड़े थे। एक भी फिटन या गाड़ी नहीं दिखाई देती थी, क्योंकि बालाजी सर्वदा पैदल चला करते थे। बहुत से लोग गले में झोलियाँ डाले हुए दिखाई देते थे, जिनमें बालाजी पर समर्पण करने के लिए रुपए-पैसे भरे हुए थे। राजा धर्मसिंह के पाँचों लड़के रंगीन

वस्त्र पहने, केसरिया पगड़ी बाँधे, रेशमी झंडियाँ कमर में खोंसे बिगुल बजा रहे थे। ज्योंही लोगों की दृष्टि विरजन पर पड़ी, सहस्रों मस्तक शिष्टाचार के लिए झुक गए। जब ये देवियाँ भीतर गईं तो वहाँ भी आँगन और दालान नवागत वधू की भाँति सुसज्जित दिखे! सैकड़ों स्त्रियाँ मंगल गाने के लिए बैठी थीं। पुष्पों की राशियाँ ठौर-ठौर पड़ी थीं। सुवामा एक श्वेत साड़ी पहने संतोष और शांति की मूर्ति बनी हुई द्वार पर खड़ी थी। विरजन और माधवी को देखते ही सजल नयन हो गई। विरजन बोली—चाची! आज इस घर के भाग्य जग गए।

सुवामा ने रोकर कहा—तुम्हारे कारण मुझे आज यह दिन देखने का सौभाग्य हुआ। ईश्वर तुम्हें इसका फल दे।

दुखिया माता के अंतःकरण से यह आशीर्वाद निकला। एक माता के शाप ने राजा दशरथ को पुत्र शोक में मृत्यु का स्वाद चखाया था। क्या सुवामा का यह आशीर्वाद प्रभावहीन होगा?

दोनों अभी इसी प्रकार बातें कर रही थीं कि घंटे और शंख की ध्वनि आने लगी। धूम मची कि बालाजी आ पहुँचे। स्त्रियों ने मंगलगान आरंभ किया। माधवी ने आरती का थाल ले लिया। मार्ग की ओर टकटकी बाँधकर देखने लगी। कुछ ही काल में अद्वैतांबरधारी नवयुवकों का समुदाय दिखाई पड़ा। भारत सभा के सौ सभ्य घोड़ों पर सवार चले आते थे। उनके पीछे अगणित मनुष्यों का झुंड था। सारा नगर टूट पड़ा। कंधे से कंधा छिला जाता था, मानो समुद्र की तरंगें बढ़ती चली आती हैं। इस भीड़ में बालाजी का मुखचंद्र ऐसा दिखाई पड़ता था मानो मेघाच्छादित चंद्र उदय हुआ है। ललाट पर अरुण चंदन का तिलक था और कंठ में एक गेरुए रंग की चादर पड़ी हुई थी।

सुवामा द्वार पर खड़ी थी, ज्योंही बालाजी का स्वरूप उसे दिखाई दिया, धीरज हाथ से जाता रहा। द्वार से बाहर निकल आई और सिर झुकाए, नेत्रों से मुक्ताहार गूँथती बालाजी की ओर चली। वह उसे हृदय से लगाने के लिए उद्विग्न है।

सुवामा को इस प्रकार आते देखकर सब लोग रुक गए। विदित होता था कि आकाश से कोई देवी उतर आई है। चतुर्दिक् सन्नाटा छा गया। बालाजी ने कई डग आगे बढ़कर माताजी को प्रणाम किया और उनके चरणों पर गिर पड़े। सुवामा ने उनका मस्तक अपने अंक में लिया। आज उसने अपना खोया हुआ लाल पाया है। उसपर आँखों से मोतियों की वृष्टि कर रही है।

इस उत्साहवर्द्धक दृश्य को देखकर लोगों के हृदय जातीयता के मद में मतवाले

हो गए! पचास सहस्र स्वर से ध्वनि आई—'बालाजी की जय।' मेघ गरजा और चतुर्दिक् से पुष्पवृष्टि होने लगी। फिर उसी प्रकार दूसरी बार मेघ की गर्जना हुई। 'मुंशी शालिग्राम की जय' और सहस्रों मनुष्य स्वदेश-प्रेम के मद से मतवाले होकर दौड़े और सुवामा के चरणों की रज माथे पर मलने लगे। इन ध्वनियों से सुवामा ऐसी प्रमुदित हो रही थी, जैसे महुअर के सुनने से नागिन मतवाली हो जाती है। आज उसने अपना खोया हुआ लाल पाया है। अमूल्य रत्न पाने से वह रानी हो गई है। इस रत्न के कारण आज उसके चरणों की रज लोगों के नेत्रों का अंजन और माथे का चंदन बन रही है।

अपूर्व दृश्य था। बारंबार जय-जयकार की ध्वनि उठती थी और स्वर्ग के निवासियों को भारत की जागृति का शुभ-संवाद सुनाती थी। माता अपने पुत्र को कलेजे से लगाए हुए है। बहुत दिन के अनंतर उसने अपना खोया हुआ लाल पाया है, वह लाल, जो उसकी जन्म भर की कमाई था। फूल चारों ओर से निछावर हो रहे हैं। स्वर्ण और रत्नों की वर्षा हो रही है। माता और पुत्र कमर तक पुष्पों के समुद्र में डूबे हुए हैं। ऐसा प्रभावशाली दृश्य किसके नेत्रों ने देखा होगा!

सुवामा बालाजी का हाथ पकड़े हुए घर की ओर चली। द्वार पर पहुँचते ही स्त्रियाँ मंगल-गीत गाने लगीं और माधवी स्वर्ण रचित थाल, दीप और पुष्पों से आरती करने लगी। विरजन ने फूलों की माला, जिसे माधवी ने अपने रक्त से रंजित किया था, उनके गले में डाल दी। बालाजी ने सजल नेत्रों से विरजन की ओर देखकर प्रणाम किया।

माधवी कों बालाजी के दर्शन की कितनी अभिलाषा थी, किंतु इस समय उसके नेत्र पृथ्वी की ओर झुके हुए हैं। वह बालाजी की ओर नहीं देख सकती। उसे भय है कि मेरे नेत्र पृथ्वी-हृदय के भेद को खोल देंगे। उनमें प्रेम रस भरा हुआ है। अब तक उसकी सबसे बड़ी अभिलाषा यह थी कि बालाजी के दर्शन पाऊँ। आज प्रथम बार माधवी के हृदय में नई अभिलाषाएँ उत्पन्न हुईं, आज अभिलाषाओं ने सिर उठाया है, मगर पूर्ण होने के लिए नहीं, आज अभिलाषा-वाटिका में एक नवीन कली लगी है, मगर खिलने के लिए नहीं वरन् मुरझाने के लिए और मुरझाकर मिट्टी में मिल जाने के लिए। माधवी को कौन समझाए कि तू इन अभिलाषाओं को हृदय में न उत्पन्न होने दे। ये अभिलाषाएँ तुझे बहुत रुलाएँगी। तेरा प्रेम काल्पनिक है। तू उसके स्वाद से परिचित है। क्या अब वास्तविक प्रेम का स्वाद लेना चाहती है?

□

प्रेम का स्वप्न

मनुष्य का हृदय अभिलाषाओं का क्रीड़ास्थल और कामनाओं का आवास है। कोई समय वह था, जब माधवी माता के अंक में खेलती थी। उस समय हृदय अभिलाषा और चेष्टाहीन था, किंतु जब मिट्टी के घरौंदे बनाने लगी, उस समय मन में यह इच्छा उत्पन्न हुई कि मैं भी अपनी गुड़िया का विवाह करूँगी। सब लड़कियाँ अपनी गुड़ियाँ ब्याह रही हैं, क्या मेरी गुड़ियाँ कुँवारी रहेगी? मैं अपनी गुड़िया के लिए गहने बनवाऊँगी, उसे वस्त्र पहनाऊँगी, उसका विवाह रचाऊँगी। इस इच्छा ने उसे कई मास तक रुलाया, पर गुड़ियों के भाग्य में विवाह न बदा था। एक दिन मेघ घिर आए और मूसलाधार पानी बरसा। घरौंदा वृष्टि में बह गया और गुड़ियों के विवाह की अभिलाषा अपूर्ण ही रह गई। कुछ काल और बीता। वह माता के संग विरजन के यहाँ आने-जाने लगी। उसकी मीठी-मीठी बातें सुनती और प्रसन्न होती, उसके थाल में खाती और उसकी गोद में सोती। उस समय भी उसके हृदय में यह इच्छा थी कि मेरा भवन परम सुंदर होता, उसमें चाँदी के किवाड़ लगे होते, भूमि ऐसी स्वच्छ होती कि मक्खी बैठे और फिसल जाए! मैं विरजन को अपने घर ले जाती, वहाँ अच्छे-अच्छे पकवान बनाती और खिलाती, उत्तम पलंग पर सुलाती और भली-भाँति उसकी सेवा करती। यह इच्छा वर्षों तक हृदय में चुटकियाँ लेती रही, किंतु उसी घरौंदे की भाँति यह घर भी ढह गया और आशाएँ निराशा में परिवर्तित हो गईं।

कुछ काल और बीता, जीवन-काल का उदय हुआ। विरजन ने उसके चित्त पर प्रतापचंद्र का चित्त खींचना आरंभ किया। उन दिनों इस चर्चा के अतिरिक्त उसे कोई बात अच्छी न लगती थी। निदान! उसके हृदय में प्रतापचंद्र की चेरी बनने की इच्छा उत्पन्न हुई। पड़े-पड़े हृदय से बातें किया करती। रात्रि में जागरण करके मन

का मोदक खाती। इन विचारों से चित्त पर एक उन्माद सा छा जाता, किंतु प्रतापचंद्र इसी बीच में गुप्त हो गए और उसी मिट्टी के घरौंदे की भाँति ये हवाई किले ढह गए। आशा के स्थान पर हृदय में शोक रह गया।

अब निराशा ने उसके हृदय में आशा ही शेष न रखी। वह देवताओं की उपासना करने लगी, व्रत रखने लगी कि प्रतापचंद्र पर समय की कुदृष्टि न पड़ने पाए। इस प्रकार अपने जीवन के कई वर्ष उसने तपस्विनी बनकर व्यतीत किए। कल्पित प्रेम के उल्लास में चूर होती, किंतु आज तपस्विनी का व्रत टूट गया। मन में नूतन अभिलाषाओं ने सिर उठाया। दस वर्ष की तपस्या एक क्षण में भंग हो गई। क्या यह इच्छा भी उसी मिट्टी के घरौंदे की भाँति पददलित हो जाएगी?

आज जब से माधवी ने बालाजी की आरती उतारी है, उसके आँसू नहीं रुके। सारा दिन बीत गया। एक-एक करके तारे निकलने लगे। सूर्य थककर छिप गया और पक्षीगण घोंसलों में विश्राम करने लगे, किंतु माधवी के नेत्र नहीं थके। वह सोचती है कि हाय! क्या मैं इसी प्रकार रोने के लिए बनाई गई हूँ? मैं कभी हँसी भी थी, जिसके कारण इतना रोती हूँ? हाय! रोते-रोते आधी आयु बीत गई, क्या शेष भी इसी प्रकार बीतेगी? क्या मेरे जीवन में एक दिन भी ऐसा न आएगा, जिसे स्मरण करके संतोष हो कि मैंने भी कभी सुदिन देखे थे? आज के पहले माधवी कभी ऐसी नैराश्य-पीड़ित और छिन्नहृदया नहीं हुई थी। वह अपने कल्पित प्रेम में निमग्न थी। आज उसके हृदय में नवीन अभिलाषाएँ उत्पन्न हुई हैं। अश्रु उन्हीं से प्रेरित हैं। जो हृदय सोलह वर्ष तक आशाओं का आवास रहा हो, वही इस समय माधवी की भावनाओं का अनुमान कर सकता है।

सुवामा के हृदय में नवीन इच्छाओं ने सिर उठाया है। जब तक बालाजी को न देखा था, तब तक उसकी सबसे बड़ी अभिलाषा यह थी कि वह उन्हें आँखें भर कर देखती और हृदय-शीतल कर लेती। आज जब आँखें भर देख लिया तो कुछ और देखने की इच्छा उत्पन्न हुई। शोक! वह इच्छा उत्पन्न हुई माधवी के घरौंदे की भाँति मिट्टी में मिल जाने के लिए।

आज सुवामा, विरजन और बालाजी में सायंकाल तक बातें होती रहीं। बालाजी ने अपने अनुभवों का वर्णन किया। सुवामा ने अपनी राम-कहानी सुनाई और विरजन ने कहा थोड़ा, किंतु सुना बहुत। मुंशी संजीवनलाल के संन्यास का समाचार पाकर दोनों रोईं। जब दीपक जलने का समय आ पहुँचा तो बालाजी गंगा की ओर संध्या करने चले और सुवामा भोजन बनाने बैठी। आज बहुत दिनों के पश्चात्

सुवामा मन लगाकर भोजन बना रही थी। दोनों बात करने लगीं।

सुवामा—बेटी! मेरी यह हार्दिक अभिलाषा थी कि मेरा लड़का संसार में प्रतिष्ठित हो और ईश्वर ने मेरी लालसा पूरी कर दी। प्रताप ने पिता और कुल का नाम उज्ज्वल कर दिया। आज जब प्रातःकाल 'मेरे स्वामीजी की जय' सुनाई जा रही थी तो मेरा हृदय उमड़-उमड़ आया था। मैं केवल इतना चाहती हूँ कि वे यह वैराग्य त्याग दें। देश का उपकार करने से मैं उन्हें नहीं रोकती। मैंने तो देवीजी से यही वरदान माँगा था, परंतु उन्हें संन्यासी के वेश में देखकर मेरा हृदय विदीर्ण हुआ जाता है।

विरजन सुवामा का अभिप्राय समझ गई। बोली—चाची! यह बात तो मेरे चित्त में पहले ही से जमी हुई है। अवसर पाते ही अवश्य छेड़ूँगी।

सुवामा—अवसर तो कदाचित् ही मिले। इसका कौन ठिकाना? अभी जी में आए, कहीं चल दें। सुनती हूँ सोटा हाथ में लिए अकेले वनों में घूमते हैं। मुझसे अब बेचारी माधवी की दशा नहीं देखी जाती। उसे देखती हूँ तो जैसे कोई मेरे हृदय को मसोसने लगता है। मैंने बहुतेरी स्त्रियाँ देखीं और अनेक का वृत्तांत पुस्तकों में पढ़ा, किंतु ऐसा प्रेम कहीं नहीं देखा। बेचारी ने आधी आयु रो-रोकर काट दी और कभी मुख न मैला किया। मैंने कभी उसे रोते नहीं देखा, परंतु रोने वाले नेत्र और हँसने वाले मुख छिपे नहीं रहते। मुझे ऐसी ही पुत्रवधू की लालसा थी, सो भी ईश्वर ने पूर्ण कर दी। तुमसे सत्य कहती हूँ, मैं उसे पुत्रवधू समझती हूँ। आज से नहीं, वर्षों से।

वृजरानी—आज उसे सारे दिन रोते ही बीता। बहुत उदास दिखाई देती है।

सुवामा—तो आज ही इसकी चर्चा छेड़ो। ऐसा न हो कि कल किसी और जगह प्रस्थान कर दे तो फिर एक युग प्रतीक्षा करनी पड़े।

वृजरानी—(*सोचकर*) चर्चा करने को तो मैं करूँ, किंतु माधवी स्वयं जिस उत्तमता के साथ यह कार्य कर सकती है, कोई दूसरा नहीं कर सकता।

सुवामा— वह बेचारी मुख से क्या कहेगी?

वृजरानी—उसके नेत्र सारी कथा कह देंगे?

सुवामा— लल्लू अपने मन में क्या कहेंगे?

वृजरानी—कहेंगे क्या? यह तुम्हारा भ्रम है, जो तुम उसे कुँवारी समझ रही हो। वह प्रतापचंद्र की पत्नी बन चुकी। ईश्वर के यहाँ उसका विवाह उनसे हो चुका, यदि ऐसा न होता तो क्या जगत् में पुरुष न थे? माधवी जैसी स्त्री को कौन

नेत्रों में न स्थान देगा? उसने अपना आधा यौवन व्यर्थ रो-रोकर बिताया है। उसने आज तक ध्यान में भी किसी अन्य पुरुष को स्थान नहीं दिया। बारह वर्ष से तपस्विनी का जीवन व्यतीत कर रही है। वह पलंग पर नहीं सोई। कोई रंगीन वस्त्र नहीं पहना। केश तक नहीं गुँथाए। क्या इन व्यवहारों से नहीं सिद्ध होता कि माधवी का विवाह हो चुका? हृदय का मिलाप सच्चा विवाह है। सिंदूर का टीका, ग्रंथि-बंधन और भाँवर—ये सब संसार के ढकोसले हैं।

सुवामा—अच्छा, जैसा उचित समझो करो। मैं केवल जग-हँसाई से डरती हूँ।

रात के नौ बजे थे। आकाश पर तारे छिटके हुए थे। माधवी वाटिका में अकेली बैठी हुई तारों को देखती थी और मन में सोचती थी कि ये देखने में कैसे चमकीले हैं, किंतु अति दूर है। क्या कोई वहाँ तक पहुँच सकता है? क्या मेरी आशाएँ भी उन्हीं नक्षत्रों की भाँति हैं? इतने में विरजन ने उसका हाथ पकड़कर हिलाया। माधवी चौंक पड़ी।

विरजन—अँधेरे में बैठी क्या कर रही है?

माधवी—कुछ नहीं, तारों को देख रही हूँ। वे कैसे सुहावने लगते हैं, किंतु मिल नहीं सकते।

विरजन के कलेजे में बरछी-सी लग गई। धीरज धरकर बोली—यह तारे गिनने का समय नहीं है। जिस अतिथि के लिए आज भोर से ही फूली नहीं समाती थी, क्या इसी प्रकार उसकी अतिथि-सेवा करेगी?

माधवी—मैं ऐसे अतिथि की सेवा के योग्य कब हूँ?

विरजन—अच्छा, यहाँ से उठो तो मैं अतिथि-सेवा की रीति बताऊँ।

दोनों भीतर आईं। सुवामा भोजन बना चुकी थी। बालाजी को माता के हाथ की रसोई बहुत दिनों में प्राप्त हुई। उन्होंने बड़े प्रेम से भोजन किया। सुवामा खिलाती जाती थी और रोती जाती थी। बालाजी खा-पीकर लेटे तो विरजन ने माधवी से कहा—अब यहाँ कोने में मुख बाँधकर क्यों बैठी हो?

माधवी—कुछ दो तो खाके सो रहूँ, अब यही जी चाहता है।

विरजन—माधवी! ऐसी निराश न हो। क्या इतने दिनों का व्रत एक दिन में भंग कर देगी?

माधवी उठी, परंतु उसका मन बैठा जाता था। जैसे मेघों की काली-काली घटाएँ उठती हैं और ऐसा प्रतीत होता है कि अब जल-थल एक हो जाएगा, परंतु

अचानक पछवा वायु चलने के कारण सारी घटा काई की भाँति फट जाती है, उसी प्रकार इस समय माधवी की गति हो रही है।

वह शुभ दिन देखने की लालसा उसके मन में बहुत दिनों से थी। कभी वह दिन भी आएगा, जब मैं उनके दर्शन पाऊँगी और उनकी अमृत-वाणी से श्रवण तृप्त करूँगी। इस दिन के लिए उसने दुआ कैसी माँगी थी? इस दिन के ध्यान से ही उसका हृदय कैसा खिल उठता था!

आज भोर ही से माधवी बहुत प्रसन्न थी। उसने बड़े उत्साह से फूलों का हार गूँथा था। सैकड़ों काँटे हाथ में चुभा लिए। उन्मत्त की भाँति गिर-गिर पड़ती थी। यह सब हर्ष और उमंग इसीलिए तो था कि आज वह शुभ दिन आ गया। आज वह दिन आ गया, जिसकी ओर चिरकाल से आँखें लगी हुई थीं। वह समय भी अब स्मरण नहीं, जब यह अभिलाषा मन में न रही हो, परंतु इस समय माधवी के हृदय की वह गति नहीं है। आनंद की भी सीमा होती है। कदाचित् वह माधवी के आनंद की सीमा थी, जब वह वाटिका में झूम-झूमकर फूलों से आँचल भर रही थी। जिसने कभी सुख का स्वाद ही न चखा हो, उसके लिए इतना ही आनंद बहुत है। वह बेचारी इससे अधिक आनंद का भार नहीं सँभाल सकती। जिन अधरों पर कभी हँसी आती ही नहीं, उनकी मुसकान ही हँसी है। तुम ऐसों से अधिक हँसी की आशा क्यों करते हो? माधवी बालाजी की ओर चली, परंतु इस प्रकार नहीं जैसे एक नवेली बहू आशाओं से भरी हुई श्रृंगार किए अपने पति के पास जाती है। वही घर था, जिसे वह अपने देवता का मंदिर समझती थी। जब वह मंदिर शून्य था, तब वह आ-आकर आँसुओं के पुष्प चढ़ाती थी। आज जब देवता ने वास किया है तो वह क्यों इस प्रकार मचल-मचलकर आ रही है?

रात्रि भली-भाँति आर्द्र हो चुकी थी। सड़क पर घंटों के शब्द सुनाई दे रहे थे। माधवी दबे पाँव बालाजी के कमरे के द्वार तक गई। उसका हृदय धड़क रहा था। भीतर जाने का साहस न हुआ, मानो किसी ने पैर पकड़ लिए। उलटे पाँव फिर आई और पृथ्वी पर बैठकर रोने लगी। उसके चित्त ने कहा—माधवी! यह बड़ी लज्जा की बात है। बालाजी की चेरी सही, माना कि तुझे उनसे प्रेम है, किंतु तू उनकी स्त्री नहीं है। तुझे इस समय उनके गृह में रहना उचित नहीं है। तेरा प्रेम तुझे उनकी पत्नी नहीं बना सकता। प्रेम और वस्तु है और सुहाग और वस्तु है। प्रेम चित्त की प्रवृत्ति है और ब्याह एक पवित्र धर्म है। तब माधवी को एक विवाह का स्मरण हो आया। वर ने भरी सभा में पत्नी की बाँह पकड़ी थी और कहा था कि

इस स्त्री को मैं अपने गृह की स्वामिनी और अपने मन की देवी समझता रहूँगा। इस सभा के लोग, आकाश, अग्नि और देवता इसके साक्षी रहे। हाँ! ये कैसे शुभ शब्द हैं। मुझे कभी ऐसे शब्द सुनने का मौका प्राप्त न हुआ! मैं न अग्नि को अपना साक्षी बना सकती हूँ, न देवताओं को और न आकाश ही को, परंतु हे अग्नि! हे आकाश के तारो! और हे देवलोक-वासियो! तुम साक्षी रहना कि माधवी ने बालाजी की पवित्र मूर्ति को हृदय में स्थान दिया, किंतु किसी निकृष्ट विचार को हृदय में न आने दिया। यदि मैंने घर के भीतर पैर रखा हो तो हे अग्नि! तुम मुझे अभी जलाकर भस्म कर दो। हे आकाश! यदि तुमने अपने अनेक नेत्रों से मुझे गृह में जांते देखा तो इसी क्षण मेरे ऊपर इंद्र का वज्र गिरा दो।

माधवी कुछ काल तक इसी विचार में मगन बैठी रही। अचानक उसके कान में भक्-भक् की ध्वनि आई। उसने चौंककर देखा तो बालाजी का कमरा अधिक प्रकाशित हो गया था और प्रकाश खिड़कियों से बाहर निकलकर आँगन में फैल रहा था। माधवी के पाँव तले से मिट्टी निकल गई। ध्यान आया कि मेज पर लैंप भभक उठा। वायु की भाँति वह बालाजी के कमरे में घुसी। देखा तो लैंप फटकर पृथ्वी पर गिर पड़ा है और भूतल के बिछावन में तेल फैल जाने के कारण आग लग गई है। दूसरे किनारे पर बालाजी सुख से सो रहे थे। अभी तक उनकी निद्रा न खुली थी। उन्होंने कालीन समेटकर एक कोने में रख दिया था। विद्युत् की भाँति लपककर माधवी ने वह कालीन उठा लिया और भभकती हुई ज्वाला के ऊपर गिरा दिया। धमाके का शब्द हुआ तो बालाजी ने चौंककर आँखें खोलीं। घर मे धुआँ भरा था और चतुर्दिक् तेल की दुर्गंध फैली हुई थी। इसका कारण वह समझ गए। बोले—कुशल हुआ, नहीं तो कमरे में आग लग गई थी।

माधवी—जी हाँ! यह लैंप गिर पड़ा था।

बालाजी—तुम बड़े अवसर से आ पहुँची।

माधवी—मैं यहीं बाहर बैठी हुई थी।

बालाजी—तुमको बड़ा कष्ट हुआ। अब जाकर शयन करो। रात बहुत हो गई है।

माधवी—चली जाऊँगी। शयन तो नित्य ही करना है। यह अवसर न जाने फिर कब आए?

माधवी की बातों में अपूर्व करुणा भरी थी। बालाजी ने उसकी ओर ध्यान-पूर्वक देखा। जब उन्होंने पहले माधवी को देखा था, उस समय वह एक खिलती हुई कली थी और आज वह एक मुरझाया हुआ पुष्प है। न मुख पर सौंदर्य था, न

नेत्रों में आनंद की झलक, न माँग में सुहाग का संचार था, न माथे पर सिंदूर का टीका। शरीर में आभूषणों का चिह्न भी न था। बालाजी ने अनुमान से जाना कि विधाता ने ठीक तरुणावस्था में इस दुखिया का सुहाग हरण किया है। परम उदास होकर बोले—क्यों माधवी! तुम्हारा तो विवाह हो गया है न?

माधवी के कलेजे में कटारी चुभ गई। सजल नेत्र होकर बोली—हाँ, हो गया है।

बालाजी—और तुम्हारा पति?

माधवी—उन्हें मेरी कुछ सुध ही नहीं। उनका विवाह मुझसे नहीं हुआ।

बालाजी विस्मित होकर बोले—तुम्हारा पति करता क्या है?

माधवी—देश की सेवा।

बालाजी की आँखों के सामने से एक परदा-सा हट गया। वे माधवी का मनोरथ जान गए और बोले—माधवी इस विवाह को कितने दिन हुए?

बालाजी के नेत्र सजल हो गए और मुख पर जातीयता के मद का उन्माद सा छा गया। भारत माता! आज इस पतितावस्था में भी तुम्हारे अंक में ऐसी-ऐसी देवियाँ खेल रही हैं, जो एक भावना पर अपने यौवन और जीवन की आशाएँ समर्पण कर सकती हैं। बोले—ऐसे पति को तुम त्याग क्यों नहीं देतीं?

माधवी ने बालाजी की ओर अभिमान से देखा और कहा—स्वामीजी! आप अपने मुख से ऐसे कहें! मैं आर्य-बाला हूँ। मैंने गांधारी और सावित्री के कुल में जन्म लिया है। जिसे एक बार मन में अपना पति मान चुकी, उसे नहीं त्याग सकती। यदि मेरी आयु इसी प्रकार रोते-रोते कट जाए तो भी अपने पति की ओर से मुझे कुछ भी खेद न होगा। जब तक मेरे शरीर में प्राण रहेंगे, मैं ईश्वर से उनका हित चाहती रहूँगी। मेरे लिए यही क्या कम है, जो ऐसे महात्मा के प्रेम ने मेरे हृदय में निवास किया है? मैं इसी को अपना सौभाग्य समझती हूँ। मैंने एक बार अपने स्वामी को दूर से देखा था। वह चित्र एक क्षण के लिए भी आँखों से नहीं उतरा। जब कभी मैं बीमार हुई हूँ तो उसी चित्र ने मेरी शुश्रूषा की है। जब कभी मैंने वियोग के आँसू बहाए हैं तो उसी चित्र ने मुझे सांत्वना दी है। उस चित्र वाले पति को मैं कैसे त्याग दूँ? मैं उसकी हूँ और सदैव उसी की रहूँगी। मेरा हृदय और मेरे प्राण सब उनकी भेंट हो चुके हैं। यदि वे कहें तो आज मैं अग्नि के अंक में ऐसे हर्षपूर्वक जा बैठूँ जैसे फूलों की शैया पर। यदि मेरे प्राण उनके किसी काम आएँ तो मैं उसे ऐसी प्रसन्नता से दे दूँ जैसे कोई उपासक अपने इष्टदेव को फूल चढ़ाता हो।

माधवी का मुखमंडल प्रेम-ज्योति से अरुण हो रहा था। बालाजी ने सबकुछ

सुना और चुप हो गए। सोचने लगे—यह स्त्री है, जिसने केवल मेरे ध्यान पर अपना जीवन समर्पण कर दिया है। इस विचार से बालाजी के नेत्र अश्रुपूर्ण हो गए। जिस प्रेम ने एक स्त्री का जीवन जलाकर भस्म कर दिया हो, उसके लिए एक मनुष्य के धैर्य को जला डालना कोई बात नहीं! प्रेम के सामने धैर्य कोई वस्तु नहीं है।

वह बोले—माधवी, तुम जैसी देवियाँ भारत की गौरव हैं। मैं बड़ा भाग्यवान् हूँ कि तुम्हारे प्रेम जैसी अनमोल वस्तु इस प्रकार मेरे हाथ आ रही है। यदि तुमने मेरे लिए योगिनी बनना स्वीकार किया है तो मैं भी तुम्हारे लिए इस संन्यास और वैराग्य का त्याग कर सकता हूँ, जिसके लिए तुमने अपने को मिटा दिया है। वह तुम्हारे लिए बड़ा से बड़ा बलिदान करने से भी नहीं हिचकिचाएगा।

माधवी इसके लिए पहले ही से प्रस्तुत थी, तुरंत बोली—स्वामीजी! मैं परम अबला और बुद्धिहीन स्त्री हूँ, परंतु मैं आपको विश्वास दिलाती हूँ कि निज विलास का ध्यान आज तक एक पल के लिए भी मेरे मन में नहीं आया। यदि आपने यह विचार किया कि मेरे प्रेम का उद्देश्य केवल यह है कि आपके चरणों में सांसारिक बंधनों की बेड़ियाँ डाल दूँ तो (*हाथ जोड़कर*) आपने इसका सत्त्व नहीं समझा। मेरे प्रेम का उद्देश्य वही था, जो आज मुझे प्राप्त हो गया। आज का दिन मेरे जीवन का सबसे शुभ दिन है। आज मैं अपने प्राणनाथ के सम्मुख खड़ी हूँ और अपने कानों से उनकी अमृतमयी वाणी सुन रही हूँ। स्वामीजी! मुझे आशा न थी कि इस जीवन में मुझे यह दिन देखने का सौभाग्य होगा। यदि मेरे पास संसार का राज्य होता तो मैं इसी आनंद से उसे आपके चरणों में समर्पित कर देती। मैं हाथ जोड़कर आपसे प्रार्थना करती हूँ कि मुझे अब इन चरणों से अलग न कीजिएगा। मैं संन्यास ले लूँगी और आपके संग रहूँगी। वैरागिनी बनूँगी, भभूति रमाऊँगी, परंतु आपका संग न छोड़ूँगी। प्राणनाथ! मैंने बहुत दुःख सहे हैं, अब यह जलन नहीं सही जाती।

यह कहते-कहते माधवी का कंठ रुँध गया और आँखों से प्रेम की धारा बहने लगी। उससे वहाँ न बैठा गया। उठकर प्रणाम किया और विरजन के पास आकर बैठ गई। वृजरानी ने उसे गले लगा लिया और पूछा—क्या बातचीत हुई?

माधवी—जो तुम चाहती थीं।

वृजरानी—सच, क्या बोले?

माधवी—यह न बताऊँगी।

वृजरानी को मानो पड़ा हुआ धन मिल गया। बोली—ईश्वर ने बहुत दिनों में मेरा मनारेथ पूरा किया। मैं अपने यहाँ से विवाह करूँगी।

माधवी नैराश्य भाव से मुसकराई। विरजन ने कंपित स्वर से कहा—हमको भूल तो न जाएगी? उसकी आँखों से आँसू बहने लगे। फिर वह स्वर सँभालकर बोली—हमसे तू बिछुड़ जाएगी।

माधवी—मैं तुम्हें छोड़कर कहीं न जाऊँगी।

विरजन—चल, बातें न बना।

माधवी—देख लेना।

विरजन—देखा है। जोड़ा कैसा पहनेगी?

माधवी—उज्ज्वल, जैसे बगुले का पर।

विरजन—सुहाग का जोड़ा केसरिया रंग का होता है।

माधवी—मेरा श्वेत रहेगा।

विरजन—तुझे चंद्रहार बहुत भाता था। मैं अपना दे दूँगी।

माधवी—हार के स्थान पर कंठी दे देना।

विरजन—कैसी बातें कर रही है?

माधवी—अपने शृंगार की!

विरजन—तेरी बातें समझ में नहीं आतीं। तू इस समय इतनी उदास क्यों है? तूने इस रत्न के लिए कैसी-कैसी तपस्याएँ की, कैसा-कैसा योग साधा, कैसे-कैसे व्रत किए और तुझे जब वह रत्न मिल गया तो हर्षित नहीं दीख पड़ती!

माधवी—तुम विवाह की बातचीत करती हो इससे मुझे दुःख होता है।

विरजन—यह तो प्रसन्न होने की बात है।

माधवी—बहन! मेरे भाग्य में प्रसन्नता लिखी ही नहीं! जो पक्षी बादलों में घोंसला बनाना चाहता है, वह सर्वदा डालियों पर रहता है। मैंने निर्णय कर लिया है कि जीवन का यह शेष समय इसी प्रकार प्रेम का सपना देखने में काट दूँगी।

□

विदाई

दूसरे दिन बालाजी स्थान-स्थान से निवृत्त होकर राजा धर्मसिंह की प्रतीक्षा करने लगे। आज राजघाट पर एक विशाल गोशाला का शिलारोपण होनेवाला था, नगर के हाट-बाट और वीथियाँ मुसकराती हुई जान पड़ती थीं। सड़क के दोनों पार्श्व में झंडे और झड़ियाँ लहरा रही थीं। गृहद्वार फूलों की माला पहने स्वागत के लिए तैयार थे, क्योंकि आज उस स्वदेश-प्रेमी का शुभागमन है, जिसने अपना सर्वस्व देश के हित के लिए बलिदान कर दिया है।

हर्ष की देवी अपनी सखी-सहेलियों के संग टहल रही थी। वायु झूमती थी। दु:ख और विषाद का कहीं नाम न था। ठौर-ठौर पर बधाइयाँ बज रही थीं। पुरुष सुहावने वस्त्र पहने इठलाते थे। स्त्रियाँ सोलह शृंगार किए मंगल-गीत गाती थीं। बालक-मंडली केसरिया साफा धारण किए किलोलें करती थीं। हर पुरुष-स्त्री के मुख से प्रसन्नता झलक रही थी, क्योंकि आज एक सच्चे जाति-हितैषी का शुभागमन है, जिसने अपना सर्वस्व जाति के हित में भेंट कर दिया है।

बालाजी अब अपने सुहृदों के संग राजघाट की ओर चले तो सूर्य भगवान् ने पूर्व दिशा से निकलकर उनका स्वागत किया। उनका तेजस्वी मुखमंडल ज्यों ही लोगों ने देखा; सहस्त्रों मुखों से 'भारत माता की जय' का घोर शब्द सुनाई दिया और वायुमंडल को चीरता हुआ आकाश-शिखर तक जा पहुँचा। घंटों और शंखों की ध्वनि निनादित हुई और उत्सव का सरस राग वायु में गूँजने लगा। जिस प्रकार दीपक को देखते ही पतंगे उसे घेर लेते हैं, उसी प्रकार बालाजी को देखकर लोग बड़ी शीघ्रता से उनके चतुर्दिक् एकत्र हो गए। भारत-सभा के सवा सौ सभ्यों ने अभिवादन किया। उनकी सुंदर वरदियाँ और मनचले घोड़े नेत्रों में खूबे जाते थे। इस सभा का एक-एक सभ्य जाति का सच्चा हितैषी था और उसके उमंग

भरे शब्द लोगों के चित्त को उत्साह से पूर्ण कर देते थे। सड़क के दोनों ओर दर्शकों की श्रेणी थी। बधाइयाँ बज रही थीं। पुष्प और मेवों की वृष्टि हो रही थी। ठौर-ठौर नगर की ललनाएँ शृंगार किए, स्वर्ण के थाल में कपूर, फूल और चंदन लिए आरती करती जाती थीं और दुकानें नवागता वधू की भाँति सुसज्जित थीं। सारा नगर अपनी सजावट से वाटिका को लज्जित करता था और जिस प्रकार श्रावण मास में काली घटाएँ उठती हैं और रह-रहकर वन की गरज हृदय को कँपा देती है, उसी प्रकार जनता की उमंगवर्द्धक ध्वनि *(भारत माता की जय)* हृदय में उत्साह और उत्तेजना उत्पन्न करती थी। जब बालाजी चौक में पहुँचे तो उन्होंने एक अद्‌भुत दृश्य देखा। बालक-वृंद ऊदे रंग के लेसदार कोट पहने, केसरिया पगड़ी बाँधे हाथों में सुंदर छड़ियाँ लिए मार्ग पर खड़े थे। बालाजी को देखते ही वे दस-दस की श्रेणियों में हो गए एवं अपने डंडे बजाकर यह ओजस्वी गीत गाने लगे—

बालाजी तेरा आना मुबारक होवे।
धनि-धनि भाग्य हैं इस नगरी के, धनि-धनि भाग्य हमारे॥
धनि-धनि इस नगरी के बासी जहाँ तव चरण पधारे।
बालाजी तेरा आना मुबारक होवे।

कैसा चित्ताकर्षक दृश्य था। गीत यद्यपि साधारण था, परंतु अनेक और सधे हुए स्वरों ने मिलकर उसे ऐसा मनोहर और प्रभावशाली बना दिया कि पाँव रुक गए। चतुर्दिक् सन्नाटा छा गया। सन्नाटे में यह राग ऐसा सुहावना प्रतीत होता था जैसे रात्रि के सन्नाटे में बुलबुल का चहकना। सारे दर्शक चित्र की भाँति खड़े थे। दीन भारतवासियो, तुमने ऐसे दृश्य कहाँ देखे? इस समय जी भरकर देख लो। तुम वेश्याओं के नृत्य-वाद्य से संतुष्ट हो गए। वारांगनाओं की काम-लीलाएँ बहुत देख चुके, खूब सैर-सपाटे किए, परंतु यह सच्चा आनंद और यह सुखद उत्साह, जो इस समय तुम अनुभव कर रहे हो, तुम्हें कभी और भी प्राप्त हुआ था? मनमोहिनी वेश्याओं के संगीत और सुंदरियों का काम-कौतुक तुम्हारी वैषयिक इच्छाओं को उत्तेजित करते हैं, किंतु तुम्हारे उत्साहों को और निर्बल बना देते हैं और ऐसे दृश्य तुम्हारे हृदयों में जातीयता और जाति-अभिमान का संचार करते हैं। यदि तुमने अपने जीवन में एक बार भी यह दृश्य देखा है तो उसका पवित्र चिह्न तुम्हारे हृदय से कभी नहीं मिटेगा।

बालाजी का दिव्य मुखमंडल आत्मिक आनंद की ज्योति से प्रकाशित था और नेत्रों से जात्याभिमान की किरणें निकल रही थीं। जिस प्रकार कृषक अपने लहलहाते हुए खेत को देखकर आनंदोन्मत्त हो जाता है, वही दशा इस समय बालाजी की थी। जब राग बंद हो गया तो उन्होंने कई डग आगे बढ़कर दो छोटे-छोटे बच्चों को उठाकर अपने कंधों पर बैठा लिया और बोले—'भारत माता की जय!'

इस प्रकार शनैः-शनैः लोग राजघाट पर एकत्र हुए। यहाँ गोशाला का एक गगनस्पर्शी विशाल भवन स्वागत के लिए खड़ा था। आँगन में मखमल का बिछावन बिछा हुआ था। गृहद्वार और स्तंभ फूल-पत्तियों से सुसज्जित खड़े थे। भवन के भीतर एक सहस्र गायें बँधी हुई थीं। बालाजी ने अपने हाथों से उनकी नाँदों में खली-भूसा डाला। उन्हें प्यार से थपकियाँ दीं। एक विस्तृत गृह में संगमरमर का अष्टभुज कुंड बना हुआ था। वह दूध से परिपूर्ण था। बालाजी ने एक चुल्लू दूध लेकर नेत्रों से लगाया और पान किया।

अभी आँगन में लोग शांति से बैठने भी न पाए थे, कई मनुष्य दौड़े हुए आए और बोले—पंडित बदलू शास्त्री, सेठ उत्तमचंद्र और लाला माखनलाल बाहर खड़े कोलाहल मचा रहे हैं और कहते हैं कि हमको बालाजी से दो-दो बातें कर लेने दो। बदलू शास्त्री काशी के विख्यात पंडित थे। सुंदर चंद्र-तिलक लगाते, हरी बनात का अंगरखा परिधान करते और बसंती पगड़ी बाँधते थे। उत्तमचंद्र और माखनलाल दोनों नगर के धनी और लक्षाधीश मनुष्य थे। उपाधि के लिए सहस्रों व्यय करते और मुख्य पदाधिकारियों का सम्मान और सत्कार करना अपना प्रधान कर्तव्य जानते थे। इन महापुरुषों का नगर के मनुष्यों पर बड़ा दबाव था। बदलू शास्त्री जब कभी शास्त्रार्थ करते तो निस्संदेह प्रतिवादी की पराजय होती, विशेषकर काशी के पंडे और प्राग्वाले तथा इसी पंथ के अन्य धार्मिकगण तो उनके पसीने की जगह रुधिर बहाने को उद्यत रहते थे। शास्त्रीजी काशी में हिंदू धर्म के रक्षक और महान् स्तंभ प्रसिद्ध थे। उत्तमचंद्र और माखनलाल भी धार्मिक उत्साह की मूर्ति थे। ये लोग बहुत दिनों से बालाजी से शास्त्रार्थ करने का अवसर ढूँढ़ रहे थे। आज उनका मनोरथ पूरा हुआ। पंडों और प्राग्वालों का एक दल लिये आ पहुँचे।

बालाजी ने इन महात्मा के आने का समाचार सुना तो बाहर निकल आए, परंतु यहाँ की दशा विचित्र पाई। उभय पक्ष के लोग लाठियाँ सँभाले अँगरखे की बाँहें चढ़ाए गुँथने को उद्यत थे। शास्त्रीजी प्राग्वालों को भिड़ने के लिए ललकार रहे थे और सेठजी उच्च स्वर से कह रहे थे कि इन शूद्रों की धज्जियाँ उड़ा दो, अभियोग

चलेगा तो देखा जाएगा। तुम्हारा बाल-बाँका न होने पाएगा। माखनलाल साहब गला फाड़-फाड़कर चिल्लाते थे कि निकल आए, जिसे कुछ अभिमान हो। प्रत्येक को सब्जबाग दिखा दूँगा। बालाजी ने जब यह रंग देखा तो राजा धर्मसिंह से बोले—आप बदलू शास्त्री को जाकर समझा दीजिए कि वह इस दुष्टता को त्याग दें, अन्यथा दोनों पक्षवालों की हानि होगी और जगत् में उपहास होगा, सो अलग।

राजा साहब के नेत्रों से अग्नि बरस रही थी। बोले—इस पुरुष से बातें करने में मैं अपनी अप्रतिष्ठा समझता हूँ। उसे प्राग्वालों के समूहों का अभिमान है, परंतु मैं आज उसका सारा मद चूर्ण कर देता हूँ। उनका अभिप्राय इसके अतिरिक्त और कुछ नहीं है कि वे आपके ऊपर वार करें, पर जब तक मैं और मेरे पाँच पुत्र जीवित हैं, तब तक कोई आपकी ओर कुदृष्टि से नहीं देख सकता। आपके एक संकेत-मात्र की देर है, मैं पलक मारते उन्हें इस दुष्टता का स्वाद चखा दूँगा।

बालाजी जान गए कि यह वीर उमंग में आ गया है। राजपूत जब उमंग में आता है तो उसे मरने-मारने के अतिरिक्त और कुछ नहीं सूझता। बोले—राजा साहब, आप दूरदर्शी होकर ऐसे वचन कहते हैं? यह अवसर ऐसे वचनों का नहीं है। आगे बढ़कर अपने आदमियों को रोकिए, नहीं तो परिणाम बुरा होगा।

बालाजी यह कहते-कहते अचानक रुक गए। समुद्र की तरंगों की भाँति लोग इधर-उधर से उमड़ते चले आते थे। हाथों में लाठियाँ थीं और नेत्रों में रुधिर की लाली, मुखमंडल क्रुद्ध, भ्रकुटि कुटिल। देखते-देखते यह जन-समुदाय प्राग्वालों के सिर पर पहुँच गया। समय सन्निकट था कि लाठियाँ सिर को चूमें कि बालाजी विद्युत् की भाँति लपककर एक घोड़े पर सवार हो गए और अति उच्च स्वर में बोले—भाइयो! क्या अँधेर है? यदि मुझे अपना मित्र समझते हो तो झटपट हाथ नीचे कर लो और पैरों को एक इंच भी आगे न बढ़ने दो। मुझे अभिमान है कि तुम्हारे हृदयों में वीरोचित क्रोध और उमंग तरंगित हो रहे हैं। क्रोध एक पवित्र उद्वेग और पवित्र उत्साह है, परंतु आत्म-संवरण उससे भी अधिक पवित्र धर्म है। इस समय अपने क्रोध को दृढता से रोको। क्या तुम अपनी जाति के साथ कुल का कर्तव्यपालन कर चुके कि इस प्रकार प्राण विसर्जन करने पर कटिबद्ध हो, क्या तुम दीपक लेकर भी कूप में गिरना चाहते हो? ये लोग तुम्हारे स्वदेश बांधव और तुम्हारे ही रुधिर हैं। उन्हें अपना शत्रु मत समझो। यदि वे मूर्ख हैं तो उनकी मूर्खता का निवारण करना तुम्हारा कर्तव्य है। यदि वे तुम्हें अपशब्द कहें तो तुम बुरा मत मानो। यदि ये तुमसे युद्ध करने को प्रस्तुत हों, तुम नम्रता से स्वीकार कर

लो और एक चतुर वैद्य की भाँति अपने विचारहीन रोगियों की औषधि करने में तल्लीन हो जाओ। मेरी इस आशा के प्रतिकूल यदि तुममें से किसी ने हाथ उठाया तो वह जाति का शत्रु होगा।

इन समुचित शब्दों से चतुर्दिक् शांति छा गई। जो जहाँ था, वह वहीं चित्रलिखित सा हो गया। इस मनुष्य के शब्दों में कहाँ का प्रभाव भरा था, जिसने पचास सहस्त्र मनुष्यों के उमड़ते हुए उद्वेग को इस प्रकार शीतल कर दिया, जिस प्रकार कोई चतुर सारथी दुष्ट घोड़ों को रोक लेता है और यह शक्ति उसे किसने दी थी? न उसके सिर पर राजमुकुट था, न वह किसी सेना का नायक था। यह केवल उस पवित्र और निस्स्वार्थ जाति सेवा का प्रताप था, जो उसने की थी। स्वजाति सेवक के मान और प्रतिष्ठा का कारण वे बलिदान होते हैं, जो वह अपनी जाति के लिए करता है। पंडों और प्राग्वालों ने बालाजी का प्रतापवान रूप देखा और स्वर सुना तो उनका क्रोध शांत हो गया। जिस प्रकार सूर्य के निकलने से कुहरा फट जाता है, उसी प्रकार बालाजी के आने से विरोधियों की सेना तितर-बितर हो गई। बहुत से मनुष्य, जो उपद्रव के उद्देश्य से आए थे, श्रद्धापूर्वक बालाजी के चरणों में मस्तक झुका उनके अनुयायियों के वर्ग में सम्मिलित हो गए। बदलू शास्त्री ने बहुत चाहा कि वह पंडों के पक्षपात और मूर्खता को उत्तेजित करें, किंतु सफलता न हुई।

उस समय बालाजी ने एक परम प्रभावशाली वक्तृता दी, जिसका एक-एक शब्द आज तक सुननेवालों के हृदय पर अंकित हैं और जो भारतवासियों के लिए सदा दीप का काम करेगी। बालाजी की वक्तृताएँ प्रायः सारगर्भित हैं, परंतु वह प्रतिभा, वह ओज, जिससे यह वक्तृता अलंकृत है, उनके किसी व्याख्यान में दीख नहीं पड़ते। उन्होंने अपने वाक्यों के जादू से थोड़ी ही देर में पंडों को अहीरों और पासियों से गले मिला दिया। उस वक्तृता के अंतिम शब्द थे—

'यदि आप दृढता से कार्य करते जाएँगे तो अवश्य एक दिन आपको अभीष्ट सिद्धि का स्वर्ण स्तंभ दिखाई देगा, परंतु धैर्य को कभी हाथ से न जाने देना। दृढता बड़ी प्रबल शक्ति है। दृढता पुरुष के सब गुणों का राजा है। दृढता वीरता का एक प्रधान अंग है, इसे कदापि हाथ से न जाने देना। तुम्हारी परीक्षाएँ होंगी। ऐसी दशा में दृढता के अतिरिक्त कोई विश्वासपात्र पथ-प्रदर्शक नहीं मिलेगा। दृढता यदि सफल न भी हो सके तो संसार में अपना नाम छोड़ जाती है।'

बालाजी ने घर पहुँचकर समाचार-पत्र खोला, मुख पीला हो गया और

सकरुण हृदय से एक ठंडी साँस निकल आई। धर्मसिंह ने घबराकर पूछा—कुशल तो है?

बालाजी—सदिया में नदी का बाँध फट गया, दस सहस्त्र मनुष्य गृहहीन हो गए।

धर्मसिंह—ओ हो।

बालाजी—सहस्त्रों मनुष्य प्रवाह की भेंट हो गए। सारा नगर नष्ट हो गया। घरों की छतों पर नावें चल रही हैं। भारत सभा के लोग पहुँच गए हैं और यथा शक्ति लोगों की रक्षा कर रहे है, किंतु उनकी संख्या बहुत कम है।

धर्मसिंह *(सजल नयन होकर)* हे ईश्वर! तू ही इन अनाथों का नाथ है।

बालाजी—गोपाल गोशाला बह गई। एक सहस्त्र गायें जलप्रवाह की भेंट हो गयी। तीन घंटे तक निरंतर मूसलाधार पानी बरसता रहा। सोलह इंच पानी गिरा। नगर के उत्तरीय विभाग में सारा नगर एकत्र है। न रहने को गृह है, न खाने को अन्न। शव की राशियाँ लगी हुई हैं। बहुत से लोग भूखे मर जाते हैं। लोगों के विलाप और करुण क्रंदन से कलेजा मुँह को आता है। सब उत्पात-पीड़ित मनुष्य बालाजी को बुलाने की रट लगा रहे हैं। उनका विचार यह है कि मेरे पहुँचने से उनके दु:ख दूर हो जाएँगे।

कुछ काल तक बालाजी ध्यान में मगन रहे, तत्पश्चात् बोले—मेरा जाना आवश्यक है। मैं तुरंत जाऊँगा। आप सदिया की 'भारत सभा' को तार दे दीजिए कि वह इस कार्य में मेरी सहायता करने को उद्यत रहे।

राजा साहब ने सविनय निवेदन किया—आज्ञा हो तो मैं चलूँ?

बालाजी—मैं पहुँचकर आपको सूचना दूँगा। मेरे विचार में आपके जाने की कोई आवश्यकता न होगी।

धर्मसिंह—उत्तम होता कि आप प्रात:काल ही जाते।

बालाजी—नहीं, मुझे यहाँ एक क्षण भी ठहरना कठिन जान पड़ता है। अभी मुझे वहाँ तक पहुँचने में कई दिन लगेंगे।

पल भर में नगर में यह समाचार फैल गया कि सदिया में बाढ़ आ गई और बालाजी इस समय वहाँ जा रहे हैं। यह सुनते ही सहस्त्रों मनुष्य बालाजी को पहुँचाने के लिए निकल पड़े। नौ बजते-बजते द्वार पर पचीस सहस्त्र मनुष्यों का समुदाय एकत्र हो गया। सदिया की दुर्घटना प्रत्येक मनुष्य के मुख पर थी। लोग उन आपत्ति पीड़ित मनुष्यों की दशा पर सहानुभूति और चिंता प्रकाशित कर रहे

थे। सैकड़ों मनुष्य बालाजी के संग जाने को कटिबद्ध हुए। सदियावालों की सहायता के लिए एक फंड खोलने का परामर्श होने लगा।

उधर, धर्मसिंह के अंत:पुर में नगर की मुख्य प्रतिष्ठित स्त्रियों ने आज सुवामा को धन्यवाद देने के लिए एक सभा एकत्र की थी। उस उच्च प्रासाद का एक-एक कोना स्त्रियों से भरा हुआ था। प्रथम, वृजरानी ने कई स्त्रियों के साथ एक मंगलमय सुहावना गीत गाया। उसके पीछे सब स्त्रियाँ मंडल बाँधकर गाते-बजाते आरती का थाल लिए सुवामा के गृह पर आईं। सेवती और चंद्रा अतिथि-सत्कार करने के लिए पहले ही से प्रस्तुत थीं। सुवामा प्रत्येक महिला से गले मिली और उन्हें आशीर्वाद दिया कि तुम्हारे अंक में भी ऐसे ही सपूत बच्चे खेलें। फिर रानीजी ने उसकी आरती की और गाना होने लगा। आज माधवी का मुखमंडल पुष्प की भाँति खिला हुआ था। मात्र वह उदास और चिंतित न थी। आशाएँ विष की गाँठ हैं। उन्हीं आशाओं ने उसे कल रुलाया था, किंतु आज उसका चित्र उन आशाओं से रिक्त हो गया है, इसलिए मुखमंडल दिव्य और नेत्र विकसित है। निराश रहकर उस देवी ने सारी आयु काट दी, परंतु आशापूर्ण रहकर उससे एक दिन का दु:ख भी न सहा गया।

सुहावने रागों के आलाप से भवन गूँज रहा था कि अचानक सदिया का समाचार वहाँ भी पहुँचा और राजा धर्मसिंह यह कहते सुनाई दिए—आप लोग बालाजी को विदा करने के लिए तैयार हो जाएँ, वे अभी सदिया जाते हैं।

यह सुनते ही अर्धरात्रि का सन्नाटा छा गया। सुवामा घबराकर उठी और द्वार की ओर लपकी, मानो वह बालाजी को रोक लेगी। उसके संग सब की सब स्त्रियाँ उठ खड़ी हुईं और उसके पीछे-पीछे चलीं। वृजरानी ने कहा—चची! क्या उन्हें बरबस विदा करोगी? अभी तो वे अपने कमरे में हैं।

'मैं उन्हें न जाने दूँगी। विदा करना कैसा?'

वृजरानी—उनका सदिया जाना आवश्यक है।

सुवामा—मैं क्या सदिया को लेकर चाटूँगी? भाड़ में जाए। मैं भी तो कोई हूँ? मेरा भी तो उन पर कोई अधिकार है?

वृजरानी—तुम्हें मेरी शपथ, इस समय ऐसी बातें न करना। सहस्त्रों मनुष्य केवल उनके भरोसे पर जी रहे हैं। यह न जाएँगे तो प्रलय हो जाएगा।

माता की ममता ने मनुष्यत्व और जातित्व को दबा लिया था, परंतु वृजरानी

ने समझा-बुझाकर उसे रोक लिया। सुवामा इस घटना को स्मरण करके सर्वदा पछताया करती थी। उसे आश्चर्य होता था कि मैं आपे से बाहर क्यों हो गई? रानीजी ने पूछा—विरजन, बालाजी को कौन जयमाल पहनाएगा?

विरजन—आप।

रानीजी—और तुम क्या करोगी?

विरजन—मैं उनके माथे पर तिलक लगाऊँगी।

रानीजी—माधवी कहाँ है?

विरजन—*(धीरे से)* उसे न छेड़ो। बेचारी अपने ध्यान में मगन है।

इसी बीच में बालाजी बाहर निकले। स्त्रियाँ भी उनकी ओर बढ़ीं। बालाजी ने सुवामा को देखा तो निकट आकर उसके चरण स्पर्श किए। सुवामा ने उसे उठाकर हृदय से लगाया। कुछ कहना चाहती थी, परंतु ममता से मुख न खोल सकी। रानीजी फूलों की जयमाल लेकर चली कि उसके कंठ में डाल दूँ, किंतु चरण थर्राए और आगे न बढ़ सकी। वृजरानी चंदन का थाल लेकर चली, परंतु नेत्र श्रावण-घन की भाँति बरसने लगे। तब माधवी चली। उसके नेत्रों में प्रेम की झलक थी और मुँह पर प्रेम की लाली। अधरों पर मोहिनी मुसकान झलक रही थी और मन प्रेमोन्माद में मगन था। उसने बालाजी की ओर ऐसी चितवन से देखा, जो अपार प्रेम से भरी हुई थी। तब सिर नीचा करके फूलों की जयमाला उनके गले में डाली। ललाट पर चंदन का तिलक लगाया। लोक-संस्कार की न्यूनता थी, वह भी पूरी हो गई। उस समय बालाजी ने गंभीर साँस ली। उन्हें प्रतीत हुआ कि मैं अपार प्रेम के समुद्र में बहा जा रहा हूँ। धैर्य का लंगर उठ गया और उस मनुष्य की भाँति जो अकस्मात् जल में फिसल पड़ा हो, उन्होंने माधवी की बाँह पकड़ ली, परंतु हाँ जिस तिनके का उन्होंने सहारा लिया, वह स्वयं प्रेम की धार में तीव्र गति से बहा जा रहा था। उनका हाथ पकड़ते ही माधवी के रोम-रोम में बिजली दौड़ गई। शरीर में स्वेद-बिंदु झलकने लगे और जिस प्रकार वायु के झोंके से पुष्पदल पर पड़े हुए ओस के जलकण पृथ्वी पर गिर जाते हैं, उसी प्रकार माधवी के नेत्रों से अश्रु के बिंदु बालाजी के हाथ पर टपक पड़े। प्रेम के मोती थे, जो उन मतवाली आँखों ने बालाजी को भेंट किए। आज से ये आँखें फिर न रोएँगी।

आकाश पर तारे छिटके हुए थे और उनकी आड़ में बैठी हुई स्त्रियाँ यह दृश्य देख रही थीं, आज प्रात:काल बालाजी के स्वागत में यह गीत गाया था—

बालाजी तेरा आना मुबारक होवे

और इस समय भी स्त्रियाँ अपने मन-भावन स्वरों से गा रही हैं।

और इस समय भी स्त्रियाँ अपने मन-भावन स्वरों से गा रही हैं—

बालाजी तेरा आना मुबारक होवे

आना भी मुबारक था और जाना भी मुबारक है। आने के समय भी लोगों की आँखों से आँसू निकले थे और जाने के समय भी निकल रहे हैं। कल वे नवागत के अतिथि स्वागत के लिए आए थे। आज उसकी विदाई कर रहे हैं। उनके रंग-रूप सब पूर्ववत् हैं, परंतु उनमें कितना अंतर है!

□

मतवाली योगिनी

माधवी पहले ही से मुरझाई हुई कली थी। निराशा ने उसे खाक में मिला दिया। बीस वर्ष की तपस्विनी योगिनी हो गई। उस बेचारी का भी कैसा जीवन था कि या तो मन में कोई अभिलाषा ही उत्पन्न न हुई या दुर्दैव ने उसे कुसुमित न होने दिया। उसका प्रेम एक अपार समुद्र था। उसमें ऐसी बाढ़ आई कि जीवन की आशाएँ और अभिलाषाएँ सब नष्ट हो गईं। उसने योगिनी के से वस्त्र पहन लिए। वह सांसारिक बंधनों से मुक्त हो गई। संसार इन्हीं इच्छाओं और आशाओं का दूसरा नाम है, जिसने उन्हें नैराश्य-नद में प्रवाहित कर दिया, उसे संसार में समझना भ्रम है।

इस प्रेम के मद से मतवाली योगिनी को एक स्थान पर शांति न मिलती थी। पुष्प की सुगंध की भाँति देश-देश भ्रमण करती और प्रेम के शब्द सुनाती फिरती थी। उसके पीत वर्ण पर गेरुए रंग का वस्त्र परम शोभा देता था। इस प्रेम की मूर्ति को देखकर लोगों के नेत्रों से अश्रु टपक पड़ते थे। जब अपनी वीणा बजाकर कोई गीत गाने लगती तो सुनने वालों के चित्त अनुराग में पग जाते थे। उसका एक-एक शब्द प्रेम-रस में डूबा होता था।

मतवाली योगिनी को बालाजी के नाम से प्रेम था। वह अपने पदों में प्राय: उन्हीं की कीर्ति सुनाती थी। जिस दिन से उसने योगिनी का वेश धारण किया और लोक-लाज का प्रेम के लिए परित्याग कर दिया, उसी दिन से उसकी जिह्वा पर माता सरस्वती बैठ गई। उसके सरस पदों को सुनने के लिए लोग सैकड़ों कोस चले जाते थे। जिस प्रकार मुरली की ध्वनि सुनकर गोपियाँ घरों से व्याकुल होकर निकल पड़ती थीं, उसी प्रकार इस योगिनी की तान सुनते ही श्रोताजनों का नद उमड़ पड़ता था। उसके पद सुनना आनंद के प्याले पीना था।

इस योगिनी को किसी ने हँसते या रोते नहीं देखा। उसे न किसी बात पर हर्ष था, न किसी बात का विषाद्। जिस मन में कामनाएँ न हों, वह क्यों हँसे और क्यों रोए? उसका मुख–मंडल आनंद की मूर्ति था। उसपर दृष्टि पड़ते ही दर्शक के नेत्र पवित्र आनंद से परिपूर्ण हो जाते थे।

□□□